蹴落とされ聖女は極上王子に拾われる 1

砂城

SUNAGI

ノーチェ文庫

登場人物紹介
ライムート
絵里を助けてくれた中年男性。
とても優しく、絵里の好みに
ばっちり当てはまる。
加賀野絵里（かがのえり）
真面目な大学三年生。
突然、異世界に召喚された上、
途中で同級生に突き飛ばされる。
そのせいで、この世界の辺境に
落ちてしまった。母子家庭に
育ったせいか、筋金入りのおっさん好き。
シルヴァージュの王子
シルヴァージュ国第一王子。
とても華やかな容姿をしている。

ラーレ夫人
シルヴァージュの貴族で、
王宮の女官。
頼りになる女傑。
ディアハラの王太子
シルヴァージュと
対立する国、
ディアハラの王太子。
片野春歌(かたのはるか)
絵里の同級生。
本来は絵里が聖女なのだが、
現在、春歌がそれを
名乗っているらしい。
シルヴァージュ王
温和な性格で
絵里好みの外見をしている。
シルヴァージュ王妃
非常に美人で、
明るく優しい人物。

目次

蹴落とされ聖女は極上王子に拾われる1　7

書き下ろし番外編
髭(ひげ)騒動　361

蹴落とされ聖女は極上王子に拾われる１

プロローグ

「なんで、私がこんな……うぷっ……絶対、見つけて……げほっ、文句言って、やるんだから……っ」

余計な体力を消耗（しょうもう）するとわかっていても、どうしても声を出してしまう。声に出して自分を鼓舞（こぶ）しなければ、海の藻屑（もくず）になってしまいそうだ。懸命に水を掻（か）きながら必死の思いで決意を語る。

そんな彼女——加賀野絵里（かがのえり）、二十一歳、某大学三年生——がいるのは、広大な海のど真ん中であった。

とあるトラブルに巻き込まれた結果、いずことも知れない空中に放り出され一直線に落下して、たどり着いたのがここである。

数十メートルの高さから海面にたたきつけられれば、その衝撃はコンクリートに衝突した場合に匹敵するという。普通であれば全身骨折に内臓破裂だが、それ以上の高さから落ちたにもかかわらず、絵里はそういった目には遭（あ）わなかった。

なぜかはわからない。もしかすると、件（くだん）のトラブルの原因となった存在が何かをしてくれたのかもしれないが、だったら落下地点を変えてほしかったと彼女は切実に思った。

落下の衝撃は大したものでなかったとはいえ、海中に深く沈んで上下の感覚を失ってしまい、浮き上がるまでの間、真剣に死を意識した。やっとのことで海面まで浮上し、呼吸ができたときはしみじみと空気のありがたさを実感したものだ。

しかも、はっきりと確認できたわけではないが、海の中に何やら巨大な影が見えた気すらする。

鯨（くじら）ならまだいいが、鮫（さめ）のように人を襲う生き物だったらと想像して、絵里は水を掻（か）く手に力を入れた。

当然、手にしていたはずの通学用トートバッグは影も形もない。おそらく中身もろとも海の底に沈んでしまったのだろう。

突然、着の身着のままで海に放り出されたという踏んだり蹴ったりの状況ではあるが、希望がないわけではない。かなり遠くではあるものの、陸地らしきものが見えている。まずはあそこまで泳ぎ切るのが目標だ。

着いた後どうするかは、そのときに考えればいい。

しかし、小さいころスイミングスクールに通っていて、泳ぎにはそこそこ自信のある絵里だったが、二十五メートルのプールを往復するのとはわけが違った。水温は低く、穏やかとはいえ流れがある。何より着衣のまま泳ぐのはかなりの体力を消耗した。

それでも海中で服を脱ぐのは大変だし、上陸後、代わりのものが手に入るとは限らない。幸い、絵里が着ていたのは長袖Tシャツにジップアップのパーカー、ストレッチジーンズにハイカットのスニーカーで、水の抵抗が比較的少なかった。

「とにかく……あそこ、まで……うっぷっ」

じりじりと位置を変える太陽に若干焦りながらも、彼女はクロールと平泳ぎを交互に使い、少しずつ前に進み——やがて、日が傾き切る前にスニーカーの底が柔らかな砂地に着いた。

安堵のあまり涙を流し、そのままよろよろと数メートルを進んだものの、全身が水から出たところで体力と気力が尽きてしまう。

「……ちょっと、だけ……、ちょっとだけ、だか、ら……」

だれに向かって言い訳しているのか、本人にもわかっていなかったが、そんなセリフを口にした直後、絵里はとうとう意識を手放した。カクリ……と力なく砂地に倒れ込む。

故にそのほんのわずかの後、近くの茂みががさがさと揺れ、小さな悪態と共にだれかがその場に姿を現したことも、その人物が倒れ伏す絵里を視界に入れて慌てて駆け寄ってきたことも、知ることはなかった。

第一章　おっさん登場

『……我が呼び寄せたのは一名のはず。なのに、なぜ、ここに二名が存在する？』

どこからか聞こえてきた知らない声に、絵里は周囲を見回した。なぜか、真っ白な空間にいる。

確かほんの一瞬前まで、自分は大学のキャンパスにいたはずだ。今期の単位のためのレポートを提出しようと教員棟に向かっていたときに、同級生である片野春歌(かたのはるか)に遭遇し、それを奪われそうになったので必死になって抵抗していたところである。

ちょっと参考にさせてもらうだけで直(す)ぐに返す——そんなことを言われたが、それを信じたところ丸パクリされた過去があるので、当然、断ったのだ。

そもそも、春歌という娘は甘ったるい容姿とかわいい言動で男子には人気があるが、女子には自分勝手な横暴ぶりをいかんなく発揮していて、はっきり言って嫌われている。

その上——と、思ったところで、もう一度、先ほどの声が聞こえた。

「……だ、だれっ？」

『我か？ 我は＊＊＊＊＊だ』

「は？ 何、わからない……？」

『で、あろうな。其方に理解できる概念に置き換えれば神、或いは管理者といったところか。そしてここは、我の管理する世界と、今から其方が向かう世界の狭間の空間だ。其方に頼みたいことがあって――』

　声は、よくわからないことを話し始める。

「はい？」

『理解できぬか？ まぁ、よい。向こうへ行けば自ずとわかるだろう。それよりも、問題は其方の付属物だな。本当に、なぜにこのような事態になったものやら……』

　まったく見知らぬ場所で、正体不明の相手からわけのわからないことを言われ、さらには愚痴っぽいものまで聞かされている。

　――私、なんか悪いことしたっけ？

　とにかく状況を説明してもらおうと、絵里は口を開きかけた。そのとき、視界に見覚えのある人物が入る。春歌だ。

　どうやらこの不思議な声は彼女にも聞こえているようだった。話が進むにつれ、その表情が困惑から怒りへと変わっていく。その挙句に――

「あんたのせいよ！　あんたのせいで……っ」

どんっ、という衝撃を背中に感じ、絵里は止まり切れずに床に手をついた。

『何をする⁉　早く戻るのだっ。転移陣から出ては……』

慌てた声が聞こえたが、それに従うよりも早く、たった今まであったはずの床が消滅した——

「——っ⁉」

意識が戻ったのは、ひどい夢のせいなのか、それとも冷え切った体が温められて、手や足の先がちりちりとした痛みを訴え始めたからなのか。

どちらなのかは判然としないが、むず痒い感覚が絵里にそれ以上の眠りを妨げた。まだ幾分ぼんやりとしていた意識が急速に覚醒する。

まず、最初に気が付いたのは『寒さ』と『温かさ』という、相反する二つの感覚だ。

冷たい海水に何時間も浸かっていたために、絵里の体は冷え切っていた。

どうにか無事に浜辺まで到達し意識が遠のく寸前、ひどい寒さを感じていたのは覚えている。そして、今もまだ寒い。けれど、先ほどに比べればかなり軽減されていた。

また、体幹部分はそこそこ温かく、そこから温められた血液が循環することにより、少しずつ改善されていっている。痛みと痒さは、そのせいだろう。まるでしもやけになってしまったときのように、耐え切れないほどの痒みをつま先に覚えた絵里は、無意識に小さく足を動かした。

「お？　気が付いたか？」

不意にかけられた声に、ぎょっとして飛び起きようとする。が、彼女の体は大きな布にぐるぐるに包まれていて、身動きができなかった。その上、今、この瞬間までまったく気がつかなかったが、だれかにしっかりと抱きかかえられている。

多少動いたくらいではその拘束から抜け出せないことを悟った絵里は、悲鳴を上げようと口を開いた。身動きはとれないが、至近距離で思い切り叫べば、この不審人物がひるむかもしれない。

「っ、き……ぁ、けほっ、こほっ」

けれど、残念なことにこちらも不発に終わった。

悲鳴どころか、かすれた声しか出せない。

「大丈夫か？　かなり海水を飲んでるんだ、喉も荒れてるはずだぞ」

激しくせき込む絵里の背中を、大きな手がゆっくりと撫でてくれる。その手はとても優しくて、悪意のかけらも感じられない。

「気が付いてよかった。喉がつらいだろう、水は飲めそうか？」

その声は低く男性的であるものの、絵里をおびえさせまいとしてか、とても穏やかだった。

「ほら。ゆっくり飲むんだぞ」

少し落ち着いたところで、木でできた器が目の前に差し出された。絵里はせき込みながらも頷く。

反射的に受け取ろうと手を動かすが、腕も体と一緒に布に巻き込まれている。どうしよう、と困っていると、声の主が器を口元まで運び、ゆっくりと傾けてくれた。

重病人でもあるまいに……と、気恥ずかしく思った絵里だが、相手の言うようにひどく喉が渇いている。水分補給の必要があるのは明らかだし、何より、ひりつくような喉の痛みが耐えがたい。彼女はそっと口を開いた。

「ん、ぅ……ぐっ、くふっ！　けほっ」

「こら、ゆっくりと言っただろう」

ためらいがちに一口飲んだ後は、もう歯止めがきかなかった。器に食らいつくようにして一気に飲み込み、案の定、むせかえる。

しかし、器を差し出してくれていた相手は、あきれたような声を出しながらも、激しくせき込む絵里を優しく介抱してくれた。そして、落ち着いたところで、また器(うつわ)を差し出す。今度は絵里も慎重にそれを喉(のど)に通していった。

一杯では足りず、お代わりも同じように飲み、やっと人心地ついた絵里は、そこで非常に大事なことに気が付く。

ここはどことか、この人はだれとか、ではない。

――まだ、相手にお礼の一つも言っていない。これはとんでもないことである。早急に、改善を図らねばならない。

どうやら、自分はこの人に助けてもらったようだ。

海難事故に遭(あ)った者は、必死に岸にたどり着いても、その後で衰弱して死んでしまうことがままあるらしい。自分がそこまで重篤な状態だったかどうかは不明だが、あのままだったら風邪くらいはひいていたかもしれないし、直(す)ぐに飲み水を見つけることができたかどうかも不明だ。

状況を見るに、この人物が冷え切っていた体を温めてくれたに違いない。

目の前にはぱちぱちと燃えている焚火(たきび)があり、岩場の一角らしくうまい具合に風が遮(さえぎ)られている。潮騒(しおさい)の音がするので、海岸からはさほど離れていない場所なのだろう。

わざわざこんな手間をかけずとも、スマホで救急車を呼んでくれれば早かっただろうに、とちらりと浮かんだが、直ぐに打ち消した。助けてもらったことに変わりはない。

絵里は母から基本的な礼儀として、『ありがとう』と『ごめんなさい』をしっかりと躾けられた。早くに亡くなった父も、『かけた恩は水に流せ、受けた恩は石に刻め』という言葉を座右の銘にしていたと聞いている。

なのに、今までの自分の行動はといえば、状況を把握できていなかったとはいえ、悲鳴を上げることと水を飲ませてもらったことのみだ。

もっとも、ぐるぐる巻きは頭部にも及んでおり、絵里の視界は非常に限られたものになっている。周囲の様子は見渡せるものの、視線を上げるのが難しい。

お尻の下がごつごつしているのは、件の人物が胡坐を組み、その上に横抱きの状態で乗せられているせいらしかった。いや、そんなことは後でいい。

お礼を言うのなら、きちんと相手の眼を見ながらだ。そのためには体の向きを変える必要がある。

もぞもぞと身動きをし始めた絵里に、相手は少し驚いたようだが、最初のときとは違い落ち着いているのを悟ったのか、素直に腕の拘束を緩めてくれた。

ぐるぐる巻きのために体のバランスを保つのが難しかったが、そこは根性で相手の体から少し距離を取る。そして、なんとか相手の顔が見えるようになった絵里の眼に最初に飛び込んできたのは、もじゃもじゃした髭だった。

金褐色、とでもいうのだろうか。金というには赤味が強く、また茶色というにはいささか明るすぎる色合いだ。それが鼻から下、もみあげからあごにかけての大部分を覆っている。そしてその間に埋もれそうになっている唇は、荒れてかさかさしていた。鼻はすっきりと高く通っているのだが、その周りの皮膚は日焼けのせいか、やはりかさついていて少し皺もよっているようだ。

さらにその上――髭と同じ色の髪も、あまり手入れができていないようでぼさぼさだった。しかし、脂ぎっていたり変なにおいがしたりするわけではない。それなりに気が配られていて、その髪の間から覗く瞳は青――いや、わずかに灰色が混じっている。年のころは四十を少し越えたくらいだろうか。彫りの深い顔立ちのため、一見すると怖そうな印象を受けるが、それを裏切るひどく優しい眼差しで絵里を見下ろしていた。

「あ、あの……」

まずは助けてもらったお礼を言おう。それから、ここがどこか教えてもらいたい。そう思っていた絵里だったが、自分を抱きかかえている相手の顔をしっかりと認識した途端、その舌が凍り付いた。

――やばいっ、何これっ……⁉

一瞬にして、絵里の脳裏に飾られていた初恋である小学校の教頭先生や、「素敵！」と思っていた大学の教授、その他、大好きな国内外の渋い俳優陣、全部が吹っ飛ぶ。

文字通り目と鼻の先で、少し困ったように微笑んでいるのは、まさに理想がそのまま形をとったような男性だ。

そう、彼女――加賀野絵里は、筋金入りの『枯れ専』、或いは『おじ専』なのであった。

そうなった理由は色々とあるのだが、それはさておき、目の前にいるのは渋い男前。少しくたびれた様子がなよなよとした若いイケメンには出せない色気を感じさせる、彼女の好みど真ん中をぶち抜く存在だ。

「……どうした？　どこか、具合が悪いか？」

突然フリーズしてしまった絵里を不審に思ったのか、男性が問いかけてくる。改めて聞くその声も低く男性的で、容姿の印象そのままにわずかにかすれている。声すら理想的だ。

うっとりと聞き惚れていた絵里だったが、声をかけられたことで再起動を果たした脳が、やるべきことを指示してきた。

「い、いえ。大丈夫ですっ！　それより、あのっ……助けてくださってありがとうございましたっ」

頬が赤くなり、まだ嗄れている声が上ずっているのが絵里自身にもわかっていたが、一息で告げることで当初の目的を達成する。

「ああ、なんだ、そんなことか。気にするな、ちょうど行き合った縁ってやつだ——それよりも腹が減ってないか？　あんたの服は乾くのにもう少しかかりそうだし、何か食えそうなら、腹に入れておいたほうがいい」

男性は見かけだけでなく、中身も男前だった。助けたことを恩に着せるでもなく、さらりと流した後、彼女を気遣ってくれる。

そのことにまたも感激した絵里だったが、そこでとあることに気が付いた。

——服？

その単語に引っかかりを覚え、ごそごそと布の内部を確認する。その結果、声にならない悲鳴を上げることになった。

絵里の喉がまだ回復しきっていなかったのは、不幸中の幸いというべきだろう。男性の耳元で金切り声を上げる事態にはならなかったのだから。

「全身ずぶ濡れで冷え切っていたからな。変わった衣装で脱がすのに苦労した。あんたの裸を見てしまったが、そこは仕方ないと勘弁してくれ」

「いえ……私こそお手間をかけてすみません。重ねて、お礼を言わせてください」

低体温症になりかけていたため濡れた服を脱がせた、必要だったからやった。実にシンプルな動機であり、行動だ。

その過程で絵里の裸身を目にすることになったわけだが、それについて変にごまかしたり、照れたりする様子はない。若造ではこうはいくまい、さすがに年の功だ。

おかげで絵里も早めに落ち着くことができた——ついでに、「この人にならみられても……ああ、でも私ガリだしペチャだし、がっかりされたりしなかった⁉」とか余計なことを考えていたのは気付かれていないはずだ。

その絵里だが、まだぐるぐる巻きのままなものの、男性の膝からは下ろされている。地面に直接敷いた畳一畳分くらいの敷物の上に、並んで座っている状態だ。目の前には、赤々と燃える焚火があり、二人の反対側には彼女が着ていた服が並べられている。

パーカーや長袖Tシャツはともかく、下着も同じ扱いをされているのは地味にダメージが大きいが、そこは努めて気にしないようにするしかない。小さな布切れが風で飛ばされないように石をのせてくれているところを見ると、男性はかなり気も利くようだ。

そして、そこでやっと絵里は、自分がまだ命の恩人に名乗りもしていなかったことに気が付く。

「あの……私は加賀野絵里という日本人です。加賀野が姓で、絵里が名前です。絵里・加賀野と言ったほうがいいのかな？　名乗るのが遅れてすみません」

「リィ・クアーノ？　いや、エリィか？　すまん、うまく発音できん。その国の名は聞いたことがないし、名前も変わってるな。ああ、俺はライムート・シルヴァ。ライでいい」

絵里を助けた男性は、見た目からして日本人に見えなかったが、名前も外国風だ。絵里の名も妙な感じに変換されたが、とりあえず呼びやすいように呼んでくれればいいのでそこは流しておく。

というよりも、流さざるを得ない。なんとなれば、それらのやり取りにより——加えて周囲の様子から、確信したことがあった。

どうやらここは、日本——いや、『地球』ではないらしい。

例の『声』にそれっぽいことは告げられていた絵里だったが、そう考えた一番の理由は、このライとの会話だった。

なぜか日本語が通じている。しかも彼は、生粋（きっすい）の日本人である絵里が聞いてもまったく違和感のない発音で、日本生まれの日本育ちと言われても信じてしまいそうなくらいである。ただ、よくよく観察してみると、絵里の耳に届く『音』と、ライムートの口の動きが違う。つまり、絵里には『あ』という音が聞こえるのに、口は横に開かれているとかそういうことだ。

さらには、ライムートはどうやら『日本』を知らないらしい。

日本を知らないのに日本語をしゃべる。

何やら自分の身に妙なことが起きていることを、絵里は理解した。

加えて、ライムートの所持品だ。

ざっと見回した限りではあるが、そこに彼女のよく知る『文明の利器』はまったくない。先ほど水を飲ませてもらったのは木製の器だったし、その水の出どころは革の水袋である。間違ってもステンレス製の水筒ではない。その他にあるのは、粗布でできたリュックに似た鞄と馬の鞍らしき物体。そして、彼の傍らの地面に置かれた『剣』だ。

今どき、剣を所持する人間がいるだろうか。おそらくどこの国でも、一発で官憲が飛んでくるに違いない。気合の入ったコスプレ、と無理やり考えようにも、だったらここはどこのイベント会場だという話だ。

あり得ない。

そのあり得ない事態が、現在進行形で自分の身に起きている。絵里は呆然とした。

名乗った後で急に黙り込み、何事か考え込んで、だんだんと顔色を悪くしていく彼女を、しばらく見つめていたライムートが、やがてぽつりと口を開く。

「どうやらわけありらしいが、とりあえず今は安全と思ってくれ。まぁ、俺みたいなムサい親父が何を言っても信用できんかもしれんが」

「いえ、そんなっ……」

「本当なら町まで連れていくほうがいいんだろうが、リィ――でいいな。お前さんの服もまだ乾いてない上に、そろそろ日が沈む。命にかかわる事態でもなきゃ夜に動くような真似はしたくないんで、今夜はここで野宿だ。ああ、寝てる間に襲われないかとかは心配するなよ？　さすがに、子どもに手を出すほど飢えちゃいない」

今まで短い言葉しか口にしなかったライムートだが、結構饒舌（じょうぜつ）であるらしい。相変わらず絵里の耳に届く音と口の動きはマッチしていないが、よどみない声の調子や口調からして、嘘をついているようには見えなかった。

それにしても、何げに絵里は子ども認定されているらしい。裸を見られた上でのその判断に、こっそりと落ち込むものの、今はそこにこだわっている場合ではなかった。

「あの……私のこと、聞かないんですか？」

「ああ？　聞いてほしいっていうのなら聞くぞ。で、リィは話したいのか？」

質問したのは絵里だが、あっという間に立場が逆転してしまう。改めて問いかけられ、思わず考え込んでしまった彼女に、ライムートはわずかに苦笑しながらさらに言葉を続けた。

「ま、とりあえず飯でも食おう。腹、減ってるんじゃないか？　ろくなものはないが、腹ペコでいるよりはましだと思うぞ」

そう言いながら、粗布の鞄に手を伸ばす。ごそごそと中を漁っていたが、やがて薄茶色い干からびたものと、焦げ茶色の塊を取り出した。

「食ったことはあるか？　ない？　……そりゃ運がいい。少しずつかじって、しっかり噛んでから呑み込むんだぞ」

まるで子どもに言い聞かせるように言った後、薄茶色いものを掌の半分ほどの大きさに引きちぎる。

焦げ茶色のほうはやはりバッグから取り出した小刀で切り分け、拳より少し小さめの塊にして、ぐるぐる巻きからどうにか手だけ出した絵里に渡してくれた。

どうやら、何かの肉を干したものと、パンのようだ。しかし、干し肉はともかく、パンはその大きさからは意外なほどにずっしりと重い。切り口を見てみると、絵里のよく知るパンにある発酵の痕跡がない。単に穀物を挽いてこねて焼いただけのものらしい。

それでも、そろそろ空腹が限界になりつつあった彼女は、恐る恐るそれを口に運ぶ。

味は……お世辞にもおいしいとは言えなかった。保存を第一に考えられているみたいで、干し肉は香辛料などを一切使っていない塩辛いだけのもの。しかも、お湯に入れたらそのまま塩味スープができるのではないかというくらいに塩がきつい。減塩などとは、対極にある物体だ。

　パンはパンで、堅い上にぼそぼそしていて、あっという間に口の中の水分を全部持っていかれた。絵里は慌てて水を含んで、ふやかしつつ、何度も咀嚼（そしゃく）する。そこでやっと呑み込めた。

「まずいだろう？　どうしても無理なら残していいんだぞ？」

「いえ、いただきます。ありがとうございます」

　ここが絵里のいた『世界』と異なることは間違いない。ライムートの所持品を彼女の知る限りの歴史的知識と引き合わせると、どうも中世ヨーロッパ程度の文化だと思われる。

　それはつまり、現代の日本のようにちょっと歩けばコンビニがあったりはせず、人里離れた場所で手持ちの食料が尽きれば、死ぬ可能性があるということだ。

　そんな貴重な食料を分けてもらったのだから、味がどうこうというのは贅沢（ぜいたく）を通り越して傲慢（ごうまん）でさえある。

「あの……ライ、さん」

「ん？　さんはいらんぞ、ライでいい」

「いえ、年上の方を呼び捨てにするのは抵抗があるので……で、ライさん。食べながらで、失礼してしまうんですけど」

「どうした？」

「話、聞いてもらえますか？」

ほんの少し前まで迷っていた絵里だったが、あまりにもまずい食料で決心がついた。覚悟が決まったというべきかもしれない。

まったくの見ず知らずの——命の恩人ではあるのだが、それ以外は名前しか知らない相手に、洗いざらい身の上を話すのは避けるべき行為かもしれないが、そんなことは関係なかった。

命を救ってもらい、食べ物まで分けてもらったのだ。しかも、明日の朝まで身の安全を保障してくれるという。そんな相手に隠し事をしたままで平気な顔をしていられるような性格を、絵里はしていない。

目の前の彼は、優しい態度だが実は腹の中では別のことを考えているかも、いや、あまりにも奇想天外な話を気味悪がって自分を追い払うかもしれない。

そんな可能性が一瞬、頭をよぎったのは事実だが、それでも聞いてもらおうと決めた。

ライムートが助けてくれなかったら自分は死んでいたかもしれないのだ。

何より、こんなことを自分一人の胸のうちにしまっておけるほど、絵里のメンタルは強くない。精神面の安定を考えても、ここはひとつ、全部話してしまったほうがいいと心を決める。

「ものすごく妙……というか、信じられないような話なんですけど、決して嘘はついてません」

そう前置きして、堅い干し肉とパンを苦労して呑み込む合間に、絵里は自分の身に起こったことを、ライムートに少しずつ話し始めた。

「――実は私、神様にここに連れられてきたみたいなんです」

そう口に出した途端、絵里は自分の説明能力のなさに頭を抱えた。いきなり『神様』はないだろう。

案の定、ライムートは目を見開いて『こいつ正気か？』といわんばかりの顔になった。その表情をなるべく見ないようにして、絵里は言い訳じみたセリフを口にする。

「一応言っておきますけど、今のところ、自分の頭は正常に動いてると思ってます」

「ああ、受け答えからして、それは俺も感じる。すまんな、少し驚いただけだ。続けてくれ」

ライムートは、絵里の言葉を頭ごなしに嘘、或いは変人のたわ言と決めつける気はないようだ。

そのことにほっとして、今度はもっと慎重に話す内容を吟味しつつ、彼女は話を続ける。

「えっと、まずは私のことを説明します。私は日本という国で生まれて、そこの大学という教育機関に通っていた学生です。家族は……両親がいましたが、今はどちらも亡くなって、親戚とかもあんまり知らないので、所謂、天涯孤独ってやつですね」

絵里の身の上は、昨今の女子大生にしては結構ハードなものだ。

幼いころは、勿論、両親がそろっていた。父親はとある会計事務所に勤める会計士で、母は看護師という、忙しいながらも幸せな家庭。それが変化したのは、絵里が幼稚園に通っていたころである。通勤中の不慮の事故により、父が他界したのだ。

幸いなことに、保険金や各種の社会保障があり、また、母が看護師という母子家庭において最強ともいえる資格を持っていたため、経済的な不自由はほとんどなかった。

ただ、再婚もせずに一人で自分を育ててくれる母の背中を見て育った絵里は、横道にそれることをよしとせず小中高と無難に過ごして、とある福祉系の大学に合格する。

絵里としてはそこで取れる限りの資格を取って、苦労してきた母に卒業後少しでも恩返しをと考えていた。けれど、ここで二度目の不幸に見舞われたのである。

母が、いきなり倒れたのだ。絵里は大学二年生になったばかりだった。母は看護師で毎年、健康診断を受けていたのだが、健診の間に悪性の腫瘍が発生していたのだ。

余命は——わずか半年。正にあっという間の出来事だった。

当然、悲嘆にくれた絵里であったが、母の最期の願いにより学業を最後まで続け、『自分自身の幸せ』をつかむための努力を進めようとした。

「学費——学校に行くための資金は父や母が残してくれていましたし、私も二十歳になっていたので、苦労はありましたけど学業を続けました。このまま卒業して、どこかに就職してって思ってたんです。けど、大学のキャンパスを歩いてたときに、同級生の一人に絡まれて——担当の教授に提出しようとしてたレポートをその彼女に奪われそうになりました」

「彼女……女か。そいつは盗賊か何かか？」

「いえ、そうじゃないんです……レポートもわかりづらいかな。えっと、研究結果みたいなのです。で、それを横取りしようとしたんですよ。彼女には前にも同じことをされてたんで、当然、私は抵抗しました。それで、もみ合ってるときにですね、いきなり足元に変な光が湧いて……気が付いたら、どこもかしこも真っ白な場所に立っていたんです。そこで『神』と名乗る相手に、無茶苦茶なことを言われたんです」

自分の身に実際に起こったことであるのに、口に出してみると荒唐無稽としか言いようがない。だが、それでも事実は事実なので、それらの出来事を絵里は素直に口に出す。

「なんでも、私たちの世界から、こっちの世界に魔素？　マナ？　とかいうものを送る必要ができて、その運搬係に私を選んだとかなんとか……」

「マナ？　そいつは、本当にそう言ったのか？」

「え？　ええ――えっと、そのままじゃないんですけど、大体はそんな感じでした」

あり得ない状況に混乱しきっていたために、うろ覚えだが、懸命に記憶を掘り起こして我が身に起こったことを説明する。

「私たちの世界――地球には、そのマナとかいうのがすごくいっぱいあるんだそうです。ところがあまりにも増えすぎて、環境に悪い影響が出そうになったので、足りてないところに送りたい、と。でも、そのマナだけを送ることはできず、だれかに託す必要があって、それで家族のいない私を選んだって言ってました」

さらに付け加えれば、移動は一方通行であり、元いた世界に戻ることはできない。そのために天涯孤独な者を選び、たまたまその役割を絵里が果たすことになった、という次第だ。

本来であれば転移後、絵里はとある国で大切にもてなされる予定だった。それが、彼女の世界の神からマナの移譲を持ち掛けられた、こちらの世界の神によるアフターケアだという。

ところが、だ。

「本当は私だけのはずだったんですけど、どうしてかもう一人、移動させちゃったらしいんです。神様が言うには、もみ合ってたおかげでその人――私のレポートを盗ろうとした相手で片野春歌って人なんですけど――その人が私の付属品みたいな感じに判断されたらしくって。それで、そのことも踏まえた上で神様が話していた途中で、彼女がキレちゃって……そこから出るなって言われてた光の模様の外に、私を突き飛ばしたんです。そしたら、なんか神様が慌てだして、早く戻れって言われたんですけど、そうする前にいきなり足元がなくなって――」

気が付けば、何もない空中に放り出されていた。当然、重力に従（したが）い落下一直線だ。落ちた場所が海だったのは不幸中の幸いかもしれないが、溺れかけ陸に着いた途端に気を失う羽目になったのだから、やはり不幸といえる。

その話を聞いたライムートは、絵里が言う『光の模様』とは、転移陣の一種だろうと言った。彼曰（いわ）く、こちらには『魔法』というものがあるそうだ。

けれど今はそれ以上教えてくれず、絵里に話の続きを促（うなが）した。

「海面にたたきつけられて死ぬってことはなかったんですけど、ホントに何度も死を覚悟しました。泳いでいる間に鮫が何かが来て、一呑みにされちゃうかもって生きた心地がしなかったです。けど、潮目がよかったのか、なんとか岸までたどり着けたんですよ」

そして、気を失っていたところを目の前のライムートに拾われた、というわけである。

「なるほど……いや、全部を理解したわけではないが、とりあえず苦労したのはわかった」

「ありがとうございます」

なんとも微妙なライムートの言葉だが、自分自身でも完全には理解できていないことを、そう言ってもらえるだけで十分だ。

「すみません、説明が下手で……」

「いや、どんなに言葉巧みに話されても同じだったろう……で、とりあえず、リィ。お前さん、もう二十歳を過ぎてるってのはホントか?」

まずはそこですか、と。絵里は心の中でがっくりと膝をつく。それでもライムートがある程度、彼女の身の上について理解を示してくれたことに安堵を覚えた。

「本当です。今年で二十一になりました。私がいたところでは二十歳が成人の区切りで、それ以上大人として扱われてます」

「ってことは、本当に大人なんだな……しかし、それでいて学生? リィは女だろう?」

彼のこの質問で、ここが男尊女卑な世界であるらしいことが絵里にはわかった。中世あたりの価値観であれば当然のことだろうから、それについて反駁したりはしない。

「私がいたところでは、男女平等に学ぶ権利が与えられているんです。ですから、女性であっても希望すれば学校に通うことができます」

「口調からして、学があるってのは本当のようだし……なるほどなぁ」

二人とも食事は終えていて、今はぱちぱちと爆ぜる焚火を見つめながらの会話になっている。

既に日はとっぷりと暮れ、周囲は真っ暗だ。街灯はおろか民家らしき明かりの一つも見えない漆黒の闇に寒気を覚えた絵里は、そっとライムートに身を寄せた。

「怖いのか？」

「ええ……ちょっと。こんな真っ暗なんですね、こっちの夜って」

「夜が暗いのは当たり前——でもなさそうだな。リィの世界の夜はどんなだったんだ？」

「国や地域にもよりますが、もっと明るいですよ。少なくとも私が住んでいたところはそうでした」

道路には街灯があり、家から明かりが洩れ、ネオンサインや車のヘッドライト等が輝く。それらが当たり前だと思っていた絵里にとって、この原始のような夜は驚きである。

体を丸めて小さくなっていると、その頭にそっとライムートが手を伸ばしてきた。

「そう怖がるな。何かあってもリィのことは守ってやる」

その手は節くれだっているし、掌にいくつもタコがあって、がさついた感触がする。それなりの年数を生きた者の手だ。

それが、思いがけないほどの優しい動きで絵里の頭を何度も撫でた。誤解を解いたはずなのに、まだ子ども扱いされている気がして不満だが、それでもその感触は心地いい。

「心細いだろうが、少なくとも今は俺がいるから、な?」

そう言いながら、カサついた皮膚に小さな皺がいくつもよった顔を優しく微笑ませている。

ほ、惚れてまうやろーっ、とは絵里の心の叫びだ。既に一目惚れ状態なのだから、さらに惚れ込んでしまう、というのが正解だろうか。

理想の塊のような相手にこんなことを言われて、夜の闇への恐怖も、これから先どうなるのだろうかという不安も、一時的に絵里の頭から消えていた。

「ってことで、今夜のところは寝ておけ。疲れてるだろうし、暗い中であれこれ考えたって、ろくなことにゃならん。続きはまた、明日だ」

その言葉に素直に頷き、絵里はライムートに体をもたせかけて目を閉じたのだった。

翌朝、日が昇るのとほぼ同時に絵里は目を覚ました。

眠りについたときには座った状態だったはずだが、気が付けば敷物の上に長々と体を伸ばしている。その下は地面で決して寝心地はよくないのだが、目を閉じてから今までの記憶が一切ないことを考えると、熟睡してしまっていたようだ。しかも相変わらずのミノムシ状態。

この状態でよく爆睡できたな私、と思ったところで、彼女はとんでもないことに気が付く。

――あれ？　確か、こういうときって交代で見張りとかするもんじゃ……？

原始的な野営の知識などないが、子どものころに読んだ金の指輪を火山の火口にぶち込むために旅をする某古典ファンタジーだと、そうだったはずだ。

絵里は慌てて飛び起きた。その際に、蓑――布に足を取られて転びかけたのはご愛敬だ。詫びを言おうとライムートの姿を捜すが、見当たらない。

置いていかれたとは思わなかったものの、彼の不在に自分でも意外なほどの心細さが湧き上がる。

ぐるぐる巻きの布を足部分だけたくし上げ、なんとか立ち上がると、素足のままで敷物から下りた。ライムートを捜しに行こうとしたところで、声が聞こえた。

「起きたか？　体の調子はどうだ？」

快活に笑う髭面は、朝の光の中で見ても、（絵里にとっては）渋くて素敵な男前だ。うっかり見とれそうになる気持ちを引き締めて、朝の挨拶を口にする。

「お、おはようございますっ。すみません、ずっと寝ちゃってたみたいで、その……起きたらライさんがいなくて……」

絵里の言いたいことに気が付いたのか、笑顔のままライムートが言う。

「すまんな、ちょいと周囲を見回ってきたんだ。このあたりはそれほど危険なところじゃないんで、俺もそこそこ眠れたから気にするな」

そこそこ、ということはやはり夜の間、ライムートが一人で周囲を警戒してくれていたらしい。

「立ち上がれるなら、体のほうも大丈夫だろう。安心したぞ。それなら、顔を洗いたいんじゃないか？　近くに水場があるから、着替えたら一緒に行こう」

改めて謝罪を口にする前にどんどん話が先に進み、絵里はその機を逸してしまう。それに、顔を洗えるというのは魅力的だ。

昨日のことを思えば当たり前なのだが、体中が潮くさい。髪の毛もなんだかじゃりじゃりする。絵里はライムートの提案に飛びつき、結局、謝るチャンスを逃した。

ライムートを待たせたくなかったので、焚火ですっかり乾いていた服を手早く身につける。その間、ライムートはちゃんと後ろを向いてくれていた。

意外なことに、服はあまり潮のにおいはしなかった。もしかすると、絵里が気を失っている間に、水洗いでもしてくれたのかもしれない。

「できました」

「おう、ならいくか」

用意が整ったと告げると、そのままライムートが歩き出す。その後ろを追った絵里は、そこで初めて一夜を過ごした場所の周囲を確認した。

少し離れた場所にある波打ち際は砂で、絵里たちがいた岩陰あたりから土と緑がまじり始める。海は青く、また空も青い。日差しはやや強く、夜の間もそれほど冷えなかったことから初夏、或いは初秋だと思われた。穏やかで過ごしやすそうな気候だ。足元にある植物も生き生きとしている。

「きれいですね……」

思わずつぶやいた絵里に、ライムートが苦笑しつつ答えてくれる。

「まぁ、今はそう見えるな」

「今は、ですか？」

「ああ。つい先日——というか、一昨日（おととい）まではこんなふうじゃなかったぞ」

歩きながらライムートが説明する。

「天候が不安定で、海は荒れ、作物の実りも芳（かんば）しくなかった。別にこの辺だけの話ではない。ここ数年、どこも同じようなものだ。おかげで、旅をするにも難儀したもんだ。ところがな……」

昨日、彼は海沿いの街道を移動しており、ふと海に目をやると、天から何かが落ちてくるのが見えたと言う。昼でもたまに見えることがある流星かとも思ったが、何やら胸騒ぎがしたために、確認しようと海岸に進路を変えたのだそうだ。

「……それって、まさか？」

「リィだったのかもしれんな——おっと、ここだ。体も洗いたいだろう？　覗いたりはしないから、安心していいぞ」

ライムートの言う『水場』は、岩の間からちょろちょろと水が湧き出て、それが小さな水たまりになっているところだった。流れ出ていく先がないのは、地面に染み込んでいるせいだろう。体を浸（ひた）せるほどではないが、潮（しお）まみれの体をきれいにするのには十分だ。

「ありがとうございます。じゃ、遠慮なく」

「……そこまで信用されると、却（かえ）って覗きにくいな」

「覗く気だったんですか？」

「いや、そういうわけじゃないが……まぁ、その話はいい。それより、さっきの続きだ」

言いながら、ライムートは背を向け少し離れたところで座り込む。「別にライさんになら、もう見られた後だし……いや、でもやっぱりこんな貧相な体じゃ……」という絵里のかすかなつぶやきは、その耳には届かなかったようだ。

「それでだな。俺が行った海岸はいつも通り荒れてたんだが、その先の海が……なんていうか、久々に晴れて、波も信じられないくらいに穏やかになってた」

沖の一部分のみが穏やかに晴れ、しかもそれが次第に広がっていったという。彼は信じられない思いで、かなりの時間、その様子にくぎ付けになっていたらしい。そして、ようやく我に返ったところで、海岸からやや離れた場所を泳ぐ人影を発見した。

そのころにはライムートの立っている海岸にまで変化が及んでおり、もしやその人物が何かを知っているのではないかと考えて近づいたのだ、と説明する。

「俺がそこへ到着する少し前だな、リィが陸にたどり着いたのは。急いで行ってみたら、気を失ってるし、体は冷え切ってるしで……」

それで、とりあえず疑問は置いておいて、絵里の救命を優先してくれたのだという。

「私、運がよかったんですね……本当にありがとうございます」

「気にするな。旅をしてりゃ助けたり助けられたりは当たり前だ。で、だな——そういういきさつだから、昨夜のリィの話も、まぁ『そういうこともあるか』と思ったわけなんだが……」

そこで一旦彼が、言葉を切る。その沈黙が何やら意味深に感じて、絵里は体を洗っていた手を止めた。

「思って……どうしたんですか？」

「話すかどうか迷ったが、どのみち、そのうちわかることだし……もしかすると、少々面倒なことになるかもしれん」

「え？」

「リィが本当に『界渡り』——ああ、こっちじゃそういうんだ。たまに、そういった奴らが現れるらしい。といっても、何十年、何百年に一回とかの話ではあるんだがな。で、そうだとして、だ。リィと同じ界渡りがつい二月ほど前に、ディアハラの王宮に現れたって話を聞いた。なんでも、その直前に『この世界を救う尊い者が現れる。心して迎え入れよ』って神託付きでな」

「は……え？」

「その界渡りは、見目好い女だって話だ。そいつが現れた途端に、王都近辺の天候は穏やかになり、作物が生き返ったように育ち始めたとかで、ディアハラじゃ『神が遣わしたもうた美しくも尊い界渡りの聖女様』のうわさで持ち切りだそうだ」

聞いたことのない地名らしい単語が出てきたが、そちらはとりあえず後回しでいい。それよりも、今のライムートの話に、絵里は心当たりがある——ありすぎる。

「……それって、もしかして片野さん？」

「さすがに名前までは伝わってはいない。ありがたい聖女様のお名前なぞ、下々が口にしていいものじゃないからな」

「でも、片野さんは私と一緒に誘拐されてこっちに来たはず。それなのになんで二か月も前に？」

異世界召喚を誘拐といっていいものかどうかは判断が分かれるところだろうが、絵里はそう思っている。なのでそう言ったのだが、その『誘拐』という単語と嚙みつくような口調に、ライムートが苦笑した。

「その辺は俺に聞かれてもな」

「あ、ごめんなさい……」

「いや、リィの気持ちはわかる——話を戻すぞ。そんな状況なんで、正直なところ、俺としては困ってる。界渡りなら神殿に身を寄せればいいんだが、もう一人界渡りがいて既に『聖女』なんて呼ばれてるなら、神殿はそっちだけが本物、後の者を騙りじゃないかと疑うだろう。で、リィの話ぶりだと、その相手とは、あまり仲がよくなかったんだろう?」

ライムートの言葉に、絵里はこっくりと頷く。

元々、彼女――片野春歌とは、同じ講義を受ける間柄という以上の関係はない。真面目に講義を受け、交友関係は女子がほとんどの絵里に比べ、春歌は単位が取れるぎりぎりの出席率で、キャンパス内外の付き合いは女子より男子のほうが圧倒的に多い――所謂、イマドキの女子大生だ。見かけも、化粧や服装が地味で髪を染めたりパーマをかけたりしていない絵里とは正反対に、春歌は小物にまで気を使い、髪は明るい茶色のゆるふわウェーブだ。顔も、十人に聞けば九割が『普通』『地味』と評価するであろう絵里に対して、春歌のほうはかなりの確率で『かわいい』『美人』という返事が戻ってくるタイプである。

普通なら、教室で顔を合わせる程度の付き合いで終わるはずだが、おとなしそうな絵里は、春歌に利用しやすい相手――つまりは『いいカモ』認定をされてしまっていた。

今回のレポート強奪についても、そんな背景があったからだ。

絵里からすれば、春歌が異世界召喚に巻き込まれたのは自業自得としか言いようがない。ただ、それを逆恨みされている可能性はあるし、少なくとも、日本にいたころより好感度が上がっているとは考えにくい。

「そんな相手がとっくの昔に足場を固めてるところに、のこのこと出ていったらどうなる？」

「それは……」

「まぁ、神殿も一枚岩じゃないだろうから、付け入るスキはあるかもしれん。だが、そうなったらそうなったで、下手をすると勢力争いの駒（こま）にされかねん」

ライムートの説明を聞き、絵里は冷静に考えた。確かに、彼の言う通りかもしれない。

なぜ二人の出現にタイムラグがあるのかはわからないが、召喚陣の内側にいた春歌とそこからはじき出された絵里の差なのかもしれない。そして、神託通りに――察するに、マナの移譲に喜んだこちらの世界の神が気を利かせたのだろう――現れた春歌と、後からのこのこ『私が本物です』と名乗り出た絵里と、事情を知らない相手がどちらを信用するかは明白だ。しかも、相手は男性受けのいい、あの春歌である。おそらくは、絵里の存在については口をつぐみ、自分は正真正銘の『神様の御使い』だと周囲に信じ込ませている可能性が高い。

「……まぁ、これは俺の予想でしかないし、実際のところは、確かめてみないとわからん。次の町で神殿に行って、それとなく様子をうかがってみた上で、改めてこの先のことを考えたほうがいいだろうな」

「はい、お任せします。ごめんなさい、なんだか厄介ごとに巻き込んじゃったみたいで……」

「何、気にするな。別にあてのある旅でもない。たまにはこういうのも刺激があっていいもんだぞ」

ライムートはそう言うが、それが絵里に負い目を感じさせまいという思いやりであるのは間違いなかった。それがわかっていても、絵里一人ではこの先どう動けばいいのか、見当もつかない。どこにその神殿とやらがあるのかもわからない状態では、彼の厚意に甘えるしかないのだ。

「ライさん……すみません。それと、本当にありがとうございます」

「気にするなと言ったろう？　それより、その『さん』づけはどうにかならんか？　どうも慣れなくて、尻が痒くなりそうだ。話し方も、もう少し砕けたものにしてもらえるとありがたいな」

「え、でも……」

「感謝してくれてるなら、そのくらいはいいだろう？　それと、ずっと気になってるんだが、リィはどうしてそうしょっちゅう謝る？　自分が悪くもないのにそういう態度だと、付け込まれるばかりだぞ」

日本で『すみません』は、ある種の接頭語のような扱いをされることが多く、絵里はなんの気なしに使っていた。けれど、それが通用するのは元の世界でも日本くらいなものだ。海外旅行の際には『自分に明らかな非があるとき以外は使用しないほうがいい』と忠告を受けることもある。

「あ……確かにそうですね。すみま――いえ、これから気を付けます」

「ああ、そうしてくれ。敬語もな。リィは育ちがよさそうだから難しいかもしれんが、よろしく頼む」

いえ、ごく普通の一般庶民ですよ、と返したものの、そういうライムートこそ実は育ちがいいのではないかと思い始めている絵里であった。

言葉遣いはやや荒っぽいが、粗野な雰囲気はせず、仕草にも下品なところがないし、絵里に対する態度は紳士的だ。

不思議な人だ、と思う。

そして、こちらで最初に会ったのがそんなライムートで幸運だ、とも。

この先、自分がどうなるのか皆目わからないながらも、できればずっと、彼と一緒にいたいと、絵里は願った。

「私のせいで、馬に乗れなくてすみま……えっと、一緒に歩いてくれてありがとうございます」

「気にするな。たまにはのんびり行くのもいいもんだ」

所持品に鞍があったことからも予想できたように、ライムートは一頭の馬と共に旅を続けていた。けれど、絵里は馬に乗ったことがない。そう白状したところ、それなら……と、ライムートはあっさりと自分も騎乗をやめて、絵里と一緒に歩くことを選択した。

「それより、敬語」

「う……頑張りま、じゃなくて、頑張る」

「ああ、その調子で頼む」

そんな会話の後、まるで世間話でもするように、ライムートはこの世界について説明してくれる。

ここは主神にフォスという神様をいただくフォーセラと呼ばれる世界であり、今いるのはウルカト国である。海沿いの細長い地で、水産が主な産業だ。無論、他にもたくさんの国があり、その一つが先の会話で出てきたディアハラで、ここからは内海を越えた反対側になる。

国と国との関係は、概ね良好らしく、小競り合いはあるが、大規模な戦争はめったに起こらない。というのも、フォスは平穏を愛する神で、この世界の大部分の者はその神を信仰しているため、「神の御心にそぐわない」行為として争いごとは忌避されているのだ。

そして何よりも地球と違うのは、この世界には『魔法』があることだった。

「あの、ライさ……ライは魔法が使えるの？」

「俺が、というか、マナを感知できるものなら、だれでも可能だな。もっとも、普通は自分の体を清潔に保ったり、小さな火を熾す、少量の水を出せるとかその程度で、俺もそんなところだ。強力な魔法を使うなら、それなりの才能と修業が必要になる」

ライムートはなんでもないことのように言うが、絵里にとっては晴天の霹靂である。

ちなみに、絵里は知る由もないが、これらのことはあの『真っ白い空間』で神様がきちんと説明する手はずになっていた。それが、春歌というイレギュラーな存在が、これまたイレギュラーな行動――つまり、絵里を転移陣の外に突き飛ばすという暴挙に出たために、できなくなったのだ。

尚、魔法があるこの世界には、当然のように魔物と呼ばれる存在もいる。おおよそは、普通の獣が狂暴化した程度のものだが、中には魔法を使ったり、高い知性を持つものもいて、人々の脅威となっていた。

「そうなんだ……あと、ライは、どこの国の人なの？」

「シルヴァージュって国だ。ここからだとかなり遠いな。そんなことよりだな……」

絵里の質問に言葉少なく答えた後は、また説明に戻る。その様子に、あまり深く尋ねないほうがいいと判断した絵里は、おとなしく聞き役に徹することにした。

そんなふうに話しながら歩き、旅慣れない絵里のために小休止を挟みつつ、目的地に着いたのは午後になってからだ。そのころには絵里は非常に大まかではあるが『この世界』に関する知識を得ることができた。

今彼女は、大きな港がある町の様子を興味深く眺めている。

港町はどこもそうなのかもしれないが、この町もずいぶんとにぎわっているようだ。ひっきりなしに荷物を積んだ馬車が行き交っており、周囲の様子を見るのに夢中になっていた絵里は、危うくひかれそうになりライムートに慌てて引き戻された。

「さて、と……まずは教会だな」

春歌が聖女として認定されているのなら、その情報を得るのには教会に行くのが一番だ。そんなライムートの判断に絵里が異論を唱えるわけもなく、二人は町の中心部にあるそこへ直行した。

「ようこそ、我が教会へ。ディアハラの聖女様について、知りたいと仰られるのはあなた方ですかな?」

この世界のほとんどの者が信者であるからか、教会は広く門戸を開いていた。

港町らしく活気のある通りを抜け、教会の建物に入って直ぐに出てきた女性に用件を伝えたところ、ほどなく別の男性が現れる。清潔そうな白い衣を着ている彼は、三十をいくつか過ぎたくらいの年齢で、どうやらここの責任者であるようだ。

「はい。聖女様のおうわさは旅の間に耳に入ってきておりましたが、どれもあやふやな伝聞ばかりです。聖なるフォスが遣わされた尊い方と聞き及んでおりますので、それならばしっかりとしたお話を伺うべきかと考え、こちらをお訪ねしました」

しゃべるのは勿論ライムートだ。基本的に絵里は黙って話を聞いているだけである。

「それはそれは……よき信仰の持ち主でいらっしゃいますな」

「お忙しいところに申し訳ありませんが、よろしくお願いします。これは、些少ですが聖なるフォスへの喜捨としてお受け取りください」

そう言いながら、いくばくかの金銭を渡す。ザンバラの髪を後ろでまとめて軽く身なりを整え、日ごろの口調が嘘みたいに丁寧な言葉遣いをするライムートは、いつもの風来坊の印象を一変させている。

おかけで相手は、すっかり警戒心を解いたようだ。

「いえいえ、ご心配には及びません。実のところ、本日は他に訪れる方も少なく、時間がありますので」

「ほう?」

「旅のお方とお見受けしますのでご存じないかと思いますが、昨日より久しぶりの豊漁なのです。ディアハラの聖女様のご威光が、やっとこのウルカトにも届いたのでございましょう」

主産業の漁業が忙しいなら、教会を訪れる者が減るのも道理だ。

「それはそれは……どうりで町がにぎやかだと思いました」

「この後はフォスへ豊漁のお礼を申し上げる者たちが押し寄せて、また忙しくなりましょう。あなた方はちょうどよいころにおいでになられたわけですな」

神官本人は漁業に携（たずさ）わる者ではないが、それでも久しぶりの豊漁はうれしいのだろう。にこにこと笑いながら、快（こころよ）くライムートの問いに答えてくれる。

「さて、お聞きになられたいのは、聖女様についてでしたな。二月ほど前に、ディアハラ王宮に降臨されたことはご存じですか？」

「ええ」

「実は、その前に大いなるフォスより、ディアハラの教会関係者に神託があったのですよ。それ以前のご信託がかれこれ三十年以上前のことの上に、今度の内容が『この世を救う尊い者が現れる。心して迎え入れよ』とのお言葉でございましたので、ディアハラの教会ではその話でもちきりでした。勿論、フォスのお言葉に従い、準備万端でお待ちしていたそうです」

そして、神託からしばらく経ったある日のこと。ディアハラの王が謁見室にいたちょうどそのとき、光に包まれた人物が、突然目の前に現れたのだという。

「フォスが遣わされたお方は、まだお若くお美しい女性であられました。そして、その手に光り輝く聖なる書をお持ちでいらっしゃったのです」

「聖なる書？」

「はい。水晶や玻璃のように透明で、しかも柔らかいという不思議な材質でできたものに収められた、今までに見たこともないほどに白い紙の束だそうです」

それを聞いた途端に、絵里がピクリと反応する。ライムートの袖を引く彼女を目顔で宥め、彼は神官の話の続きに耳を傾けた。

「その光は直ぐに消えたらしいのですが、聖女様にお許しをいただきディアハラの神官が確認したところ、細かな文字のようなものがびっしりと書かれていたものの、あいにく読めなかったと聞いております。おそらくは、天上界の文字なのでございましょう。聖女様はそれを『レポート』と呼んでいらっしゃったとの話です。そして、聖女降臨の知らせを受け大急ぎで駆け付けた王都の大神官様と王宮の魔術師長殿があれこれとお調べになられた結果、とんでもないことが判明したのです」

「というと、どのような？」

「貴方もご存じでしょうが、昨今のマナの減少はディアハラを含む各国で、非常に重大な懸案事項となっておりました。ところが、そのマナが大幅に回復していることがわかったのです」

「ほう？　それは目出度いことですが、今のお話からすると、もしかして……？！」

「ええ。聖女様と、聖女様のお持ちになられた聖なる書のおかげでございましょう。その証拠に、聖女様が降臨されて数日もしないうちに、ディアハラの空は美しく晴れ渡り、緑は生き生きとよみがえりました。ここ数年、不作だった作物も、今年は豊作だろうといわれております。聖女様は、それほどの恵みをこの地にもたらしてくださったのですよ」

「なるほど。神託があり、そこまでありがたい功徳（くどく）があるのなら、そのお人は正真正銘の聖女様なんでしょうな。しかし、よろしいのですか？　我々のようなものに、そこまで話してしまっても……？」

「ご懸念はもっともですが、これは聖女様のご意向なのです。希望は分（わ）け隔（へだ）てなく与えられるべき——つまり、聖女様がご降臨なさったことを広く知らしめ、不幸を嘆（なげ）く者たちに明るい未来がくることを教えるべきであると。勿論（もちろん）、それによりよからぬことをたくらむ輩（やから）も出てきましょうが、聖女様はディアハラの王宮にて大切に保護されていらっしゃいますし、聖なる書につきましても王都の神殿が厳重に厳重を重ねてお預かりしていると聞いております」

「ならば安心ですな。話を伺（うかが）えば伺（うかが）うほど、聖女様は素晴らしいお人柄であるのがわかります」

「左様でございましょう？」と、快活に笑う神官は、心底、聖女を信じているのだろう。

絵里にとっては突っ込みどころ満載の話だが、ここでそれを言っても、いらぬ混乱を招くだけだ。

「よいお話をお聞きしました。ありがとうございます」

「いいえ。こうしてお話しすることで、私も聖女様の御心に添うことができるのです。

ご懸念には及びません」

そうして神官との話を終え、二人は神殿を後にする。

その後、直ぐに宿屋を探し、その一室に落ち着いたのだが――

「――もういいぞ、リィ。よく我慢したな。色々、言いたいことがあるんだろう?」

荷物を置いて、備え付けの素朴な木の椅子に腰を下ろしたライムートの言葉に、我慢に我慢を重ねていた絵里が爆発する。

「……何、あれっ!? 信じられないっ、何が聖女よっ。おまけとか言われてたくせに、私を突き飛ばして……っていうか、私のレポートッ！」

あまりに興奮していたために、切れ切れの単語の羅列になってしまう。

「まぁ、落ち着け……といっても無理か。とりあえず、その聖なる書とやらはリィのものだってことでいいんだな?」

さすがに年の功とでもいうべきか。ひとしきり叫んでやや興奮が収まったのを見はからってから絵里に声をかけてくる。

「聖なる書なんかじゃない、私のレポートよっ！」

反射的に怒鳴り返すが、彼に八つ当たりするのは筋が違うと気が付き、絵里はわずかに赤面した。

「ご、ごめんなさい。つい……」

「気にするな。それより、もう一度聞くが、その『書』とやらは本当はリィのものなんだな？」

「私が書いたレポート——研究書というか、報告書っていうか、そんな感じのものよ。それを取られそうになって、もみ合っていたときに誘拐されたのは話したでしょ？」

「ああ。それと、念のために聞くんだが、他にリィの世界から持ち込んだものはあるのか？」

そう尋ねられて、彼女はしばし考え込む。今着ている服とレポート、それから財布やスマホなどが入った中くらいの大きさのトートバッグくらいだが、バッグは今や海の底だ。

「いくつか持ってたけど、服以外は海に落っこちた時点でなくしちゃった。それがどうかしたの？」

「いや、さっきの話を聞いて思ったんだが、リィはこの世界にマナを齎すために来たんだよな？」

「来た、というか、連れてこられたって感じだけど。うん、そんなことを言われたよ」

「ふむ。ということは、リィの持ち物だったから、それが光っていたという可能性が大だな」

「……え？」

そのつぶやきに、絵里は怪訝な声を上げる。それを聞いて苦笑した後、ライムートが自分の推理を披露した。

「リィの話からすると、本当はその聖女様じゃなくてリィが『この世界を救う者』ってことになる」

「うん」

「さっきの神官様の話では、光っていたのは聖女様本体じゃなく、『聖なる書』だけってことじゃなかったか？」

「あ……そういえば……」

「俺は、リィが落ちてきたらしいところで光を見た。あの距離から確認できるくらいだから、荷物だけが光っていたとは思えん。リィ自身が光を放っていたと考えるのが妥当だ。あいにくとその荷物とやらは海の底だし、さっきの話じゃ直ぐに光は消えてしまっただろうから確認するのは無理だが……いきなり海が凪いだのは、この目で確認した。おそらくは、この町が豊漁になったってのも、リィがあそこに落っこちたせいだ。ディアハラのマナの増量についても……持ち主がリィだってことで、『聖なる書』に多少のマナが宿っていたと考えられる」

「……あの話を聞いても、私のこと信じてくれるの？」

「俺は、俺自身が見たものを信じる。俺にはリィが嘘をついているようには見えん。だったら、どっちが本物かなんて自明だ」

この世界を救うため、減少したマナを補うために遣わされたのは、春歌ではなく間違いなく絵里のほうだ。――きっぱりとそう告げられた絵里は、安堵のあまり思わず涙をこぼした。

「ライ……ありがとう」

「ああ、泣くな……いや、泣いてもいいか。本来なら、リィはディアハラの王宮で大切に守られてるはずなのに、一人きりで放り出され、側にいるのはこんなおっさんだけなんだからな。寂しいし、心細いよな。すまん……」

ためらいがちに伸ばされた手が、優しく絵里の頭を撫でる。

「そんなことない……私、ライに会えて、本当に、よかったよ」

それほど我慢をしていた自覚はなかったが、やはり色々とたまっていたのだろう。気が付けば、絵里はライムートにしがみついて泣きじゃくっていた。

がっちりとした胸板は、たやすく彼女の体を受け止めて、絵里がえぐえぐとしゃくりあげるたびに、体臭を感じさせる。日向と埃のにおい、それと汗の香りに混じる少しばかりの男臭さ。それは絵里にとって、ひどく安心できるもので――

しばらく泣きじゃくった後、心労もあり、彼女はそのまま眠ってしまった。

そして、目が覚めた後――

「本当にそれでいいのか？」

「うん。ライが許してくれるのなら、このまま一緒にいたい」

『リィはこの先どうしたい？』と尋ねられた絵里は、泣きはらした真っ赤な目で、それでもしっかりとライムートを正面から見つめ、そう答えていた。

「今さら、私が本物ですって名乗り出たとしても、信じてもらえないと思う。それに王宮とか、聖女様とか、私の柄じゃないもの」

「それはそうかもしれんが……いや、柄じゃないってところじゃなくて、信じてもらえないかもしれないってことだ。しかし、俺と一緒に来るってことは、旅から旅の生活になるんだぞ」

「頑張る。それで、もしどうしても足手まといで仕方がなくなったら、置いていってくれていい」

「ばかを言え。一度拾ったなら、最後まで面倒見るのが筋だ」

捨てられていた犬猫と同じ扱いみたいな気がした絵里だったが、それについてはスルーする。

正直、似たようなものだという自覚があった。

何しろ、自分はこちらの世界についてはまったくの無知だ。不思議と言葉は通じるが、生活習慣など白紙状態である。勿論（もちろん）、こちらのお金など持ってないし、稼ぐ手段も知らない。

そんな状況で、「私が本物の聖女です」と名乗り出るつもりがないのなら、選択肢は一つしかなかった。

「ライにそう言ってもらえてうれしいけど、だからこそ、最初に言っておきたかったの。私にできることならなんでもするから、遠慮なく言いつけてね」

「なんでもって……子どもじゃない若い娘が、そんなことを口にするもんじゃない」

「え？　なんで？」

「だから、それは……いや、兎（と）も角（かく）、それは禁止だ」

そんな感じの会話の後で、絵里はライムートの旅の道連れになったのだった。

第二章　旅の道連れはおっさん

「――疲れてないか？　少し休憩をとるか？」

ライムートは面倒見がいい。加えて、大変なお人好しだ。

そうでなければ、たまたま行き合っただけの絵里を旅の道連れになどしなかったし、こうして何くれとなく気遣ってくれたりもしないだろう。

「ううん、大丈夫。これでも結構、体力ついてきてるから」

街道沿いには徒歩でおよそ一日、或いは二、三日の距離ごとに町が存在している。日本でいう東海道五十三次のようなものだと思えばいいだろうか。その日のうちにたどり着ける距離ならそこに向かい、そうでなければ野営する。そんな生活にもずいぶんと慣れてきた絵里だった。

「そうか。なら、このまま進むぞ。この調子なら、次の町には日暮れ前に着けるはずだ。少し風が出てきたから、しっかりとフードを立てておけよ」

こちらにも四季がある。絵里がこちらに来たのは夏の終わりの季節だ。そして今、初秋から晩秋へ移り変わろうとしている。吹きつける風に深まる冬の気配を感じて、絵里はライムートの言葉に従い、防水性のあるマントのフードをかぶった。

「こうやって見ると、リィもすっかりこっちの人間だな」

「そう？　だったらうれしいな」

絵里が着ているマントはライムートが買い与えてくれたものだ。

その他、下着から何から一式全部そろえた。おかげで今の絵里は足もとのスニーカーを除き、すっかりこちら風の装いとなっている。足だけが元の世界のものなのは、こちらの靴があまりにも作りが悪く、絵里の足があっという間に肉刺だらけになったからだ。

「雨は降らんと思うが、少し急ぐぞ」

「うん」

保護者然とした振る舞いのライムートと、その後をひよこのようについていく絵里の姿は、見る者には微笑ましく映るだろう。さすがに親子には見えないと絵里は信じているが、叔父と姪、或いはなんらかの師匠とその弟子といった風情だ。そこに色恋はない。

これについて、絵里としては内心、かなり不満があった。

彼女は筋金入りのおじ専である。

早くに父を亡くしたことに加え、看護師である母が忙しく、寂しい時間が長かったので、おじ専というよりも、こじらせたファザコンといったほうが正解かもしれない。

とにかく絵里にとってライムートという存在は、命を救われたという出会いを抜いても、ぜひともゲットしたい相手なのだ。

しかし、その性癖故（ゆえ）か、彼氏いない歴＝（イコール）年齢を誇る絵里である。具体的なノウハウは持っていない。やみくもに突撃しても目も当てられない玉砕が待っていそうだ。

それに、それ以前の問題がある。

絵里はライムートの恋愛方面の守備範囲に入っているのだろうか。

一緒に旅をしている間の態度から推測すると、ライムートは、自分を絵里の保護者と考えているようだ。そこをまずなんとかしない限り、絵里の未来に光明は見出せない。

そんなわけで、今のところ単なる旅の道連れとして、二人は街道を歩いていた。

「どうしたの、ライ？」

不意に、ライムートが足を止めたのを見て、絵里は不審の声を上げる。

周囲は――先ほどまでは開けた場所であったのだが、少し前から小さな岩山が続く細い道に差しかかっていた。細いといっても、余裕で馬車が通れるくらいの幅はあり、岩山が風よけにちょうどいい感じで、絵里としてはありがたい状況だ。

「少々、荒っぽいことになりそうだ」

「は？」

いきなりそんなことを言われても、絵里の理解が追い付かない。詳しい説明を求めて、もう一度口を開こうとしたときに、答えが向こうからやってきた。

「——くたびれたおっさんのくせに、やけに勘がいいな」

カーブになっていた道の先から、そんなセリフを口にしながら現れたのは、見るからに悪役ですといった風体の三人組の男である。

絵里はこの三人組に見覚えがあった。少し前に、自分たちを追い抜いていった連中だ。その折に、何やら嫌な感じの視線を向けられていたが、どうやら獲物として値踏みをされていたらしい。

「まだ勘が鈍るほどは年を食ってないってことだ。それで？　俺たちになんの用だ？」

男たちから絵里を守るように前に出つつ、ライムートが問いかける。

たくましい後ろ姿は、警戒はしていても、おびえた様子はない。降ってわいたようなこの状況に混乱していた絵里も、その背中を見ているうちに少しずつ落ち着きを取り戻していった。

「なんの用？　ンなもんは決まってんだろ」

「有り金全部と、ついでにそこのガキを置いていきゃ、おっさんだけは見逃してやんぜ？」

「俺たちぁ、優しいからな。命まではとろうたぁいわねぇよ」

こちらの戦力はライムート一人なのに対して自分たちは三人という事実に、優位を確信しているのだろう。雑魚(ざこ)臭がぷんぷんな、三人組のセリフである。

「……見たところ、食い詰めた挙句の盗賊(とうぞく)家業ってところか？ 数にものを言わせないと襲えないとは、腕っぷしも大したことはないんだろうな」

ライムートの態度は冷静極まりない。連中の動きを油断なく見張りながら、絵里と馬を背後にかばい、一歩も引かない構えだ。

「コソ泥で我慢しておけばいいものを、そっちがうまくいったんで調子に乗ったのか？」

「うるせぇ！ ごちゃごちゃ言ってねぇで、さっさと身ぐるみ全部置いてきやがれっ」

ライムートの推測は、連中の痛いところをえぐったようだ。見事に言い当てられ頭に血が上ったのか、彼らは真っ赤な顔でわめきたてる。こんな簡単な挑発で逆上するあたり、本当に小者なのがわかるというものだ。それでも一人で突っ込んでこないのは、一応、己(おのれ)の力量をわきまえているのだろう――要するに、一人ではライムートには敵わないということだ。

「心配するな、リィ。お前は俺が守る」

「う、うん」

連中の雑魚さ加減は、絵里にもわかるが、それでもやはり恐怖を感じる。

何しろこれは、絵里がこちらに来てから初の襲撃なのだ。

一月以上も旅をしていて、一度も襲撃されないというのは、普通ではあり得ない確率だった。ライムートがそう言って驚いていたが、単に道を歩くだけで危険があるというのは、平和ボケした日本人である絵里には理解できない感覚だ。

そんな彼女に、ライムートは道すがら、口が酸っぱくなるほど、その危険性といざというときの対処法を教え込んでいた。

「悲鳴を上げてもいいが、目は瞑るなよ。万が一、俺がやられるようなら、馬に乗って一目散に逃げろ」

「……はい」

悲鳴は付近にだれかがいた場合、危険を知らせる合図になるので構わないが、目を閉じてしまうと状況の推移についていけなくなる。危うくなった場合でも、間違っても助太刀に入ろうとするな。戦闘力皆無の絵里では却って足手まといになる。逃げて、人を呼べ。

――何度も口にしたことをもう一度繰り返すライムートに、絵里は緊張しながら頷く。

その様子で、素直に自分たちの言うことを聞く気がないとわかったのだろう。三人組は下卑(げび)た笑みを浮かべながら、持っていた武器を抜く。

あまり手入れはされていないようだが、それでも日の光を受けてギラリと鈍く光る刃物に、絵里は喉(のど)の奥で小さな悲鳴を上げた。

「やっちまえ！」

それを合図に、男たちが一斉に襲い掛かってくる。

「……連携もろくに取れてないな。どう足掻(あが)いても雑魚(ざこ)は雑魚(ざこ)か」

あちらが武器を持ち出したのだから、当然、ライムートもそれに対応する。

手入れ以外で彼が剣を抜くのを見るのは、これもまた絵里にとっては初めての経験だ。

スラリと抜き放った彼の武器は、丁寧に手入れをされており、男たちのものとは対照的に陽光をはじいてキラキラと輝いている。飾り気のない武骨な作りだが、ライムートの手にあると、まるで名のある宝剣のようにさえ見えた。

――か、かっこいい……

ずぶの素人(しろうと)である絵里が見ても構えが堂に入っており、そんな場合ではないのだが、思わず見とれてしまう雄姿だ。

けれど、頭に血が上っているせいか、或(あ)いは、ぼさぼさ髪で髭(ひげ)ぼうぼうの風采(ふうさい)の上がらない中年オヤジという先入観が強すぎるのか、男たちは一切構うことなく、突撃を敢行した。

「死ねぇっ！」

掛け声だけは勇ましく、その中の一人——今まで主に口を開いていた男が、ライムートに切り掛かる。大きく振り回す剣の一撃は、当たれば命にかかわるほどの勢いだが、残念なことに腰が入っていない。そんな腕力のみで振り回しているものを食らうほど、ライムートは弱くなかった。

「ぐぇっ」

カエルが踏みつぶされたときのような無様なうめき声が上がる。

あっさりと剣をよけたライムートが、カウンター気味に男の胴体へ膝をたたき込んだせいだ。胃液をまき散らしながら、前のめりになって倒れる男を確認しもせず、おっさんにしては軽い身のこなしで、彼は次に切り掛かってきた相手の懐へ飛び込んだ。剣を持つ手元へ肘を打ち込み、武器の軌道をくるわせ、体勢が崩れたところに背後へ回り込んで、持っていた自分の剣の柄を男の首の付け根へ振り下ろす。

「げ、がっ……」

急所への一撃で、二人目の男はあっさりと意識を手放した。

「て、手前っ、よくも……っ」

三人目はそこで逃げればよいものを、悪党は悪党なりに仲間意識があったのか、仲間の敵討ちのために、無謀にも剣を大上段に構えたままで、真正面から突っ込んでくる。

無論、そんなものにライムートがやられるわけがない。余裕をもって回避しつつ、剣を持っていない左手で拳を作り、それを相手の顔面へたたき込んだ。

絵里には、まるで自分から望んで男がその拳に突進してきたようにも見えた。それほどにライムートの動きは、無駄のない、洗練されたものだ。

「ぶばっ……っ」

鼻血と砕かれた歯をまき散らしながら、最後の男も地に伏す。

結局のところ、双方とも剣を抜きはしたが、それによる流血は一切ない。相手の登場から戦闘開始までの時間の半分にも満たないわずかな時間の出来事であった。

「……やれやれ、無駄な体力を使わせやがって」

もしかすると鼻骨を粉砕しているかもしれないほど勢いのある正拳突きだったにもかかわらず、ライムートのほうに怪我はないようだ。出番のなかった剣を鞘に戻しつつ、ぼやくように言う。

地面でのびている男たちだが、一撃できちんと戦闘能力を奪っているので、反撃の心配はない。

「リィ。悪いが荷物の中からロープを出してくれ。こいつらはここで拘束しておく」

戦闘終了直後にいつもの調子で話しかけられた絵里は、事態の展開に追いつけないでいた。

「……リィ？」

棒立ちになったまま返事をしないのを不審に思ったのか、ライムートが絵里の名前を呼びながら近づいてくる。

「大丈夫か？　すまんな、怖かっただろう」

呆然としているその頭を優しく撫でられて、やっとそこで彼女の頭脳が再起動を果たした。

「す……すごいっ、かっこいい！　ライって、ものすごく強いのねっ」

興奮で頬を赤くする絵里の称賛に、ライムートが面映ゆそうな表情になる。

「そりゃ、少しはな……何せ、この年まで、あっちこっちをフラフラしてるんだ。こういった手合いにはそれなりに慣れもする」

「それでもっ！　すごいよ、こいつら全然歯が立たなかった……剣も使わずに、倒しちゃうしっ」

盗賊の襲撃におびえて声を出せなかったのではなく、はしゃいでいるともいえる絵里の反応に、ライムートの口から苦笑が洩れる。

「この連中が弱すぎただけだ。それに、剣は、なんだ……人を斬ると、その後の手入れが面倒なんだ。下手をすると、研ぎに出さなきゃならなくなるしな」

照れ隠しなのか、身もふたもない理由を口にするライムートだが、それはつまり、手間を惜しむ余裕があったということだ。

それに、荒事に慣れていない絵里に不必要な惨劇を見せるのをためらった面もあるに違いない。

「それより、早いところ次の町に向かうぞ。こいつらのことを知らせなきゃならん」

まだ「すごい、すごい」と興奮している絵里を促して、彼はあっという間に平常運転に戻った。その切り替えの早さも、さすがは年の功といったところだ。

――渋い男前で、紳士で、優しくて、おまけにものすごく強いなんて……

絵里の中でライムートの株が天井知らずに上がっていったのは、当然であった。

そんな一幕がありはしたが、その後は何事もなく距離を稼ぎ、二人が日暮れ前にたどり着いたのは、今まで訪れた中では大きめの町だった。

門にいた者に、先ほどの盗賊もどきのことを告げ、後始末を頼む。町の規模を問わず、門番はその土地の治安維持にかかわる組織に属しているので、こうしておけば回収及び尋問をしてくれるのだ。

後で詳しいことを聞きに行くかもしれないと言われたため、宿が決まったらまた来ると答える。後は、その宿を探す作業になる。

ライムートは知識があり、勘もいい。初めての場所でも、旨い食堂や居心地のいい宿屋を見つけるのがとても上手だ。おかげで、今回もそこそこの宿屋を見つけることができた。

「今日はここにするか」

「うん」

ランクとしては中の上あたりだろう。朝食と夕食を備え付けの食堂で取れるタイプで、比較的懐に余裕のある旅の商人が泊まるような宿だ。当然、値段もそれなりのものだが、ライムートは顔色一つ変えずに支払った。

「すまんが、少し出かけてくる」

夕食を遅らせてもらいたいと宿の者に告げ、指定された部屋に荷物を置いた後で、ライムートが言う。

「守備隊の詰め所によって、その後、うわさを聞き込んでくるつもりだ。それほど時間はかからんと思うが、もし腹が減って我慢できないようだったら、飯は先に済ませておいてくれ」

例の連中についての事情聴取に協力するのだろう。それにうわさの収集は、見知らぬ街に来た折のライムートの定番の行動だ。

「ううん。大丈夫、待ってるよ」

「そうか？　すまんな」

身の安全を図る上で、現地のうわさが重要なのは絵里にも理解できる。もっとも、ライムートの意図はそれだけに留まっていない様子なのだが、本人があまり詳しく教えてくれないために、絵里は不思議に思いつつも素直に従っていた。

彼に事情があるらしいのは、わかってきている。

何しろライムートに言わせると、彼の職業は『旅人』なのだそうだ。

そんなものが職業になるのか――もしかすると、こちらではそれもありなのかもしれないが、だとしたら、その旅をするための資金はどうしているのかが不明だった。

ライムートは商人ではない。少なくとも絵里は、彼が商売をしているところを見たことがない。ときたま、簡単な頼まれごと――例えば、次の町まで手紙や小さな荷物を預かったり、旅のついでに手に入れた薬草などを売ったりすることはあっても、決まった商品の取引らしいことは何もしていなかった。

さらに、絵里というお荷物を抱え、出ていくものが二倍で大変だろうに、それを気にしている様子もない。

本当に、不思議な人だ。

思い切って彼の事情を尋ねてみようと思ったことは、何度もある。が、いくら気安く言葉を交わせるようになったとはいえ、衣食住全部を世話になっている身で、あれこれと詮索するのは気が引けた。

——いつか話してくれるかな、話してくれるとうれしいな。

そう思いつつ、絵里は日々を過ごしているのである。

そろそろ完全に日が落ちきるというころになって、ようやくライムートが宿に戻ってきた。

「——すまん、思ったより遅くなった」

「おかえりなさい。お疲れさま」

まるでどこかの新婚家庭みたいだ、とこっそりと胸の中でつぶやいた絵里は、そこで、彼の様子がいつもと違うことに気が付いた。

ぼさぼさの前髪に隠れてわかりにくいが、眉間の皺がいつもより深い。髭に覆われたあごの線も、常よりも固いように思われる。ほんのわずかな差だが、好きな相手の変化を見逃すわけがない。

「何かあった？」

「……リィは勘がいいな」

ビンゴだったようだ。

「少々、きな臭い話を聞いてきた――が、とりあえず、先に飯を食おう。話はその後だ」

腹ペコで死にそうだ、と彼は笑うが、その態度はどこかとってつけたような印象を絵里に与える。

階下にある食堂で夕食を終え部屋に戻って落ち着いたところで、ライムートは口を開いた。

「さて、待たせたな。聞きたいことがあるんだったな……」

「うん。話してくれるんだよね？　あ、話せる部分だけでいいから」

「相変わらず、リィは控えめだな。もっとあれこれと食いついてもいいんだぞ」

そうは言われても、詮索しすぎて嫌われたらどうしようという乙女心がある。傍（はた）から見ればムサい中年オヤジでも、彼女にとっては理想の男性なのだから、少しでもいい印象を与えたいと思うのは、ごく自然のことだ。

「リィは物わかりがよすぎて、こっちが戸惑う――おっと、話がそれちまう。実はな……」

そう言って彼が話してくれたのは、両替屋（銀行のようなものだ）で入手したという情報だった。両替屋は大量の金銭を取り扱う職業柄、うわさの収集に力を入れており、ある程度の金額を支払えばそれらを教えてくれるのだそうだ。

「ディアハラの動きが妙らしい」

「それ、片野さんがいるところよね？」

タブーにしていた名前が、久しぶりに出てきた。

暗黙の了解というやつで、二人の間ではディアハラと春歌に関する話はほとんど出ない。距離が遠いということもあるが、わざわざ嫌な気持ちになる話題を取り上げなくてもいいだろうということでそうなっていた。

「ああ。聖女様のうわさはこのあたりでも結構広まっちゃいるが、今回のは別口だ。ディアハラの王が戦を考えてるんじゃないかって話だった」

「え？　でもこっちの世界って、戦争はしないんじゃないの？」

確か、最初のころに聞いた話ではそうだったと絵里は記憶している。フォスは平穏を愛する神であり、その信徒であるこの世界の人々は戦争を嫌っている、と。

「領土や利益――要するに自国の欲のために争うのは厭われる。だが、そうじゃない場合ってのがあるんだ。で、今回のはどうもそっち系らしい」

「利益のための戦争じゃなくって、他の場合？」

「ああ。要するに『大義名分』のある戦……そんなものが本当に存在するのかどうかは知らんが、過去にはそういう名目で起きた戦争がある。それで、今回のディアハラだが、その聖女様絡みだって話だ」

「ええっ⁉」

会話を続けながら、絵里は前に簡単に教えてもらったこの世界の地理を思い出した。

えぐれた部分を下にした三日月形の大地、それがこの大陸だ。ディアハラはその西の末端に近い位置にあり、絵里が落ちたウルカトは、三日月の内側の中心からやや右にずれた海岸沿いの国だった。ライムートは海沿いの街道を東から西に旅する途中だったので、絵里を拾った後もそのまま西に進み続けている。

そのディアハラに聖女が降臨したという話は、二人が行く先々の町や村で耳にした。そのほとんどの場所で、『ありがたいことだ』と好意的な受け取り方をされているのに、どうして戦争などという話が出るのか？

「聖女様が……というか、実際にはリィなんだがな。それが降臨してから、こっちの環境がよくなってるのは知ってるだろう？」

「あ、うん。あんまり実感はできてないけど」

「ははっ。まぁ、俺らが移動するより、いい状態になっていくほうが早いからな。だが、実際にそうなんだよ。荒れ模様だった天気は穏やかになり、作物は元気付くし、野獣や魔獣の被害も減ってる。魔法が使える連中も、いつもよりも発動がたやすくなってると大喜びだし――」

しかし今のところ、絵里の目でわかるような変化ではないので、そういうことが起きていると聞かされても『ふーん』としか思えなかったりする。

「それらの変化が、突然マナが増えたおかげだってのは、どこの国でも共通の認識になってる。だが、なんでかってのはわかってない」

「え？　片野さんのおかげなんじゃ？」

だからこその『聖女様』だろうに。そう言うと、ライムートが苦笑した。

「公式に認めると色々と問題があるってことだな」

そう言われて、不思議に思った絵里だったが、ふと思いついたことがあった。

「もしかして……国同士の力関係とか、そういうやつ？」

「やはり学生だっただけあって、リィは賢いな――ああ、そういうことだ。これが、もし聖女様が教会で保護されてたってのなら話は変わってくるんだが、あいにくと王宮が囲い込んじまってる。で、その聖女様のおかげで世界が平穏になったと認めちまうと、ディアハラの力が強くなりすぎる恐れがあるってわけだ」

　そういう状況下で、ディアハラ王家は正式にそれ——つまり『聖女の功績』を認めるように、と各国に使者を送ったらしい。ご丁寧に、ディアハラ王宮に滞在する存在が神託によって現れた聖女だとする自国の教会のお墨付きを添えてだ。

　一王家のみの使者であれば、事実関係が確認できないと突っぱねることもできるが、教会が絡むと話は違ってくる。だが、後々のことを考えれば、軽はずみに認めることもできない。そのため、各国は時間稼ぎという手段をとった。本当に彼女が聖女なのか、自国の者を遣わしてそれを確認したい、と申し出たのである。

　けれど、それをディアハラは承知しなかった。

「フォスの神託を疑うのかと、ディアハラ王は大層腹を立てたって話だ。真偽のほどはわからんが、聖女様も『偽者扱いされた』と嘆いた挙句に、体調を崩して寝込んでるとかなんとか……」

　偽者扱いも何も、正真正銘の偽者なのだが、現時点でそのことを知るのは絵里とライムートの二人だけである。

「でも、それで戦争？　いくらなんでも短絡すぎない？」

「元々、ディアハラって国は大陸の片隅に押し込められてるせいもあり、他国への野心を持っている国なんだ。ただ、フォスの教えでそういった私欲のための戦は忌避されていて、行動に出られなかったわけなんだが……今回の聖女様のご光臨は、その野心のいい隠れ蓑ってわけだな。しかも、こっちは風聞の類になるが、ディアハラの王家は聖女様に骨抜きにされているらしい。王太子以下は、恋のさや当ての真っ最中だとさ。開戦を叫んでるのも、その王子たちだって話だ」

「……」

その言葉で、絵里は大学での春歌の行動を思い出した。

基本的に遠くから見ていただけだが、それでもわかるほど彼女は男性に取り入るのがうまかった。その春歌に篭絡された王子らが、愛する女性の名誉を守るために立ち上がったということだろう。加えて、『聖なるフォスの神託を信じない相手に罰を与える』という大義名分があるわけだ。もしかしてその黒幕が、実は春歌自身であるという可能性すら考えられる。

「さすがに今直ぐどうこうってことじゃないようだが、用心するに越したことはない。ただ、そのおかげでちょいとばかり困ったことになった」

「どうしたの？」

「このまま進めば、ディアハラに近づくことになる。そんな状態だから、それは避けたいんだ。そうなると行き先をどうするか……」

「だったら、内陸のほうに行くとかは？」

「ああ、それも考えたんだが……」

何やら、ライムートは妙に歯切れが悪い。どうしたことかと訝りながら、絵里はもう一度この世界の地図を頭に思い描く。

「ここから内陸……ずっと行くと、シルヴァージュって国よね。確か、ライはそこの出身って言ってなかった？」

「覚えていたのか」

勿論だ。彼の言葉は、一言一句とまではいわないが、そのほとんどをちゃんと記憶している。

「不安定な状況なら、知らない国より故郷のほうが安心できるんじゃないの？」

「それはそうなんだが……少々、事情があってな」

「事情？」

「ああ。とある事情で、俺はシルヴァージュに戻るわけにはいかないんだ」

そう言いながら、ライムートはふぅ、とため息をつく。それは、絵里が彼と出会ってから初めての、重く深いため息だった。いつもは快活な表情も、そのため息に引きずられるように暗く、一気に数年も年を食ったような印象すら覚える。

絵里はそんなライムートも素敵だと感じたが、今はそれは置いておく。

「……その事情ってなんなのか、聞いていい？」

「そうだな。そろそろ、リィにも話しておくか――といっても、全部を話せるわけじゃないんだが」

「いつも言ってるけど、私に話せるところだけでいいよ？」

「物わかりがよすぎて申し訳なくなるな」

片方の頬だけで笑った後、遠いところを見る目つきでライムートは話し始めた。

「リィの世界では成人は二十歳だと言っていたが、こっちじゃ十五で大人として扱われる。子どもがその年になると、親戚や知り合いを招いて盛大に祝うんだ。俺のときもそうだった」

ライムートの祝いの宴は、彼がその家の長子ということもあって、それはそれはにぎやかだったそうだ。無事にその年齢まで育ったことをフォスに感謝する意味合いもあるので、招待客の他にも祝おうという気持ちがあれば、だれであろうと歓迎する。飛び入りが多ければ多いほど、フォスがその成人を嘉しているとされているのだ。

しかし、その飛び入りの中の一人によって、ライムートの運命は激変した。

「祝いの宴――宴会も、そろそろ終わりになろうかってころにやってきた客がいたんだ。古びてはいたがローブを着てたんで、魔法使いだろうと親父が直々に挨拶を受けた。どうやらその相手は予言者だったらしくて、俺に告げることがあると言いだしたんだ」

予言者とは、魔法使いの一種で『先見』という力を持っている者を指すそうだ。これから起こること、或いは起こり得ることを察知する能力で、当然ながら滅多にあるものではない。大抵の予言者は人里離れた場所に住まっており、下手をすると国王でも面会が叶わないそうだ。そんな相手が祝いに駆け付け極秘裏に話があると言われたのであれば、対応は一つしかない。

「爺様と父親、それに俺の三人で、別室でその話ってのを聞くことにした。そしたら、そいつがとんでもないことを言い出したんだ――詳細は省くが、要するに、俺は今直ぐ旅に出て『とあるもの』を探さなきゃならんのだと。それを見つけるまでは家はおろか、国にも戻ってきちゃならん、とな」

「え？　で、でもそのときのライって、まだ十五歳でしょ？」

「ああ。ひどい話だろう？　俺もそう思った。親父や爺様も同様だったが、そいつは平気な顔をしてさらに続けたんだ。これは既に決まったことであり、変えることはできない俺の運命だ。そう言って、俺に向かって呪文のようなものをつぶやいたと思ったら、いきなり姿を消しちまった」

無論、その場は大騒ぎになった。どこをどう探しても、件の『予言者』を発見できなかったのだ。とはいえ、ただそれだけであれば、妙な出来事があったと笑い話にできたのかもしれない。けれど、混乱はその後が本番だったという。

「これも詳しいことは話せないんだが、結局のところ、俺はそいつに言われた通りのことをする羽目になっちまった。で、以来、ずっと旅をしてるってわけだ」

「それって……まさか十五歳からずっとってこと？　その間、一度も家に帰ってないの？」

ライムートはどう見ても四十歳以下には見えない。ということは二十年以上、旅を続けているということになる。

「ああ、そういうことだな。まぁ、国には戻れなくても、実家からの援助は禁じられていないから、路銀なんかはなんとかなってるんだが……」

ライムートの家はそれなりに裕福らしい。彼が資金に困っていなかったのは、そういう理由があったからか。

「ライ……」

「そんな顔をするな。今じゃ慣れたものだし、日々変化があってなかなか面白いもんだぞ」

日に焼けた肌、蓬髪に無精髭で笑う中年男からは、十五歳の少年の面影はとうの昔に消えうせている。けれど、荒っぽい口調や挙措の中に垣間見える礼儀正しさや、弱い者へ向ける優しさは、育ちのよさからくるものなのだろう。

「ま、そんなわけでシルヴァージュには戻れないんだが、そっち方面に行くだけなら問題ない。早急に決めることでもないんで、少しここらで情報収集をしてからってことにしたいが、構わんか？」

「うん、それは全然。ライがいいと思うようにして――あ、それと……」

「ん？　どうした？」

素直に頷いた絵里だったが、もの問いたげに語尾を濁した。ライムートが続きを促す。

「えと、その……聞いていいかわからないんだけど、その探しものって何？」

「ああ、それか。別に秘密にしとかなきゃならんわけでもないんだが、あんまりにも荒唐無稽で、口にするのもアレなもんでな」

「あ、言いたくないなら――」

「いや、構わん。俺が探してるのは『この世の外にある二つとない宝』ってやつだ」

「……は？」

「な？　そういう反応になるだろう？」

絵里の反応が予想通りだったためか、ライムートは苦笑する。

「そんなものを探してこいという奴もおかしいが、それを真面目に探してる俺も、相当おかしな自覚はある。おかげでこの年になるまで所帯も持てない。こんな俺に惚れてくれる相手はいないだろうから、おそらくこのまま寂しい老後一直線だ」

「ライはおかしくなんかないし、素敵だと思うよ」

「リィは優しいな――最後は愚痴になっちまって、悪かった」

「ううん、こっちこそ色々聞いてごめんなさい」

「俺が話し始めたんだから気にするな。それより、疲れているだろうから、さっさと寝るぞ」

「うん」

ライムートの宣言で二人は寝る仕度を始める。

絵里とライムートの関係において、寝るというのは、文字通り睡眠をとるという意味だ。絵里を拾った当初、ライムートは彼女に個室を取るべきだと主張。見知らぬ場所で一人で眠るのは怖いと絵里が訴えたことで、以後は同室となっている。ライムートが選ぶ宿はそれなりのランクのものなので、二人部屋はある程度の広さがあり、寝台も勿論二つ備えられていた。

お互いが着替えるときは後ろを向き、風呂がなくお湯をもらって体を清める場合は一方が退室するなど、いくつかの取り決めをしたことで、恙なく過ごせている。

あまりに恙なさすぎて、絵里は内心へこんでいた。

この夜もいつも通りに寝るための着替えを済ませた後、彼女は寝台に横たわる。けれど、一日中街道を歩き突発的な事件にも遭って疲れているはずなのに、眠りは一向に訪れる様子がない。

それも当然だ。

何やらわけありなのだろうとは思っていたライムートの抱える事情が、予想をはるかに超えるものだった。

成人の祝いの席にやってきた者により、数十年も放浪生活を送ることになっているなど、だれが想像できるだろうか。とんでもない試練を与えられたものだ。

ライムートに言われるまでもなく、ひどい話だと思う。

何不自由なく過ごしていただろう十五の子どもが、いきなり世間の荒波に一人きりで放り出されたのだ。金の苦労だけはなかったという話だが、それでもどれほど心細かったことか。

困ることも多かっただろうし、寂しかっただろう、つらかっただろう。

戻りたくても戻れない。さらには、今まで援助が続けられていることで、途中であきらめるという選択もできなかったのだとしたら……

しかし、そうやって今まで旅をしてくれていたおかげで、自分は彼と出会うことができたのだ。そう考えると、絵里はその予言者に感謝すら覚えてしまう。

何しろ、たった一人、着の身着のままで、文字通りこの世界に放り出され、下手をすれば死んでいたかもしれないのだ。拾ってくれたのがライムートであったからこそ、こうやって平穏に旅をすることができている。もしそれが他の者であった場合、乱暴されていたかもしれない。こちらには奴隷制度もあるようだし、娼館などに売り飛ばされていた可能性もある。

だから、絵里にはライムートに計り知れない恩があるのだ。

何も知らなかった先ほどまでとは違い、その恩人が困った事情を抱えた身であることがわかった今、何か自分にできることはないかと、必死に考える。

「……私に何ができるのかな……」

寝台の上、毛布を頭からかぶった状態で、ライムートに聞こえないようにつぶやく。

耳のよい彼のことだから聞こえているかもしれないが、隣の寝台は静まり返ったままである。

そういえば、こちらに来た最初のころ、こうして寝具にくるまった状態で声を殺して泣いたことがあった。そのときも彼は素知らぬ顔をしていてくれて、その代わりに翌日、絵里の気を引き立てるような話題を頻繁に出し、ちょっと贅沢なおいしい食事をとらせてくれた。

そんなふうに、どこまでも絵里のことを大切に扱ってくれている彼のために、少しでもできることはないのだろうか？

探しものについて教えてくれはしたが、『この世の外にある二つとない宝』とは、雲をつかむような話だ。大体、『この世の外』にあるものを、どうやって取りに行けというのか。無茶ぶりにもほどがある。

そこまで考えたところで、突然、絵里はとあることに気が付いた。

「え？　ええっ？」

「……おい、どうした？」

「あ、いえ、なんでもないですっ。寝ます、大丈夫っ、ちゃんと寝てますっ」

「そうか？　ならいいが……」

素っ頓狂な声を出してしまったことで、さすがに隣のライムートが反応してくる。大慌てでそれに返事をしたものの、実際のところは大丈夫では全然ない。

『この世の外にある二つとない宝』――そこまでの貴重品だとは到底思えないが、とりあえず『この世の外』にあったのは間違いないものに思い当たってしまった。

そう、絵里自身、だ。

ライムートがそれに思い至らなかったとは考えにくい。けれど、それらしいそぶりは見せなかった……いや、一回だけあった、と絵里は思い出す。

あれはウルカトの港町で春歌の情報を得たときのことだ。彼女が奪い取った絵里のレポートが『聖なる書』扱いされていると聞いた後、他に持ち物はなかったのかと尋ねられた。他にいくつかの品物を入れたトートバッグを持っていたと答えて、それきりになっていたのだが、今思えば『二つとない』という部分を確認したのではないだろうか。

持ち込んだものが他にもあったと知り、候補から外したと考えれば辻褄が合う。それに『持ち物』という定義には、絵里の衣服の類も入りそうだから、その判断は妥当なものだといえる。

勿論、絵里としても、自分がその『宝』だと断言できるわけではない。どこにでもいるような女子大生で、成績はせいぜい中の上、容姿だってごく普通だ。というか、例の偽聖女である春歌には『勉強ばかりしている、ちびでガリのブス』とまで言われたことがある。面と向かってではないが、同じ講義を受けている友人の一人が、取り巻き相手に春歌が話しているのを聞いたのだ。絵里自身としてはそこまで自分の外見がひどいとは思わないが、それでも『宝』を自称できるレベルではないのは自覚している。

そう考えてもなお、絵里本人がライムートの探しものではないかと考えてしまうのは、『二つとない』という条件に該当するからだ。

春歌という存在もいるにはいるが、彼女はあくまでもイレギュラーだと神様が言っていた。二十年も昔の予言者が、そこまでカバーしていたのかどうかは怪しい。

だとすれば、やはり唯一無二の存在ということにならないだろうか？　ライムートにその発想がなかったのは、『宝』という単語でそれが品物であるという思い込みがあったからだとしたら……

多分に希望的観測が混じっているが、そう的外れでもないだろう。

――うん、あり得る。けど……

『手に入れる』という状況を作り出すにはどうすればいいのか。

思い出すのは、元の世界で読んだ御伽噺や小説だ。神話や伝説の中に、名声と栄光を求めてさまよう英雄の話があった。そういった主人公たちの中には、様々な冒険の結果、愛する者を見出し、それこそが『何よりも得難い宝』だとして旅から旅への生活を終えた者がいたではないか。

——あ、愛する者、って⁉　けど、そういうことよね。ヒロインを妻にし、故郷に凱旋して、めでたしめでたしってのがああいうのの定番だし。

絵里としては、超ウエルカムな状況だ。

何しろライムートは、絵里の理想を具現したかのような男性である。死にかけていたのを助けてもらったという吊り橋効果もゼロではないかもしれないが、それ以上に一緒に旅をするうちに、頼りになり紳士で思いやりもある彼に惹かれていた。今となっては、彼以外の人は考えられないというところまで惚れ込んでしまっている。

だから、ライムートのほうはどうなのかという点が、問題だ。

果たして絵里を『そういうふう』に見てもらえるのかどうか……彼女の体格は日本人としてもやや小柄な一方、こちらの世界の人間はかなり大柄で、ライムートの身長は百九十センチ近くある。女性でも絵里よりずっと背の高い人が多い。ついでに言えば胸部もそれに応じたボリュームの持ち主が多く、その中に交じれば絵里は子どもにしか見えない。おかげで、成人していると告げたはずなのに、彼に子ども扱いされることがしばしばだ。現時点での、旅の仲間というよりも保護者と被保護者という関係が、それを物語っている。

いきなり『好きです、奥さんにしてください』と言ったとして、本気にとってもらえるか不安だ。『子どもが何を言ってる』な対応で終わる気がする。或いは『そうか、俺もリィのことが好きだぞ』とあしらわれるのが関の山だ。

――う……自分で想像して、落ち込んできたかも。

そこをどう乗り越えるか――乗り越えられるとして、だが。恋愛経験値ゼロの絵里には、非常に難しい課題である。

思いついたままではよかったが、結局のところ手詰まりだ。

絵里の気持ちだけでなくライムートの将来もかかっているとなれば、時間をかけてアピールを繰り返し、彼の意識を改革していくのが、現実的且つ妥当な線だろう。

たとえどんなにまどろっこしくとも、急がば回れという言葉もある。

だが、しかし――

そんな悠長なことを言っている余裕がなくなるとは、このときの絵里は思ってもいなかった。

ある程度の情報が集まるまで、数日の間、二人はこの町に留まることにした。

情報を集めるために朝早くから外出していたライムートが、夕方近くにやっと宿へ戻ってくる。

「おかえりなさい」

彼にいつもと変わらぬ言葉をかけた絵里は、あからさまに悪いその顔色に驚いた。

「どうしたの？　なんかあった？」

昨日の今日でそれほど目新しい情報などないだろう——そう言って出かけていったので安心していたのだが、どうやらそうではなかったようだ。

「なんでもない……といっても、信用できんよな」

「うん」

絵里の返事に苦笑を浮かべたライムートだが、直ぐにまた難しい顔つきになる。

「まぁ、リィにはある程度のことは話してあるし……実は俺の国で、少々厄介ごとが持ち上がったらしい」

「俺の、ってシルヴァージュって国？」

「ああ」

短いやり取りの後、ライムートは深いため息をつく。年長者、保護者としての責任感からか、絵里にこういった弱みを見せることはほとんどない彼が、これほどあからさまに感情を表すのは非常に珍しい。つまりは、聞き込んできた情報がそれほどに衝撃的なものだったのだろう。

「何があったの？」

「俺の国、というか俺の家だな。少々ごたついてるって話が伝わってきたんだ」

「ライのお家……」

　詳しいことは聞かされていないが、何十年も旅費を負担することができているのなら、それなりに裕福な家柄だ。ライムートの様子から商人ではなさそうだし、豪族とか貴族というものが存在するらしいので、もしかしたらそんなお家柄なのかもしれない。

　とすれば、大体のところは推測できる。

「もしかして、お家騒動とか、そんな感じ？」

「リィは本当に賢いな」

　明らかに無理をした笑みを浮かべつつの返事は、遠回しな肯定ととっていいだろう。

「ライって長男だって言ってたよね。でも、何十年も家に戻ってない。ご両親が健在だとしてもいいお年になってるだろうし、どうしても跡継ぎとかが問題になってくるよね。で、片野さんのせいで世情が物騒になってきたんで、それが表面化してきた、とか？」

「どこで見てきたんだ、と言いたくなるが……まぁ、そんなところだ」

そう言った後で、ライムートはまた一つ大きなため息をつく。

「跡継ぎに関しちゃ、俺は早くから弟に継がせろと言ってるのに、両親がまだ元気だってのもあって保留になってる。もうしばらくはそのままでもいいはずだったんだが、リィの言うように今回のディアハラの聖女様絡みで、いい加減にきちんと決めろと外野がな……」

つまりは家族以外の親戚の類が騒ぎ出したということだろうと、絵里は見当をつける。

「しかし、弟を跡継ぎと決めても、その後が……いや、すまん、これ以上は話せん」

「いいよ。とりあえず、ライの実家が大変なことになってるんだってことはわかった」

「俺が戻って話をすれば、直ぐにカタはつく。ただ、そうするとあのとき言われた『宝を見出すまでは国に帰ってはならん』という予言者の言葉に背くことになる」

これまでずっと探し求めてきたものをあきらめて実家の騒動を治めるか、それともそちらには目を瞑ってこの先も探し続けるか――ライムートでなくとも、悩む選択だ。

「実家のご両親は、なんて？」

「直接はまだ連絡を取れてないが、おそらく『大丈夫だから帰らなくていい』と言うだろうな」

絵里がもし、ライムートの両親の立場だとしても、そう判断する気がする。息子が首尾よくその『宝』とやらを探し当てるまで、なんとしても家を守る気構えで送り出したに違いない。今さらどの口で『帰ってきてくれ』などと言えるものか。

何より、数十年もの探索が無に帰すとなれば、『絶対に戻るな』くらいは言うかもしれない。それでどれほど自分たちが苦労しようと――ライムートもそれをわかっているからこそ、こうして悩んでいるのだ。

「……私、色々と思うことがあっても、こっちの世界に来てまで、あんまり片野さんのことを考えたくなかったんだけど……」

どこか遠くの国で幸せにやってるなら、それはそれでいいと思っていた絵里である。

だが、彼女のせいでライムートがこんな顔をするとなれば、話は別だ。

「今さらだけど、私、すごく腹を立ててる。できるなら、今直ぐ乗り込んで、文句の一つも言ってやりたいくらい」

「その気持ちはうれしいが、あっちは今や聖女様だ。俺以外の奴の前でそんなこと言うなよ?」

「ライ以外の人なんて、そもそも会話したりしないし」

「それはそれでどうかと思うが……とにかく、ありがとうな。リィ」

「お礼なんて言われることじゃないよ」

「いや、こうして話を聞いてくれる相手がいるだけで、どんなに救われるか……まだ、リィにはわからんかもしれんがな」

ライムートの、うれしそうでいながらどこか寂し気なその笑みに含まれる決意に、絵里は気が付いてしまう。

既に半ば以上、彼は国に戻る気でいる。

「ライ……」

絵里が翻意を促しても、聞き入れてくれる可能性はまずないだろう。とすれば、彼女にできるのは――

長期計画でいこうと決めたのはつい昨夜のこと。だが急遽、実行に移らざるを得なくなってしまったようだ。

しかし、そうはいっても、この場でライムートを押し倒すような真似はさすがにできない。

いくなら、夕食が済んで風呂に入った後あたりだ。それでも十分に早い展開であり、絵里のここ一番の頑張りどころだといえる。

――でも、まさかこんなに早いとか……

こんなことなら、あっちにいるときにエステとか行っておけばよかった……と、後悔しきりであるが、それこそ今さらの話だ。

――ええい、女は度胸よっ！

その『女』として見てもらえているかどうかすら確認できていない状況なのが不安材料ではあるものの、そこはもう気合で乗り切るしかないと絵里は覚悟を決める。

妙にそわそわしつつ、夕食とその後の入浴を済ませた。

自分の考えにどっぷりとはまり込んでいるらしいライムートは彼女の様子に気が付いていない。

そして、とうとう、絵里の決意が試されるときがくる。

もしここに彼女の友人たちがいて、相談でもされていたら、絵里の短絡的な行動を止めていただろう。「ちょっと落ち着きなさい」「いくら事情があるにしても、軽率すぎ」「まずは話し合いからでしょう」等々と、口々に宥(なだ)めてくれたはずだ。

そもそも絵里の性格からして、普通であればまずこういった結論には至らない。

だが、異世界転移などというあり得ない状況下で、理想の男性（しかも独身！）に出会えたこと。加えて、その彼が困っているのを助けられるのがほかならぬ自分かもしれないと認識した今、『その場の勢い』がすべてに勝った。

「さて、そろそろ寝るか」

「う、うん。おやすみなさい」

緊張を隠して何食わぬ顔で寝台に入りしばらく経ったところで、絵里は頭から引きかぶっていた毛布の隙間から、そっと隣の寝台をうかがった。

上掛けが規則正しく上下しているところを見ると、ライムートは既にすっかり寝入っているようだ。が、彼は気配に敏感で、何か変事があれば直ぐに目を覚ます。

できるだけ気配を殺しながら、絵里は毛布の下で寝巻を脱ぐ。下着も全部、だ。実用一辺倒のものなので、色仕掛けの役には立たない。

そう、これが絵里が悩んだ末に考え付いた『強制的にでも自分を女と認識させる』方法だった。

最初にもライムートに全裸を見られていたが、あのときは緊急避難というか、人命救助が最優先であったから、彼にそういった意識はなかっただろう。しかし、あれからかなりの時間が経っている。その間に、二人の間柄が多少進展していることを踏まえれば、これでも女性をアピールすることができるとの判断だ。

最後の一枚を足から抜いたところで、絵里は深呼吸を一つする。

この後の行動を起こしてしまえば、もう後戻りはできない。うまく受け入れてもらえればいいが、拒まれた場合、これまでのような関係は望めなくなる。見捨てられるとまでは思わないが、ぎくしゃくすることは間違いない。

だがそれでも、思いついた可能性にかける価値はあるのだ。いざとなれば、いささか卑怯（ひきょう）ではあるが、女に恥をかかせるのかと泣き落としも辞さない覚悟である。

「ライ、起きてる？」

「……どうした？」

念のために、自分の寝台から出る前に小さく声をかけたところ、案の定、やや間をおいてだが返事があった。やはり、眠っているのをいきなり襲うのは無理らしい。

ならば正面から行くだけだった。

決意も新たに、もう一度口を開く。

「そっちにいっていい？」

「は？」

唐突な発言に戸惑ったような声が返るが、拒絶はされていないと強引に解釈して、絵里はするりと寝台を抜け出した。

「え？　お、おい、リィッ」

室内には、小さな常夜灯が備（そな）え付（つ）けられている。そのため真っ暗ではなく、お互いの姿くらいならなんとか判別できた。

今の絵里は見事に裸だ。こちらの世界の人間よりもやや象牙色をした肌がその淡い光をはじいて、闇の中に浮き上がっている。

「おい、なんだっ、どうして服を着ていないっ!?」

ライムートほどの年になれば、こういった状況の一つや二つ、三つや四つは経験しているだろうに、彼は意外なくらいの驚きを見せた。しかし、ここでひるむわけにはいかない。

「初めて会ったときから、ずっと好きだったの」

嘘偽りのない心情を告白し、絵里はそのままライムートの寝台に移動する。ぎょっとして上半身を起こしかけた彼の上から体重をかけるようにして、シーツに押し付けた。

結果、至近距離で見つめ合う体勢になる。恥ずかしさが募るが、これを乗り切れないようでは未来はない。

「ライが好き。だから、私をライのものにしてほしいの」

「い、いや、待て。なんで急にそんな……あれか？　あの話で同情したってことか？」

こんな状況ではあるが、そこは年の功だ。素早く立ち直ったらしいライムートに、かすかにひんやりとしたものの混じる声音で問いかけられる。

それに対してどう答えようかと一瞬迷った絵里が口を開く前に、彼は先を続けた。

「――それとも、俺の家が金持ちだと聞いたからか？　あいにくだが、戻れない以上は必要最低限以上もらう気はないぞ。それにそろそろ、それも終わりにしようと……え？　あ……」

だんだんと口調が冷ややかさを増していた彼の声が、その途中で急にトーンを落とした。

「すまん、俺が悪かった。リィはそんなことを考える奴じゃなかった。ああ、泣くな……」

勇んで寝込みを襲ってはみたものの、やはり絵里は絵里でしかない。女性としての魅力がないことは自覚していたので、それを理由に拒まれるのは覚悟している。けれど、まさか財産目当てだと思われるとは、想像してもいなかった。

「ライの家がどうとかは関係ないよ。ライが好きだから――」

ぽろりと涙がこぼれる。自分ではわからないが、おそらくひどい顔をしていることだろう。泣き落としも視野に入れてはいたのだが、これはかなり違う。

けれど、一旦始めてしまったのだから、言うべきことは言わねばならない。

「このままずっと旅をしてたって、全然構わない。仕送りを断るなら、私も働いて助ける。ライが家に帰って、そこに私の居場所がなくてもいい。ただ、ライが好きなだけ……」

これが絵里の本心である。

自分と結ばれることでライムートの当てのない旅が終わるのではないかと考えてはみたものの、それが正解であるかどうかはわからない。もしかしたら、絵里が処女を失うだけで、状況は変わらずそのままという可能性も大だ。

それにライムートが帰郷できたとしても、その家族がどこの馬の骨かもわからない絵里を受け入れてはくれないかもしれない。それくらいのことは、とっくに覚悟をしている。

「ライが好き。この先、今みたいに一緒にいられなくなってもいい……ううん、ホントはそれじゃ嫌。ホントは、ライの奥さんになって、ずっと一緒にいたい。だから……」

だから、絵里は自分の気持ちだけを正直に告げた。泣きべそをかきながらなので、途中でつかえたり、しゃくり上げて途切れがちになったりもしたが、言いたいことを全部言い終える。

「私を、ライのものにしてほしいの」

「……リィ」

そこまで言われ、さすがのライムートも頭ごなしに拒否しようとはしなかった。

「リィは俺に助けられたことで、なんというか、その……ちょいと勘違いしてるんじゃないのか？　この先、俺よりももっと若くて頼りがいがある男が出てきたらどうするんだ？」

絵里はそのセリフに頷くわけにはいかない。

「そんな人いらない。ライがいい」

「今はそう思い込んでるのかもしれんが――」

「ライが一番素敵で、一番かっこいい」

他の者がどう思おうと、絵里にとってはそれが真実だ。胸を張って断言する。

「だから、よく考えろと言ってる。俺はリィよりずいぶんと年上だ。今はいいかもしれんが、直によぼよぼの爺になるんだぞ？　ボケて厠にも行けなくなるかもしれないんだ」

ライムートはなんとかして翻意させようと色々と言葉を尽くすが、それを聞く絵里ではない。

何しろ必死だ。素っ裸で相手を押し倒した状態で言い合いをしているというのは、それだけでもかなり間抜けだが、これで説得されてしまえばそれこそ目も当てられない。

「大丈夫、そうなったら私が働いて稼ぐし、お下の世話だってちゃんとする。私、社会福祉学科で、ヘルパーの資格も持ってるし」

「シャカイフク……ってなんだ、ヘルパー？　いや、何かは知らんが、若い娘にそんな真似はさせられん」

「どうして？　好きな人の世話をするんだよ？」

そうやって熱弁をふるっていた絵里だったが、何しろ今は晩秋だ。そろそろ暖房が欲しくなる季節、夜中に裸で延々と問答を続けていたらどうなるかは明白。

「ライのお世話なら喜んでや――くしゅっ」

「……ほら、見ろ。そんな格好でいるからだ」

しまらないことこの上ないが、出物腫れ物ところ嫌わずで、小さなくしゃみが出てしまう。

「とにかく、何か着ろ」

「やだ」

「やだじゃない、このままじゃ風邪をひく」

「やだったらヤダ」

そんなやり取りの末に、業を煮やしたライムートが行動に出た。

「……まったく……」

「やだったらっ！　え？　あっ……」

鳥肌を立てながらも、ライムートの上で頑張っていた絵里の体がかしぐ。なんのことはない。ライムートが上半身を起こしたのだ。それだけで、体重の軽い絵里はバランスを崩して、寝台から落ちそうになる。

そこで腰のあたりにたくましい腕が巻き付き、持ち上げられたと思う間もなく、ふわりと暖かなものが絵里の体を包み込んだ。

「こんなに冷たくなってるじゃないか。嫁入り前の娘が体を冷やすもんじゃないぞ」

目の前には、ライムートの胸がある。そして、背中には毛布の感触だ。

体勢としては、先ほどまでとあまり変わらない。違うのはライムートが起き上がっていることと、それにより絵里の位置が少しばかり下がったこと。それと、毛布越しではなく絵里が直接、彼の膝に乗っかっていることくらいだ。

「え？　ラ、ライ……？」

だが、それにより新たに絵里にわかったことがある。

「あの……なんか、硬いの、が……」

お尻の下にある硬いもの――皆まで言うな、だ。

「最初に言うのがそれか……」

げんなりとした様子の――彼女にではなく、自分自身に向けられたものらしいため息が、絵里の頭の上から降ってくる。

「仕方ないだろう？　こんなおっさんでも、それなりに元気なんだ。若い娘の裸を間近で見せつけられてたら、普通、こうなるもんだ」

「……それって、つまり……？」

「待て、早まるな」

体当たり（これは本当）の、色仕掛け（こちらについては異論を受け付ける）の成果だと思えばうれしいが、純粋に男性の生理的な反応というだけなら喜んでばかりもいられない。

「……俺がついあれこれと話しちまったせいだな。賢いリィのことだから、俺が言葉にしなかったことについても、大体の推測はできたんだろう……すまなかった」

「ライが謝ることなんて、何もないよ。私はただ……」

「俺のことを好いてくれてる、ってのはなんとなくわかってたよ。だが、いきなりこんな行動に出たのは、あの話のせい――つまり、俺の探してるものに心当たりがあったからだろう？」

そう言われて、絵里はまたも口ごもってしまう。そして、その沈黙こそが、彼への返事となった。

「正直、俺も考えた。俺が探してる『宝』ってのは、リィのことじゃないかってな。だが、もしそうだったとしても、リィは物じゃない。きちんと自分の意志がある一人の人間だ。しかも、リィ自身にはなんの関係もない理由で、生まれ故郷から遠く離れたところに連れてこられた被害者だ。俺の都合で、俺のものになってくれなんて、どの面下げて言える？」

そのライムートの言葉により、彼が自分の想像よりもさらに深く考えていたことを絵里は知った。

彼女が『宝』だと思わなかったわけではない。そう考えてなお、絵里を慮り、自らその可能性――国に戻れるかもしれない、ということを考えないようにしていたのだ。

「わ、私はライに助けられたんだよ？　そのライを、今度は私が助けたいって願っちゃいけないの？」

「リィがそう思ってくれてることはうれしい。だが、俺にも男の意地ってものがあるし、何より、その……リィはこういうことは初めてだろう？　想い想われてる相手とそうなることが正しいんだ。間違っても同情や状況に流された勘違いで、やっちまっていいもんじゃない」

ライムートは、非常なロマンチストでもあったらしい。初体験は愛する人と――どこの乙女かと言いたくなるようなセリフを真顔で吐く。

四十を越えたおっさんがこんなことを口にすれば、普通の女子大生は『キモい』の一言で終わらせそうだ。だが、そこは相手が絵里である。キモいどころか、そこまで自分のことを大切に考えてくれていたのかと感激した。しかし、なお食い下がる。

「……ライは私のことが嫌いなの？」

「は？　い、いや……そんなことはないが……」

「私はライのことが好き。ライも私のことを嫌いじゃないなら、それって今、ライが言った好きあってる者同士だってことになるんじゃないの？」

本来、『嫌いじゃない』と『好き』の間には、深くて広い川が横たわっているはずなのだが、絵里はそれで押し通す。

「ライが話してくれたことで決心がついたのは確かだけど、そうじゃなくても、そのうちきっと、私はライを押し倒してたよ」

早いか遅いかの違いでしかない。ライムートから押し倒してもらえる可能性が見込めないのなら、絵里がやるしかないのだ。

「ライ以上に好きになれる人なんて、この先、絶対に現れない。もし、ライが私のことを捨ててどっかに行っちゃったとしても、ずっと一番はライだよ。だから、ライが受け入れてくれないのなら、私の初めては二番手の人と、ってことになるんじゃないかな」

それってどうよってことにならない？

そう尋ねると、さすがのライムートも渋い顔をする。

「それは……確かにそうなるかもしれんが……」

「正直、前の私だったら、ちらっと『かっこいい』とか『素敵』と思いそうな人は、旅の間に何人か見かけたよ。けど、不思議と全然、今の私はそんなこと思わなかった」

なお、絵里の『素敵』や『かっこいい』の対象が総じて枯れかけた中年であるのは、今の話の流れには関係ないことだ。

「ライが好き……もう、何回目かな、これを言うのって。それでも、まだ信じてくれないの？」

全裸で抱きつきながら。首をひねって上目遣いに問いかける。

本人に自覚はないが、十分に色仕掛けとなっていた。

「……何度も言うが、俺はリィよりかなり年上だ。ってことは、何かなければ確実に俺のほうが先に死ぬ」

「知ってるし、わかってる」

「リィを残して死ぬんだぞ？　そしたら、リィは一人で残されることになるぞ？」

「そんなのとっくに覚悟してる。それに、もしかしたら事故とか、災害とかで一緒に逝けるかもしれないじゃない。そしたら死ぬまでずっと一緒だし、私としてはそっちのほうがうれしいかな」

向かい合ってはいるものの、身長差がありすぎるために、絵里からはライムートの顔がよく見えない。けれど、目の前のたくましい胸にそっと頭を押し付けると、布越しに心臓の音が聞こえてきた。少しだけ速いその鼓動と伝わってくる体温に、緊張していた絵里の体から思わず力が抜ける。

「……ったくっ」

熱烈極まりない告白と、何もかもをゆだね切ったような若い体。

いくら意地があり、枯れかけた中年であろうと、これに反応しないようでは男ではない。

「本当に、後悔しないな？」

質問の形をとってはいるが、事実上の全面降伏である。

「しない。ちゃんと貴方がお墓に入るまで面倒見るよ」

「いや、そういうことじゃなくて……いいんだな、一回もらったからには二度と放してやらんぞ」

「うん、そうして。ずっとライの側にいさせて？」

その言葉が終わるかどうかのタイミングで、ライムートの唇が絵里のそれを塞ぐ。

それは、会話でのコミュニケーションはここまでという宣言でもあった。

「ん、んっ」

その瞬間、絵里は自分の予想の甘さを痛感させられた。

なんのことだ、と聞かれれば、ライムートについて、だ。

普段の穏やかな様子に加えて、先ほどの少々及び腰というかロマンチストな対応のせいで油断していた。年上で頼りがいがあり親切で紳士的というイメージは、コトが始まった途端に覆される。

別にライムートに人に言えないような性癖があるわけではないし、下半身だけが別人格ということもない。彼がそれなりの経験を重ねた『男』であるということを、思い知らされたのだ。

「リィ、口を開けろ」

「んっ……」

ファーストキスであるためか硬く引き結んでしまった絵里の唇に、一度、触れるだけのキスをしたライムートは、隠しきれない情欲を含んだ声で命じる。キスのときって髭がくすぐったいのね、と呑気なことを考えていた絵里は、めったにない彼からの『命令』に、反射的に従った。

「……ん、うっ⁉」

わずかに開いた唇の間から、彼の舌が入り込んでくる。

いきなり他人の体の一部が侵入してきたことに驚いた絵里は、体を硬くした。そこを『紳士的？　何それおいしいの？』とばかりの我が物顔で彼の舌が蹂躙する。その動きに、絵里は強張りを解きとろんとした眼になっていった。

「ん、は……あ、ふぁ……っ」

上あごの内側をざらりとなめられると、鼻に抜けた甘い声が上がる。

あっという間に口づけに夢中になった絵里は、警戒心のかけらもなく体をライムートの胸にもたせかけた。うまく息継ぎができず、苦しい。

その反応に男の本能が煽られるのか、ライムートの動きが激しくなる。

それでも彼は年上の余裕を見せつけるように、さりげなく呼吸の仕方を教え、自分から応えるように誘導していった。

絵里は大変に物覚えのいい生徒で、ぎこちないながらも直ぐ自分からライムートのそれに舌を絡め始める。

ぴちゃ、くちゅ……と、濃厚な口づけの音が静かな室内に響く。

絵里に息継ぎをさせるためにライムートの唇が離れると、二人の間に光る唾液が細い橋を作った。それを恥ずかしいと思う間もなく、再び唇が合わせられ、ねっとりとした動きで舌が口中を這いまわる。

「ふぁ……ん……んんっ!?」

完全にキスに集中していた絵里だったが、彼のほうはそうではなく、いつの間にか、絵里の体を支えていた手を動かし始めている。

「っ、きゃっ……ラ、ライッ？」

腰のやや下あたりに添えられていた手の片方が、体のラインをなぞるようにゆっくりと動き出し、絵里は小さな悲鳴を上げる。それは胸のふくらみぎりぎりまで上ってきたところで反転して、また下へ向かった。

「く、くすぐっ……んぅっ」

素肌の上を這う手の動きは、全裸の絵里には当然、ダイレクトに伝わってくる。抗議の声を上げかけるのをキスで封じ込めつつ、ライムートは右手も動かし始めた。絵里の尻のまろみを確かめるようにゆっくりと撫でさすり、ときおり、やや強めにつかむ。

「ん、あっ……やだ、ライ、恥ずかし……っ」

むにゅり、と尻のふくらみを大きな掌でつかまれ、慌てて首を振ってキスから逃れた絵里は涙目になる。

「あ、あんまり、触らないで……っ」

「無茶を言うな、触らないでどうしろと?」

しかし、そんな絵里の恥じらいにもライムートは苦笑を返すだけで、意に介する様子はない。それどころか、さらに色々なところに触れ始める。

「……あっ、や……そ、そこは……っ」

背中を往復していた掌(てのひら)が前に回ったかと思うと、小ぶりな乳房を包み、緩(ゆる)やかにも み始められ、絵里は今度こそ小さく抗議の声を上げることになった。

前と後ろの区別がつかないとまではいかないが、ブラのカップは頑張って寄せてのCだ。見栄を張っているわけではなく、Bカップではきつく Cではやや余るという中途半端な状態で、最近の若い日本人女性としては、大きいとは言えない。

腰やお尻も、一応くびれはあるものの、パッと見で男性の視線を引き付けられるような自己主張とは無縁だ。ダイエットに心血を注いでいる者たちからすればうらやましいのかもしれないが、本人はもっとあちこちにボリュームが欲しいと常々思っている。

そんなものをじっくりと確かめるようにして触れられては、恥ずかしすぎた。

「すまん、痛いか?」

「い、痛くはないけど……小さい、から……」

日本人の平均よりも相当大きな体をしているライムートは、その体格にふさわしく手も大きい。絵里の胸を包み込むと、やはりかなり余っている。

もっと大きな胸が欲しかった。切実にそう願うが、いきなり胸が大きくなるはずもない。

「大きさなんぞ、気にするな」

そう言われても、気になるものは気になるのだ。

「……小さすぎて、がっかりしてない？」

「してない。と、いうより……」

途中で言葉を切り、不意に黙り込むライムートに不安が募る。口ではそう言っているが、やはり本音では、あまりのもみ甲斐のなさにがっかりしているのではないか、と。

絵里にはライムートの考えていることがわからなかった——

＊　＊　＊

さて、このときのライムートの内心、それは——驚愕、の一言に尽きた。

初めてまともに触れた絵里の肌は、最高級の絹織物でもここまで滑らかな手触りのものはないと思うほど極上の感触だ。

しっとりときめ細やかで、荒れた男の掌で触れるのが申し訳なくなるくらい柔らかい。

吸い付くような、という表現がまったく誇張ではなかった。しかも、温かく脈打ち、かすかに震えている。未知のものへの恐怖とわずかな期待を自分の掌(てのひら)を通して伝えてくるのだ。

女性に押し倒されるのも初めてならば、あれほど熱烈な告白をされるのもまた初めてだったが、行為自体はそれなりの経験を積んでいる。絵里を丸ごと受け入れる覚悟は決めたが、それでも自分の優位性というか、主導権を明け渡すつもりはライムートには毛頭ない。

見るからに物慣れず、自分の行動の結果におびえてすらいる彼女を、優しく導く——ぶっちゃけてしまえば、初物をいただいた上で自分の色に染めていく、というのはなかなかに男冥利(おとこみょうり)に尽きた。

華奢(きゃしゃ)ではあるが十分に女らしい曲線を描くその体に加え、得も言われぬ肌の感触、涙目でのかわいらしい抗議。

ほんの少し刺激を与えただけだというのに、その中央にある小さな突起はあっという間に硬くしこり、柔らかすぎるほどに柔らかな乳房との感触の違いを際立たせるというおまけつきだ。

がっかりする？　とんでもない。

それどころか、猛る欲望のままに突っ走りそうで、慌てて理性の手綱を引き締めている。

昨日や今日、女を覚えたばかりの若造ではないのだから、年上の余裕で導いてやるのが務めだ。自制心の限界を試されているが、ライムートにも男としての矜持がある。

慎重に、ゆっくりと優しく――改めて自分自身にそう言い聞かせつつ、それでもやはり少しばかり暴走気味なのは、絵里には永遠に秘密にしておきたいと思った。

「――とにかく、変なことを気にするな。リィは、その……十分に魅力的だ」

「……本当？」

「ああ、本当だ。それより、痛くないというのなら、このまま続けるぞ」

「え？　う、うん……」

あまりの触り心地のよさに、一晩中でも胸をもんでいたいと思っていたライムートだが、まだまだやるべきことは他にもある。

力任せに握りつぶしてしまわないように細心の注意を払いつつ、ライムートは絵里の胸をもんでいく。同時に、しばらくお留守になっていた右手をゆっくりと動かし始めた。

「あっ……お、お尻も、小さ……っ」

「大きさは気にするなといったろう」

胸と同じく、こちらも手触りは極上である。しかも一月と少しとはいえ自分と共に旅をしてきただけあって、程よく筋肉がついていた。指先で押せば跳ね返してくる弾力があり、胸とはまた違った感触が大層趣深い。

勿論、口づけもおろそかにはしたくなかった。あちこち触りつつ、羞恥でやや正気に戻った様子の絵里を再び陥落させるべく、持てる限りの技巧を尽くす。

「ん、むぅ……は……っ」

直ぐにぴちゃぴちゃと舌が絡み合う音に、絵里の甘い吐息が混じり始めた。

ライムートは深く、吐息すら奪う勢いで唇を重ね、舌先同士を触れ合わせる。

絵里は覚えがいいだけではなく応用力にも富んでいるらしく、今夜が初めてだというのに彼の意を酌み、柔軟にそれに対応した。上あごの内側が弱いようで、そこを舌先でつついてやると、全身に小さな震えを走らせる。

最初のうちはライムートの手が動くたびに恥ずかしがって逃げるそぶりを見せていた絵里だが、やがて慣れてきたようだ。そのころ合いを見計らい、ライムートは尻のあわせのあたりでさまよわせていた右手の指を一本、その間に滑り込ませた。

「ひっ……あんっ！」

くちゅり、とその指が小さな水音を立てる。絵里は気付いていないみたいだが、そこはすっかりと潤っていた。

「ラ、ライ!?」

「触るな、というのなら却下だ」

「だ、だって……っ」

熱烈極まりない告白からの流れで、半身を起こした自分の上に全裸の絵里が乗っている。寒くないようにと上掛けで覆ってやったのに、先ほどからの動きでそれは滑り落ちてしまっていた。

もっとも、そんなものがなくとも既に寒さなどどこかにいってしまっている。うっすらと汗をかいていて、晩秋の夜気が心地よいくらいだ。

「慣らしておかないと、つらいのはリィだぞ――わかったら、少し腰を浮かせろ」

「う……」

腰のあたりにわだかまった布によりその部分へ視線は遮られているのに恥ずかしがり、絵梨はライムートの胸に顔をうずめるようにしながらその言葉に従った。

彼女の体重なら腕一本で持ち上げるのもたやすいことだったが、あえて自分からやらせるところがミソだ。絵里の手がライムートの肩に添えられたかと思うと、ゆっくりとその体が上がり胸のふくらみが彼の顔の位置にくる。

「ひゃっ！　ラ、ライッ」

ちょうどいいとばかりに、ライムートはそこに吸い付いた。先ほどからの刺激でぴんと尖った胸の先端を舌先で転がすと、甘い悲鳴が洩れる。

彼は両手を尻に移動させ片手で隙間を広げるようにしながら、もう一方で中央――しとどに濡れた秘所をまさぐった。

「あ、ああ……ひ、ああんっ」

「リィ、悪いが少し声を下とせ。隣に聞こえる」

胸を食み、足の間の秘密の場所をクチクチと刺激すると、絵里の声に甘さが増す。撫でさすることで、それはさらに強くなり、彼女の足ががくがくと震え始めた。

「あっ、や……ひ、あっ」

絵里が必死に声を抑えようとしてライムートの頭を掻き抱き体を支えている。けれどそのせいで胸への刺激が増したらしい。きつく目を閉じたままいやいやをするように首を激しく横に振る。

律義に声を下とせという言いつけを守ろうとしている様子が、なんとも健気で愛らしく、ライムートの熱をいやがうえにも煽った。

「やっ……も、無理……ぃ」

もう少しこのまま続けさせたい――そんなことを考えていたライムートだが、不意に啼き濡れた声と共に、ぎゅっとしがみついてくる細い腕が小さく震えていることに気が付いた。

「……すまん」

虐めたいわけではないのに、どうしたことかそうなってしまっている。その手の性癖は持っていないはずだが、絵里を相手にしていると調子がくるった。

改めて自分自身の余裕のなさに気付かされ、思わず苦笑が浮かぶ。絵里に気付かれないように表情と気を引き締め、ライムートは軽い彼女の体を抱き上げてくるりと位置を反転させた。

「っ⁉」

突然、位置が入れ替わったことに驚く絵里をシーツに横たえた後、自分の着衣に手をかけた。

＊＊＊

見上げた顔は影になっていて、絵里にはライムートの表情がわからなかった。けれど、着たままだった服をもどかしげに脱ぎ捨てる彼の様子に、いよいよと胸が高鳴る。

「ラ、ライ……あの……」

「わかってる、できるだけ優しくする」

「うん……」

ぎゅっと抱きしめられ、剥き出しの肌と肌が触れ合う感触に、ひどく安心する。優しい囁きに小さな頷きを返すと、再びたくましい体が覆いかぶさってきた。その背中に自分から腕を回して抱き寄せる。

「あ、んっ……あ、ああっ」

小さいことがコンプレックスだった胸を、ライムートは愛しげに撫でさする。赤く色づいた先端を口に含んで優しくなめ転がし、時折、軽く歯を立てられた。その強い刺激に絵里の背中はのけぞる。すかさず、ライムートに引き寄せられ、さらにその愛撫が強くなった。

ちゅちゅっ、と音を立てて吸い付かれ、刺激と恥ずかしさでまたも涙目になるが、ライムートにそれを構う様子はない。空いた片手で絵里の体のラインをなぞり、束の間放置されていた秘所を擦る。

くちゅり、ぬぷり……と、ライムートが指を動かすたびに濡れた水音が上がるのが、耳を塞ぎたくなるほど恥ずかしい。それだけ濡れているのなら、当然、入り口の上にある小さな肉芽もすっかりと硬く立ち上がってしまっているだろう。

指の腹でかすめるだけの軽い刺激を与えられた後、強めにそこを押しつぶされた絵里はこらえきれない嬌声(きょうせい)を上げた。

「きゃーんんっ！」

慌てて、両手で口を押さえる。

「こら、逃げるな」

強い刺激から逃(のが)れようとした腰を、体の両側にあったライムートの足が阻(はば)む。

そうこうしているうちに、いきなりライムートの体が絵里の視界から消えうせた。彼が体の位置をずらしたのだ。

お互いの下半身を覆(おお)っていた上掛けも跳ね上げて、ライムートが絵里の足の間にどっかりと座り込む。絵里の膝(ひざ)を内側からすくい上げるようにして開かせると、その中央へ顔を寄せた。

――嘘っ、そんなとこっ⁉

そうした行為があるとは知っていても、自分がされるなどというのは想定外だ。ぎょっとしてさらに激しく逃(のが)れようとしたが、ライムートにあっさりと押さえ込まれ、たっぷりと唾液を乗せた舌でなめ上げられた。

「ひ、あっ……ああっ」

既に絵里のその部分は、甘い蜜をたたえてた。ライムートがそれをなめとり、わざと音を立てて嚥下する。そうかと思えば、真っ赤に熟れた小さな肉芽を、尖らせた舌先ではじくようにして刺激してくるので、既に絵里は惑乱の一歩手前だ。

「あ、あっ……やっ、あ……ん、んっ！」

びくびくと体が痙攣し、すっかり濡れそぼった小さな秘口から、どっと蜜があふれ出す。それを余さずなめとった後、ライムートはいよいよ絵里のナカへ侵入を開始した。

ぬちゅり、と柔らかく湿った舌が入り込んでくる。無論、ごく浅い部分だけだ。

それでも、初めて他人の侵入をゆるした絵里の衝撃はかなりのものだった。反射的に体に力が入る。

「……こら、もっと力を抜け」

途端にきつく締まるそこに、ライムートが苦情を申したててくる。

しかし、そう言われても、絵里にはどうしていいのかわからない。両足を無防備に広げられたまま、身を固くして震えているのが精いっぱいだ。

その反応に、ライムートは何事か考えている様子だった――が再び、体の位置を変えた。

「ライ……？」

あまりの醜態の連続に、とうとう愛想をつかされてしまったのではないかと不安に駆られた絵里だが、額に唇を落とされて、ほっと息を吐く。

「……ごめんなさい。あの……こういうのに、私、慣れてなくて……めんどくさいでしょ」

そう謝ると、苦笑交じりの優しい声が戻ってくる。

「気にするなといっただろう？　それと――優しくするとは言ったが、やはり最初は痛いものらしいからな。俺としても、できるだけ準備をしておきたい」

「うん、わかってる。私も、その……頑張るから」

呆れて、やめたりしないでねという言葉は、口にしなくても伝わったようだ。彼の苦笑が深くなったのは、男の生理というものについてあまりにも絵里が無知だったからかもしれない。

本人は『子どもっぽい』と思われるのを気にしているようだが、初々しいその様子は男の欲望をそそる。実のところ、ライムートの下半身の一部は、かなり前から臨戦態勢を維持しっぱなしだ。暴発の危険性はさすがにないが、まだ下が着衣したままであるために、かなり窮屈な思いをしている。

「いい子だ、怖くないからな？」

安心させるように、もう一度、額に軽く口づけた後、彼はゆっくりと絵里の下肢へ手を伸ばした。なだらかな腹部を通り過ぎて、両足の付け根にある小さな丘を掌で包み込み、そこを撫でさする。その手の感触に、また体を固くした絵里だったが、瞼や頬に口づけられると、次第にその力は抜けていった。

それを見計らっていたのか、指が一本、その中心に埋め込まれる。

「んっ！」

絵里が一瞬、声を上げると、ライムートはしばらく慣れる時間を与えてくれた。無意識の緊張がとけ、きつく締め付ける内壁の圧がやや緩むのを待ち、ゆっくりと指を動かし始める。

「あ、んっ……んっ、あんっ」

再び絵里の口から甘い吐息がこぼれ落ちた。小さな蜜口を、武骨な指が出入りするたびに、湿った水音が湧き上がる。

「痛いか？」

「ううん、大丈夫……ちょっと、違和感は、あるけど……」

そう告げると、ライムートはほっとした顔になる。

指が何度も出入りを繰り返し、内部を掻き回す。やがて他の部分よりも強い反応を示すところを見つけたのか、その一点を集中的に攻め始めた。

その感覚に戸惑った絵里は思わず声を上げるが、その行為を続けられるうちに、次第にナカの強張りが解けてくる。ほどなく指が二本に増やされる。

「あっ……」

「んっ、あ……あんっ」

安心させるように幾度か口づけが落とされる。

「いい子だ」

「こ、子ども扱い……っ」

「ではない、な。俺は、子どもにこういったことをする趣味はない」

ぎこちなくはあるが、絵里の反応は大人のものだ。狭い内部で二本の指をばらばらに動かされ、物欲しげに腰が揺れている。あふれる蜜の量も増しており、指を伝ってライムートの掌（てのひら）から手首を濡らしていた。

「……とりあえず、一度、イッておくか」

最初は尻ごみをしていたのが嘘のように、ライムートも絵里との行為にのめり込んでいく。

「え？　あっ！　そ、そこっ……」

彼の親指に小さな肉芽を探り当てられ、絵里の声が高くなる。ぎゅっときつく内部を締めると、その圧力に逆らうように抜き差しする指が速まり、同時に親指に力がこめられた。

「やっ、それ……やっ！　な、なんか……変、に……っ」

「しぃっ、静かに」

ライムートはくりくりと指の腹で円を描くように刺激し、器用に薄皮を剥く。絵里の体は小刻みに震え始めていた。

「リィはイッたことがないのか？　だったら、これが最初だな。遠慮せずにイくといい」

優しい響きではあるが、どこのスケベ親父かと言いたくなるセリフを吐くライムートだ。けれど、絵里はそれどころではなく、彼の指からもたらされる未知の感覚に、ぎゅっと瞼を閉じてあらがった。

その反応に気が付いたライムートがさらに抜き差しする速度を上げ、敏感な肉芽を絶妙な力加減で押す。

「あっ、やっ……ん、んん……っ！」

ライムートの体を挟み込むように、絵里の足がピンッと伸びた。つま先が丸くなるほど、力が入る。

当然、内部もこれまで以上にライムートの指を締め付け、やがて心臓が数回脈打ったところで、一気に全身が弛緩した。

「……な……い、まの……？」

一瞬、目の前が真っ白になったような感覚に襲われた絵里は、息を切らしながら問いかける。

「ああ、上手にイケたな、いい子だ」

まだそこに指を咥え込ませたままのライムートに満足げに言われて、そこで初めて、絵里は自分が『イッた』と悟った。

初めて達した衝撃からなかなか立ち直れず瞳の焦点を合わせられない状態でぼんやりとしている。体はすっかり脱力し、ライムートの指を受け入れているソコは、柔らかくとろけていた。指が抜き取られ、その後を追うように大量の蜜がこぼりとあふれる。

ライムートが下半身を覆っていた残りの着衣を素早く脱ぎ捨てた。

年のせいか下腹につくほどではないが、十分にそそり立っているソレに手を添え、ゆっくりとしごき上げる。そうした後で、蜜を滴らせている絵里の秘所に、おもむろにその先端をあてがった。

「いいか？」

「あ……う、うん？」

達した余韻（よいん）が醒（さ）めきらない絵里は、何を問われたのか理解しないまま答える。ライムートはそれを肯定と受け取った。微妙に体の位置を変え、そそり立つソレの切っ先を絵里の内部へ、じわじわと侵入させる。

「え？　あ……んんっ⁉」

ぬぷりとあふれ出す蜜の助けを借りて、先端が絵里のナカへ沈み込んだ。張り出した亀頭の部分が小さなその入り口を押し広げる、わずかに止まる。けれど次の瞬間、やや強引にふくれ上がった部分が完全に収まるまで腰が進む。

「っ！　……いっ……たっ」

弛緩（しかん）しきっていた体が、急激な痛みで強張る。

「……大丈夫か？」

気遣わしげに問われた言葉に、絵里は痛みで青ざめながらも笑顔で頷いた。

「うん。ちょっと……びっくりしたけど、大丈夫。それより……これで私、ちゃんと、ライの奥さんになれたんだね」

どうしても眉根が寄ってしまうが、それでも、気持ちを伝えたくて、へにゃりと笑う。

「っ……お前はっ……我慢できそうにないなら言うんだぞ？」

するとライムートはそう告げ、小刻みに前後させて己（おのれ）のすべてを呑み込ませていった。先端が柔らかな壁に当たったところで一旦、動きを止め、大きく息を吐く。

絵里は痛みに加えて他人の肉体の一部を呑み込まされた違和感を逃すため、小刻みな呼吸を繰り返した。

——やっぱり、ちょっと痛い……けど、なんか、これ……

ぎちぎちに自分の中に詰め込まれているライムートの感触を否応（いやおう）なく感じる。そこに破瓜（はか）の痛みだけではない、不思議な感覚が生まれていることに戸惑った。

『最初はやっぱ痛いよ。私なんか泣いちゃったくらいだもん』

女友達の話では、確かそういった感じだったはずだ。『ものすごく痛かった』から『ちょっとピリッとした感じだった』まで個人差はあるが、初体験というのはそんなものだと聞いている。

とにかく、痛い。気持ちよくなれるのはずっと後だ、と。

絵里にとってはライムートと結ばれることが大事だったので、それでよかった。だから恥ずかしいのも我慢したし、痛みにも耐えてみせた。その後は、とりあえずライムートが満足してくれればそれでいい。

そう思っていたのだが——今、感じているのは、なんなのか？　キスや胸を触られていたときのそれとはどうも違う。最も近いのは、つい先ほど初めて体験した絶頂だろう。

「ん、んっ……ふ、ぁ……んっ」

あれほど強烈ではないにしろ、今の絵里が感じているのは、まぎれもなく『快感』と呼ばれる類のものだ。

ずるり、にちゃり……と、耳を塞ぎたくなる恥ずかしい音と一緒に、ライムートのそれが、自分のナカを出入りする。

一センチどころか五ミリ刻みでなんとか受け入れたはずのそれが、勢いよく動いていることに驚くと共に、じんわりと心地よいしびれを覚えた。

「あっ、ふぁっ……」

思わず、甘い声を上げてしまう。それを必死になって噛み殺そうとすると、今度は「ん、んっ」と鼻にかかった吐息が洩れてしまい、どちらにせよ恥ずかしい。

――は、初めてなのに気持ちがいいとか、あり得るのっ⁉　だけど、もうあきらめて認めてしまおう。気持ちがいい。

「あっ、やっ……そ、こ……ダメッ」

先ほど指で探られたときにばれてしまったイイところを狙ったように突き上げられ、絵里はひときわ高い嬌声を上げた。その直後に、最奥をずぐんとえぐられて、一瞬、息が詰まる。

「ダメ？　……ここは、そうは言って、ないようだ、ぞ？」

ライムートの声も切れ切れになっている理由は、そのタイミングで突き上げているからだ。ぼさぼさ髪に髭面（ひげづら）なのでわかりづらいが、声に笑っている気配がする。

自分がこんなになっているのに、笑う余裕があるのなんて悔しい。しかも、いつもよりも少しかすれた声が、ものすごくセクシーに聞こえる。

「痛くは……ない、か？」

「んっ、だいじょぶ……けど……っ」

「けれど？」

「なん、か、へん……ああっ」

初めての経験が押し寄せ、絵里の発音はいくぶん舌足らずになった。

どうにか平常心を取り戻したいのに、ぎりぎりまで抜かれたかと思うと、直（す）ぐに根元まで呑み込まされて、意識が飛んでいく。すべてを収められると、ぎちぎちになったソコから息が詰まるような感覚に襲われた。その過程がなんとも言えず気持ちがいい。

狭い入り口を張り出したもので広げられる一瞬、或（あ）いは、一番奥にある柔らかな壁をノックでもするように突かれるたびに、甘い戦慄（せんりつ）が全身を駆け抜けた。

つながり合った部分から熱い蜜がひっきりなしに流れ出して、シーツに大きなシミを作っている。恥ずかしさが募るが、ライムートが与えてくれる感覚が強すぎて、いつしか意識の外だ。

「変？　どう……変、なんだ？」

わざわざ聞いてくるライムートは人が悪い。けれど、虐めるのが趣味なのと突っ込む余裕は、今の絵里にはなかった。

「どう、って……んっ！　あっ、そこ……っ！」

「ここ、か？　ここが、どう……？」

「やっ、ダメッ……へんに……ああっ！」

指で探り当てられたのとは別に、もっと奥にも悦い場所があったようだ。そこをライムートの切っ先がかすめた途端に、嬌声が高くなる。

「リィ、それはな……変じゃなくて、気持ちがいいっていうんだぞ？」

「そ、なっ……ああっ、やっ」

「いいから、言ってみろ？　気持ちいい、と」

……おっさんがねちっこいのは行為だけではなく、口もらしい。

ライムートに心底惚れ込んでいる絵里は、好きな相手の囁きに乗った。

「あ……い、いぃ……きもち、い……っ」

そう口に出した途端に、感じているソレがさらに強くなる。

そうなってしまえば、もう歯止めが利かなかった。

「いい……ああっ、いい……よぉっ」

「いい子だな、リィ……だったら、もっと……悦くして、やるっ」

絵里の反応に、ライムートが本気を出す。抱き合っていた状態から、わずかに上半身を起こすと、絵里の両足をわきに抱え込む。その体勢で、これまでよりも激しく抽挿した。

「あ、あっ……ああっ！　んっ……は、ぅっ」

根元まで呑み込まされたその先端で、奥をぐりぐりと刺激される。かと思えば、ぎりぎりまで引いて、太い雁首で入り口近くを擦り、快感を煽られた。その合間に宥めるような、それでいて快感をもたらす口づけを与えられる――正に百戦錬磨のおっさんの面目躍如だ。

「ひ、い……んっ……あ、ああ……もっ……あ、あんっ」

とはいえ、どれほど絵里の感度がよく、ライムートの技巧が優れているにせよ、最初の行為では、最終的な高みには至れないようだ。

ライムートの与えてくれる快感に絵里は全身を紅潮させ、内部も物欲しげにひくひくとうごめいてはいるが、それでもあと一歩。その一歩が、どうしても踏み越えられない。

もどかしさに激しく首を振り、ライムートの体にしがみついて胸の先端をたくましいその胸板に擦りつけてみたりもするのだが、やはりどうしてもイけない。

「ああっ！　ラ、ライ……お、ねがい……っ」

ライムートが意図したわけではなさそうだが、達する寸前の状態を延々と引き延ばされた絵里は、泣き出す寸前だ。

「ライ、も……たすけ、てっ」

半泣きになりながらライムートの名を呼び、その背に爪を立てた。

その泣き顔と背中の痛みにより、ライムートも絵里の状態を悟ったのだろう。両腕で抱え込んでいた彼女の右足を解放し、シーツに押さえつけた。

大きく割り広げられたことにより、いきり立つモノが出入りする小さな口の上にある肉芽が露わになる。不意にそこへ指が添えられた。

「きゃ……んぅっ！」

突然の強い刺激に、絵里は悲鳴を上げ体を撥ねさせる。それをライムートが自分の唇で封印し、指の腹で突起をさらに強く押し込んだ。

「ひっ……」

絵里は息を呑み、同時にライムートのモノをきつく締め付ける。内部の壁がうねるような蠕動を始め、ライムートのモノに絡みついた。

そこだけが別の生き物のように勝手に動き、全身からどっと汗が噴き出てくる。

そんな絵里の内部の変化に、ライムートも抽挿の速度をさらに上げた。

激しい突き上げに、絵里の体がずり上がりそうになるのを片手で引き戻し、奥の壁がへこむほどに深くえぐる。同時に、真っ赤に熟れた肉芽を強く押したかと思うと、爪の先で強くはじく。

さらにとどめとばかりにぐりりと腰をひねったその瞬間——

「いっ！……っ、く……うぅっっ！」

絵里は、ライムートの下で背中をのけぞらせ、求めていた高みへ駆け上った。

「っ……く、はっ」

絵里の小さな入り口はライムートのモノを食いちぎらんばかりにきつく締まり、内部の壁はうねりを上げる。ライムートもまた、滾りに滾った欲望をその狭い洞窟の奥にぶちまけた。

「……っ、は……あ、は……ぅ」

絵里は荒い息を洩らす。

さっきは目の奥に火花が散ったかと思うと、一瞬にして視界が真っ白な光で埋め尽くされた。強烈すぎる感覚に、意識がトんでいたらしい。

気が付いたとき、絵里はシーツの上で全身を弛緩させ、荒い呼吸を繰り返していた。ライムートも同じようにぐったりとした様子で彼女の隣にうつ伏せになっている。そちらに顔を向けるのさえ億劫で、目線だけで様子をうかがうと、薄暗い室内灯にたくましい背中が光って見えた。全身、びっしょりと汗をかいているようだ——その背中が激しく上下しているので当然なのかもしれない。絵里も似たようなものだ。

行為を始めたころに感じていた晩秋の夜の冷気が、今はいっそ心地いい。

それでも、このまま寝てしまったら風邪をひくかもしれない。妙に現実的な考えが絵里の頭をよぎる。

——でも、もうちょっと、このままで……

そう思い、絵里はまた瞼を閉じる。後は疲れと余韻、そしてなんとも表現のしがたい幸福感に包まれた眠りが待っているだけだった。

第三章　おっさん豹変（ひょうへん）する

翌朝、絵里が目を覚ましたときにまず感じたのは、頬にあたる柔らかな枕の感触だった。

どうやら、うつ伏せ状態で眠っていたらしい。目を覚ましたものの閉じている瞼（まぶた）から透（す）ける光は、朝にしては少々強い気がする。もしかしたら、昼に近い時刻なのかもしれない。

やばい、寝坊した、と慌てて体を起こそうとした途端に、絵里は異変に気が付いた。

「……体が痛い」

どこもかしこも痛いのと重いのと怠（だる）いのがまぜこぜになっている感じだ。

それらの感覚の一番の出どころは足の間だが、腰も似たようなものだし、それ以外にも太ももや脹脛（ふくらはぎ）、なぜか足の裏も凝（こ）っている。下半身ほどではないが、上半身も同様だった。

その理由には思いっきり心当たりがある。旅暮らしのおかげで、日本にいるころよりもよほど体を動かしていたはずなのに、ここまでなるということは、やることが違えば使う筋肉が違うということだろうか。

そして次に感じたのが、ひどく喉が渇いているということだ。やはり、こちらについても心当たりがありまくりだ。何しろ、あれだけ汗をかいたのだ。他にも色々と水分が出ていった覚えもある。軽い脱水状態になっているのかもしれない。

そんなふうに、体が痛くて動きたくはないが、喉が渇いているので水が欲しかった。

異なる二つの欲求に少しの間葛藤していた絵里だったが、最終的に喉の渇きが勝利する。しぶしぶと重い瞼を引き開け、小さなうめき声を上げながらシーツに手をついて起き上がった。

直ぐ隣に人が寝ていた痕跡はあるが、本人の姿がない。とっくの昔に起きてしまったのだろう。

それよりもまずは、ぼうっとした頭とどこが痛むのかさえはっきりとわからない体で、寝台を下りて、水差しの置いてある場所へ移動しなければならない。

数歩も歩けばいいのだが、ずいぶんと遠く思えるその距離を思い、ため息が出そうになる。

と、そこへ――

「大丈夫か？」

背後というか、寝台の脇からそんな声がかけられた。幾分、笑いの気配の混じった男性の声だ。

ちなみに、現在、絵里は全裸である。そんな状態で男の声がすれば普通は悲鳴を上げるだろう。そうしなかったのは、声の相手が絵里をこんな状態にした張本人であるからだ。

「……大丈夫じゃない。だれのせいだと思ってるの？」

甘えを含んだかすれ声で文句を言うと、まったくすまなそうではない答えが返ってくる。

「俺だな」

こういう状態を古文では『後朝（きぬぎぬ）』というらしい。受験勉強で覚えた単語で、なんとなくいい感じに思え、いつか自分もそんなシチュエーションに……などと夢見ていた絵里だったが、想像していたようなロマンティックで甘いムードではない。

それでもうれし恥ずかしな状況には変わりなく、小さな胸を上掛けで隠すようにしながら、声の主に向き直る。

そこで——固まった。

「……だれ？」

先ほどからの声は確かにライムートのものだ。

だが、面白がっているような表情を浮かべて、こちらを見ている男は、金褐色の髪とアッシュブルーの目こそ彼と同じだが、髪はすっきりと短く刈り込み、髭もきれいに剃っている。

悔しいが、かなりのイケメンだ。光り輝く、というのはさすがに言いすぎかもしれないが、今まで絵里が出会った中で一番顔がいい。

そして、ライムートよりも若かった。年のころは二十代半ばくらいだろうか。

「――き」

そこまで観察したところで、絵里は思い切り息を吸い込むと大きく口を開いた。しかし、そこから発せられるはずの悲鳴は、男の掌で遮られ不発に終わる。

「うわっ、待てっ！」

「ん――――っ！」

若いイケメンに抱きしめられているが、絵里としてはまったくうれしくない。

――ライムートはどこ？　なぜ、彼がいなくて、代わりにこんな男がここにいるの？

「落ち着け、慌てるなっ！　俺だ、リィ！　ライムートだ」

「んぅうっ」

「嘘じゃない、正真正銘、俺だ！」

そんなことを言われても、信じられるわけがない。

けれど、どれだけ暴れても男の手は緩まないし、どうしてなのかわからないが相変わらずライムートの声で話しかけてくる。

体調が万全とは言えなかった絵里は、あっという間に疲れてしまい、仕方なく抵抗をあきらめた。

「……手を離すが、暴れるなよ？　悲鳴もなしだぞ？」

絵里がおとなしくなったのを悟り、男の体から力が抜ける。念を押されて小さく頷くと、口を塞いでいた手は離れていった。

「ライはどこ？　あんた、だれ？」

「だから、俺がライムートだ——まぁ、見かけはちょいと変わったがな」

——嘘だ、絶対に別人だ。

そう思った絵里の気持ちが伝わったのか、ライムートを名乗る若い男は困ったような顔をする。

「あー……とりあえず、服を着ろ。リィが納得できるように、ちゃんと説明するから」

まったく信用できないが、服を着るというのは賛成だ。ライムート以外の相手に見せてやるほど、絵里の気前はよくない。

後ろを向いてと頼むよりも早く、男はくるりと背中を向ける。その様子が、なぜかライムートと重なった。あり得ない、とは思いつつも、彼が自分を納得――或いはだますためにどんな言い訳をするのか、興味が湧いてくる。

「……それで？」

服を着終わった絵里は、ぶっきらぼうに問いかけた。

部屋の中には絵里と男の二人きりだ。男は椅子に座っているが、絵里は彼と寝台を挟むようにして立つ。座らないかと言われたが、得体の知れない相手に近づきたいわけがない。立ったまま、ちらちらと廊下につながるドアに視線を走らせた。

そこから本物のライムートが現れて、この相手をたたき出してくれないだろうかと一縷の望みをかけているのだ。

「……黙っていたのは謝る。色々事情があってのことだが、リィをだました形になったのは申し訳なく思ってる」

なれなれしく名前を呼ばれたくないのだが、絵里の名前まで知っていることを考えると、彼は本物のライムートとなんらかのつながりがあるのかもしれない。

そう思い、無言で小さくあごを引いて先を促すと、男はため息を一ついた後、話し始めた。

「まず、俺は間違いなくライムートだ——もう言っても構わんので名乗るが、ライムート・エ・ラ・シルヴァージュってのが正式な名で、シルヴァージュ国王の第一子だ」

「……は!?」

寝ぼけてんのか、この野郎——咄嗟にそんな言葉が頭に浮かんだ絵里を、だれも責められないだろう。ライムートは渋くて素敵な中年で、昨夜、絵里を奥さんにしてくれた大好きな相手である。対して目の前にいる男はいくら若くてイケメンだろうが、絵里にとって価値はない。

ライムートの名を騙るのさえ腹立たしいのに、王子様とまで名乗るとは。一度頭の中を診てもらったほうがいいのではないか?

「本当だ。リィが疑うのもわかるが、とりあえず、そこを信じてもらえないことには話が進まん」

そう告げる声はライムートで、口調も彼と同じだ。

それに絆されたわけでもないし、信じてくれと言われても承服しかねるが、とりあえず『そういい張っている変な相手』という認識で、絵里は話を聞くことにした。

「俺の身の上話はこの前したが、リィには言っていなかったことがいくつかある。あの話に出てきた予言者ってのは、俺の爺様——要するに先代の国王なんだが、そのさらに前の時代から生きてるとされている。何事かあったときに助言をもらう、要するにシルヴァージュの守り神みたいな相手だ。だから俺の元服の祝いにも当然、招待してた。ひどい人嫌いで来てくれるとは予想してなかったから、彼が宴に姿を見せたときには皆して驚いたもんだ」

そう言った相手だからこそ、余人を交えずに話を、という要求も通ったのだ。

その折りのことは、おおよそ絵里が聞いた通りらしいのだが――

「そいつが、俺に向かって何やら呪文じみたのをつぶやいたって話はしたよな？」

「……うん」

確認するように問いかけられ、返事をするかどうか少し悩んだが、渋々ながら小さく頷く。

今の話には、先日のライムートの身の上話と整合する点があまりにも多すぎる。話してくれていたこと、話をしてくれなかった部分、それらが絵里の記憶とぴたりと一致するのだ。人づてに聞いただけで――その相手が仮に本物のライムートであったとしても――こんな細かい部分まで話を合わせることは可能だろうか？

――もしかして、本当に……いやいや、やっぱりあり得ないよね。

あの素敵な皺も少し交ざっている白髪も、絶対に作り物ではなかった。カサついて潤いの少ない肌だって、ごまかしていたもののわけがない。

——絶対に、こいつは偽者だ。

けれど、男は続けた。

「あのとき、俺に魔法がかけられたんだ。呪い、或いは制約といってもいいかもしれんが、俺の時を二十年ばかり先に進められた——要するに、二十年分、年を食った姿にされたんだな。で、それが解けることが、例の『宝』を俺が手に入れた証拠になるってわけだ」

「……はぁ？」

「魔法の中にはそういうものがあるんだ。勿論、滅多なことでは使わないし、そもそもそれを使えるだけの魔力を持つ者は、フォーセラの歴史の中でも数人しかいないとされてる」

そんなことを言われても、今の絵里にはそれが真実かどうか判断できない。

しかし……ここは現実として魔法が存在する世界だ。絵里にとってはファンタジーの舞台ともいうべきところであり、御伽噺の『美女と野獣』や『カエルの王子様』のような状況がないとは断言できない。

野獣やカエルはお姫様にキスされて元に戻れたわけだが、ライムートの場合は絵里と××することにより、若さを取り戻せた、と……

「リィが頑張って、俺を説得してくれたおかげで俺は本来の姿に戻れた。さらに言えば、これで国に戻れる。心から感謝する」

「あ……」

最後に、晴れ晴れとした顔で礼を言われた瞬間。その笑い顔が、絵里の中で完全に『前』のライムートのものと重なった。

「……ほんとに、ライ、なの……？」

「やっと信じてくれたな」

恐る恐る問いかけると、安心したような笑顔でそう返される。そして、絵里の度肝(どぎも)を抜くようなことを続けた。

「さて、そうと決まれば、急ぐぞ。国に帰ったら、さっそく婚姻だ――ああ、俺の家族に紹介するのが先か。少しばかり忙しくなるが、頑張ってくれよ？」

「は？　……え!?」

「――もういいぞ、入ってくれ」

戸惑う絵里の目の前で、新ライムートが廊下に続く扉に向かって声をかける。それに短く応じる声が聞こえたかと思うと、どう見ても一般人には見えない、煌(きら)びやかな制服、いや軍服に身を包んだ数人の男たちが室内に入ってきた。

「殿下におかれましては、この度のこと、誠におめでとうございます」

「ああ、今はそんな格式ばったことはいい。それよりも、直ぐに国に戻りたい」

「既に手配を済ませてございます」

「え？　え？」

まだ理解が追い付いていない絵里をよそに、どんどんと状況は先に進んでいく。

「明日にはシルヴァージュだ。美しいところだぞ。楽しみにしていてくれ」

「……えええええええっ!?」

とうとう爆発した彼女の叫びを一顧だにせず、男たちはてきぱきと手続きを済ませていき――翌日どころか、その日のうちに、絵里はシルヴァージュの土を踏むこととなった。


「よくぞ戻った、我が息子ライムート・エ・ラ・シルヴァージュよ」

威風堂々という表現がぴったりくるような、お城の大広間に、今、絵里はいた。他国の王城を知らないのだが、少なくとも今までこちらの世界で見てきたどの建物よりも大きく、豪華だ。

高い天井に色彩豊かな絵画が描かれており、それを支えるいくつもの柱には精緻な彫刻が施されている。床は色違いの石で組まれたモザイク模様で、全体の広さはちょっとした体育館ほどはあった。

その最も奥まったところに、数段高くなった座がしつらえられている。そこに置かれた玉座に座っているのがこの国――シルヴァージュの国王だ。

「フォスのご加護を持ちまして、ただいま帰参つかまつりました」

国王から声をかけられ、見事な礼と共に言葉を返すのは、金褐色の髪をきれいに撫でつけたアッシュブルーの瞳を持つ若いイケメン――言うまでもなく、若返ったライムートだ。青と銀を基調とした礼服に身を包み、どこから見ても、『理想の王子様』といったいでたちである。

遠目でよくは見えないが、王はライムートによく似ている気が絵里にはした。勿論、若返る前の、絵里にとっての本物のライムートに、だ。

そう考えると、確かにこの二人は親子なのだろうが、とにかく展開が早すぎた。

あの宿屋での一連の会話の後、乱入（？）してきた男たちにより絵里が連れていかれたのは、宿場町から少し離れた平原だった。

「ひっ……」

そこに待機していた巨大な生物を目にした途端に、彼女はかすれた悲鳴を上げる。

皮膜に覆われた翼と、爬虫類めいた頭と胴、それに足を持つそれは、絵里が知っている恐竜によく似ていた。無論、実物を見たことがあるわけではないが、とにかく図鑑などに載っているそれが、全部で五頭もいる。

「な、なんでプテラノドンが……っ？」

「なんだ、リィの世界にもこいつがいるのか？ こっちじゃ、こいつは飛竜と呼ばれてる。見かけは怖いかもしれんが、よく慣れているから安心していいぞ」

いきなり目の前に恐竜を突き付けられて、安心などできるわけがない。けれど、新ライムートらはまったく怖がる様子を見せず、それに近づいていく。

「こいつで飛べば、明日には城に着けるだろう」

――これに乗るのっ？ マジでっ⁉

到底そんなことができるとは思えないのに、よくよく見ると、そのプテラノドンには手綱や鞍のようなものが装着されていた。

「リィは初めてだろうから、俺と一緒に乗るといい。落とすつもりはないが、あまり動くと危ないから、それだけは気を付けろよ？」

どうやら一頭で、数人を乗せられるらしい。が、それ以前に、絵里としてはこんなものに乗りたくなかった。今からでもどこかに逃げて――と遅まきながら周囲を見渡すが、そんなことができるはずもない。

盛大に悲鳴を上げる彼女を乗せた飛竜(ワイバーン)は無事に飛び立ち、日暮れ前にはシルヴァージュの国境を越えていたのである。

飛竜(ワイバーン)は予定よりかなり速い速度で飛んだらしいが、シルヴァージュの国境を越えたあたりで日が暮れた。飛竜(ワイバーン)は夜目がきかないので、日が落ちてからの飛行は無理だ。ということで、一晩をその地の領主の館で過ごし、朝一でまた飛竜(ワイバーン)に乗り込む。

そして、昼前に王城までたどり着き、その後直(す)ぐに全身をきれいに洗いまくられた後、美しいドレスを着せられて髪を結われ、最低限の礼儀をレクチャーされた後、絵里はここへ連れてこられた。

『黙って立っていればいい。何か聞かれても、全部俺が代わりに答える』

ライムートからそう言われて、あまりにも怒涛(どとう)の展開に反発する気力さえも尽き果てていた絵里は、おとなしく彼の隣に従(したが)った。

けれど、納得もしていなければ、自分の意思を無視された形になっているのにもムカついている。

「――よくぞ永の年月に堪え、首尾よくやり遂(と)げた。ご苦労であった――して、そなたの隣にいるのが、その『宝』であるか？」

「はい。まことに得難き宝であり、私が愛する人でもあります」

「左様か、うむうむ」

親と子の感動的な対面であり、後世に伝えられるべき光景なのだろうが、できれば自分とはかかわりあいのないところでやってほしい。そもそもの話、自分のような一般庶民がこの場にいていいのか？

完全にハイライトが消えた目をしている絵里を置いてきぼりにして、親子の会話は和(なご)やか且(か)つ、スムーズに進んでいく。それがまた小憎らしい。

「なんにしても目出度(めでた)い！　今宵(こよい)は盛大な祝いの宴(うたげ)を催(もよお)さねばなるまいて」

「畏(おそ)れながら、陛下。私も彼女も長旅でいささか疲れております。お心遣いは大層ありがたいのですが、宴(うたげ)などは何卒(なにとぞ)、今しばらくのご猶予をいただきたく……」

「おお、それもそうだな。これは気が回らぬことであった。勿論(もちろん)、そうしよう。それと――客人よ。このような堅苦しい場に引き出してしまって申し訳なかった。別室で体を休めてほしい。後で妻と一緒に、改めて挨拶(あいさつ)させてもらおう。話も聞かせてもらいたいしのぉ」

シルヴァージュ王はかなり気さくな性格らしい。最初だけは重々しい口調だったが、直(す)ぐに気の置けない家族としての口ぶりになっていた。

「それでは、一旦、御前を失礼いたします」

「うむ」

大広間――謁見の間というのが正式な名称だ――を出た後、絵里はさらに奥まった一角へ案内された。当然、若返ったライムートと一緒にだが、その他にも侍従や女官と名乗った者たちがぞろぞろとついてくる。

この状態は、あの宿屋で驚きの告白を受けて以来ずっとで、おかげでいまだに絵里はライムートとは二人きりになれないでいた。

言いたいことは限りなくあるし、聞きたいことはそれ以上に山積みだ。だが、そのタイミングを見出せないまま、いくつかの廊下とドアを潜り抜ける。連れていかれた先は、豪華ではあるがどことなく親しみを感じさせる調度がそろえられた一室だった。

「疲れたでしょう？　軽いものを運ばせますので、少しつまれるとよいでしょう」

若返っただけでなく言葉遣いまで王子様になってしまったライムートが、絵里に椅子を勧める。

「あ、ありがとうございます」

言われるままに豪華なソファに腰を下ろすが、相変わらず周りに人はいるし、ライムートの丁寧な口調も落ち着かない。ついでに、どう返事をすればいいのかも迷う。

あの旅の間、あんなにも気安く会話ができていたのに、今の彼はまるで別人だ。というか、見かけは間違いなく完全に別人である。

あの素敵な皺も、魅力的な白髪も、セクシーな無精髭も全部なくなってしまった。目の前にいるのは張りのある若い皮膚で、つやつやした金褐色の髪をした、テレビや映画の中でしかお目にかかれないようなすこぶる付きのイケメン様だ。

そうなったのは自分に原因があるとわかっていても、どうにもやりきれない。できることなら、『私のライを返してよ！』と叫びたいところである。

しかし、そもそもの話、ライムートにとってはこちらが本当の姿であり、そうなるために旅をしていたのだ。

そういうわけで、どんな態度で接したものか、距離はどのくらいとればいいのか、答えの出ない疑問がぐるぐると絵里の頭の中で渦巻いていた。

ライムートの手配で用意された、旅暮らしではとてもお目にかかれないような高級食材を使った見た目も美しい軽食も、味などわかるはずがない。

何度も勧められるので、仕方なく機械的に口に運び、一緒に用意されたお茶で流し込んだ。お茶も大変に香しいものであったのだが、やはりじっくり味わう余裕はなかった。

そうして、居心地の悪い時間を過ごしていると、やがて部屋の扉がノックされる。

「待たせたな」

入ってきたのは、先ほどお目にかかったこの国の王だ。その後から、美しく着飾った女性が続く。だれだろうと絵里が思うより早く、その正体が判明した。王と同じくらいの年齢で、きりりとした美貌の貴婦人だ。

「父上、それに母上」

「ああ、ライムート。よくぞ無事に戻ってきてくれました……っ」

「永(なが)の不在の間、ご心配をおかけいたしました」

国王夫妻の登場に、ライムートが椅子(いす)から立ち上がり出迎える。絵里も慌ててそれに倣(なら)った。

先ほどとは違い、今回は親子としての対面だ。久しぶり――おそらくは十年以上になるのだろう――の再会の邪魔にならないようにそっと下がり、絵里は黒子に徹(てっ)した。

「都度都度の連絡で、元気でいるのはわかっていましたけれど……こうして実際に顔を見るまでは、不安で仕方ありませんでした。何しろ、お前がこの城を出たのは十五のときだったのですから」

「ええ。私も不安でした。もう二度とこの城を見ることも、父上母上にお目にかかることも叶(かな)わないのではないかと。ですが、こうしてまたここに戻ってくることができました」

王妃は喜びの涙を流している。きれいな人は泣き方もきれいだ。黙って王妃と王子のやり取りを眺めている王の目にも、わずかに光るものがある。

まるで映画でも見ているような感動の再会シーンに見とれていた絵里だったが、そうしていられたのは少しの間だけだった。

「……それで？　こちらのお嬢さんが、お前の見つけてきた方なのですね？」

「ええ。既に父上には申し上げましたが、予言者殿のおっしゃった『二つとない宝』です。あのような風体だった私に思いを寄せてくれ、その身を任せてくれました」

——ちょ……ここでそれを言うっ⁉

いきなりの告白に慌てるものの、それを聞いた王妃の反応は絵里の予想を超えていた。

「まぁ……っ。ならば早々に式の用意をしなければなりませんね」

「書類は既に神殿に送ってありますから、あまり急がなくてもよろしいですよ」

「何を言っているのです。そなたが戻ってきたのですから、その披露目もしなければいけないのですよ。どちらを先にするか……いっそ、両方を一緒にしてもいいかもしれませんね」

「婚姻と披露目を一緒にですか？　ですが、女性というのは自分の婚姻の式に、それなりの思い入れがあると教えてくださったのは母上ですよ？」

「それもそうですね。では、二日に分けてというのはどうです？」

「ちょ、ちょっと、待っ――えと、お待ちくださいっ」

放っておくととんでもないことになりそうな気がした絵里は、決死の覚悟で割って入る。王の家族の会話に口出ししたことをとがめられるかと心配したが、幸いそういうことはなかった。ただ、なんというか……非常に温かい目で見られる。いや、慈愛に満ちた、と表現するほうがいいかもしれない。

「いけませんね。うれしさのあまり、失礼なことをしてしまいました。名乗りもせずに申し訳ありませんでした」

「え？　あ、いえ……えっと」

「今さらですが、ライムートの母ですわ。貴女の名はなんとおっしゃいますの？」

「リィ、です。確か姓もあったと思――」

「そなたには聞いておりません」

横から口を出してきたライムートを王妃がぴしゃりと制する。

「加賀野絵里と言います。加賀野が姓で、絵里が名前です。ライ……ムート殿下にはリィと呼ばれていました」

「ほら、みなさい。そなたが言うのとは違うではありませんか」

どうやらライムートは母親には弱いようだ。それとも優しそうに見えて、実はこの王妃が強いのかもしれない。ちなみにここまで王はずっと黙ったきりである。

「実際に口にすると、発音しにくいのですよ。ですので、リィ、と」

「異国風の名前ですものね――いえ、異界風といったほうがいいのかしら？　ディアハラの聖女も、似た響きの名であったと聞いておりますし」

「片野さんのこと、知って――えと、ご存じなのですか？」

「ディアハラとは離れておりますが、それなりに話は伝わってきております。簡単にですが、愚息から事情も聞きました――大変だったでしょう？　ですが、もう安心ですよ」

労り（いたわ）のこもった声でそう言われ、ぐっと絵里の息が詰まる。身の上を隠していたから当然なのだが、こうして優しい言葉をかけてくれたのは、ライムート以外では初めてだった。

思わず涙があふれそうになり、懸命にこらえていた絵里だったが、次の言葉で一気に涙が引っ込んだ。

「貴女は息子の妻、つまりもう私たちの娘も同様ですもの」

「は？　えっ？」

ちょっと待ってください、ともう一度言う前に、先ほどにも勝る勢いで事態が進んでいく。

「書面では夫婦になったとはいえ、式は必要です。とりあえず、今夜にでも身内で挙げてしまいましょう。国内や諸外国へのお披露目は後で構いません――ライムート」

「はい、母上」

「今日よりエリィ――あら、本当に呼びにくいですわ。とにかく、この方は王太子妃です。陛下もそれでよろしゅうございますね？」

「勿論だよ」

王妃の言葉に、王もニコニコ顔で了承する。

「母上。私はまだ王太子として冊立されておりませんが……？」

「長男であるそなたが戻ってきたのですから、そなたが王太子に決まっています。形式については、婚姻式のついでに王太子として認定すればよろしいことです」

しとやかな外見に反して、王妃はかなり豪快な性格のようだ。そして、以前のライムートそっくりな王のほうは、そんな妻に気分を害した様子もない。それどころか、始終上機嫌で頷いている。

「そうと決まれば、急がねばなりません。部屋も以前のところは使えないし、ライムートの服は陛下のもので間に合わせるにしても、この方のドレスを見繕わねばいけませんね。私の若いころのものがどこかにあるはず……ええ、勿論、正式なお披露目までには新しいものをしつらえますよ？　何をしているのです、ライムート！　自分たちが使う部屋なのですから、そなたがぼんやりしていてどうします。さっさと私といらっしゃい！」

てきぱきと、と言うには少しばかり勢いがありすぎる王妃の指示により、一気に周囲が慌ただしくなる。ライムートは王妃にドナドナされて行き、王も後に続く。

絵里はやっと落ち着けた部屋からまたも引き出され、もう一度、湯浴みをする羽目になった。

先ほどのものよりもかなり念入りに、髪の毛一本まで徹底的に磨き上げられる。おそらくは最高級品であろう香りも肌触りも極上の香油を塗り込まれ、やはり高級品と思しい下着をつけ、その上に王妃が社交界デビューのときに使ったという白と淡いピンクのドレスを着る。ちなみに十三歳のときのものだそうだ。前の世界なら中学生のサイズが、今の自分にピッタリどころか胸が若干余ったことにひそかに落ち込む。

そして、国王夫妻の前に先ほど以上に煌びやかに着飾ったライムートと並んで立たされる。もののついでという感じの王太子としての宣言に続いて、その妻と認めると宣言されたころには、ほとんど悟りの境地になっていた。

——私、どうしてこんなことになってるんだろう……？

身内のみでひそかに、というコンセプトのためか、参列者はそれほど多くはない。義理の両親となった国王夫妻とライムートの弟妹たちから、口々に祝福の言葉を投げかけられ、ひきつった笑顔でそれに応じながらも、脳裏(のうり)に浮かぶのはその一言だけだった。

どんな受け答えをしたのかはおろか、急ごしらえではあるが豪華な晩餐(ばんさん)についても何を食べてどんな味がしたのか記憶に残っていない。

まともにモノが考えられるようになったのは、式典の後、本日三回目の着替えを済ませ、『王太子夫妻』のための立派な一室でライムートと二人きりで向かい合ったときという体たらくだった。

「——大変でしたね。さぞや疲れたでしょう？」

キラキラしい王子様が、上品な口調で労(いたわ)りの言葉を下さる。

それ自体はありがたいことなのだが、元はといえば彼のせいだと思うと、まずは説明が欲しい。

ちなみに、現在の彼女は柔らかな素材の、締め付けのないネグリジェのようなものを着せられている。その上に長いガウンも着用しているが、このまま外に出られるような服装ではない。

ぐるりと周囲を見回すと、光量をしぼった明かりが灯(とも)された室内には、なぜかあれほどくっついてきていた侍従だの女官だのの姿はなくなっていた。久々の二人きりだ。

といっても、目の前にいるのは大好きなおっさんではなくキラキラ王子であり、場所もあの宿屋とは雲泥の差の王宮の一室で、天蓋付きの、クイーンサイズはあろうかというベッドまであったりする。

それを見なかったことにして絵里は口を開いた。

「……これってどういうこと？　何がどうなって、こんなことになってるか、きちんと納得できるように話してもらえるんでしょうね？」

当たり前だった毎日が、もう当たり前ではなくなった——そう思った途端、我慢の限界がくる。

「なんでいきなり結婚式なんてことになるの？　私は貴方にプロポーズされた覚えも承諾した覚えもないのに、どうして正式な書類とやらが存在するわけ？　そもそもの話、ここに来るのだってきちんと意思確認されてない。着いてからもろくに説明もなくどんどん勝手に話が進んでいくし——これってこっちじゃ普通なの？　王様の子どもなら何してもいいの？」

十数年ぶりに親子が再会を果たしたのだ。自分への説明が後回しになってしまっているのも、腹立たしいが理解できる。日本人らしく空気を読んで、発言は控えていた。けれど、だからといって何も感じていないわけではないのだ。口に出さなかった分、鬱憤(うっぷん)や言いたいことが山のようにたまっている。

要するに、絵里はキレていた。ヒステリックにわめきはしないが、冷たい口調で問い詰める。

こういうところを『かわいくない女』と、中学や高校時代、同級生の男子から言われていたのだが、それはどうでもいい。そんな経験に基(もと)づいて、目の前の相手から同じような評価を受けるだろうことを予想できたが、それもやはりどうでもいい。

もっとも、キラキラ王子様になったライムートは、絵里が想像した反応は見せなかった。

「リィが腹を立てるのは当然です。きちんとした説明ができなかったのは私の不徳のいたすところ――改めて、お詫(わ)びします」

あくまでも礼儀正しく、それでいて誠実に深々と頭を下げて謝意を示されてしまい、キレている絵里のほうがうろたえることになる。

「な……そ、そんな顔して謝っても、許す気なんかないんだからっ」

なんとなくセリフがツンデレっぽくなってしまったのは、わざとではない。

「ええ、わかっています。ですが、まずは私の説明を聞いてはいただけませんか？」

狼狽(ろうばい)しているところへ、重ねておっさんライムートと同じ声で言われ、絵里はぐっと詰まった。

見かけがこれほど変わってしまったのに、声だけが同じなのは反則だ。それに絆されたわけではないのに、言い訳くらいは聞いてやろうという気になる。きっと、この王子様もやはりライムートなのだと根っこのところでは理解してしまっているせいだ。

「……ごまかしも省略もなしよ。それと、その口調……ものすごい違和感があるんだけど」

深みのある柔らかな声は、絵里が大好きなものの一つだ。ざっくばらんというか、いささかぶっきらぼうな口調のそれを聞き慣れている身としては、同じ声で上品な言い回しをされると非常に違和感がある。

納得できる説明を求めるなら、長い話になるのは間違いない。その間ずっと、違和感を持て余しながら聞かされ続けるのは勘弁してほしかった。

「前みたいな話し方に戻せないの？　そりゃ、公式の場とかじゃ無理なのは理解してるけど……」

「リィは、この口調はお嫌ですか？」

「嫌というか、ものすごくわざとらしい感じがする」

思い切りストレートに答えると、てっきり気を悪くするかと思ったライムートが、なぜか苦笑した。

「こちらのほうが、女性には受けがいいと思ったのですが……そうまで言われれば仕方ない」

今まで通りの丁寧な口調だったのが、途中でがらりと変化する。

「正直、俺としてもこっちのほうが楽というか、すっかりこのしゃべり方に慣れちまったようだ」

キラキラしい王子様の口から発せられるガテン系の親父のような言葉遣いは、アンバランス極まりないが、絵里にとっては好ましい。しかし、その口調は絵里の鼓動を速めるのに十分だった。

「な、何よ、できるんじゃないっ」

素直にそれを認めるわけにはいかず、つい責めるような口調になってしまうが、真っ赤な顔をしていてはまるで迫力がない。

「できない、とは言っていない。ただ、こちらのほうが色々と面倒が少ないだけだ。まぁ、実のところ、十年以上もやってなかったことだからな。いつボロが出るかとひやひやはしていた……リィの前でまで気を張り続けるのは、確かに限界がある。そういう意味では、リィが文句をつけてくれたのはありがたかった」

呪いがとけ、国に帰ることができて万々歳かと思いきや、どうやらライムートにもライムートなりの苦労があるらしい。

――だ、だからって、私に何をしてもいいってもんじゃないんだからねっ。

うっかり同情してしまいそうになり、慌てて気を引き締める。まだほんのりと頬が熱いのを自覚しつつも、できるだけ怖い顔をして睨みつけると、キラキラしい顔が苦笑に歪んだ。

「ああ、説明をするんだったな。とはいえ、少しばかり長い話になる。立ったままというのもなんだし、こっちに来て座らないか？」

今回は素直にそれに従った絵里である。部屋にふさわしい豪華なソファの端っこ――できるだけキラキラ王子から離れたところに腰を下ろし、視線に力をこめた。

そんな絵里の隣に、キラキラしい元おっさん王子は優雅なしぐさで腰を下ろす。ぴったりと彼女にくっついた位置に、である。そして、膝の上でぎゅっと握りしめていた絵里の手を取った。思わず体を固くした彼女の反応には構わず、話し始める。

「さて、と。何から話したものかな……そうだな、俺の外見が変わってしまったことについては話したはずだから、その後のことからか？」

「……それも勿論聞きたいけど、まずは――あの話ってホントなの？」

握られた手を引き抜こうと頑張った絵里だったが、どうしても無理だと悟り、できるだけ平静を装って問いかける。

「俺に呪いがかけられていた、ということについてなら、その通りだ。幸いなことに父と祖父以外の者がいない場所だったんで、俺があの姿にされてしまったことを知っている者はほとんどいない。対外的には成人の儀の翌日に急な病を得て離宮で療養生活をすることになったということで、俺はひそかに旅に出たってわけだ。さすがに母には会って話をしたが……泣かれちまって、困った」

それはそうだろう。昨日まで紅顔の美少年だった息子が、いきなりその父親と同じくらいの中年になってしまったのだ。しかも、今から一人で旅に出るという。さぞや驚き悲しんだに違いない。

「……それって、何年前のこと？」

「今から十、いや、十一年前になるかな」

「ってことは、今は二十六歳ってこと？」

「そういう計算になるな。リィは二十一だったよな。五つ違いってのは、ちょうどいい具合だとは思わないか？」

何に関してちょうどいいと言っているのかについては、触れないほうがいい気がしたのでスルーする。

とりあえず、長いこと旅をしていたというのは嘘ではないようだ。数十年が十数年だった、という違いはあるが、自分が勝手に思い込んでいた部分もあるために、絵里には非難しづらい。

「そ、それじゃ、えっと……あ、あの結婚式っ！　あれはどういうことなの？」

「リィは昨夜、ファータイルの領館で書類に署名したよな？」

一晩お世話になったのがそう呼ばれる場所のようだが、今は話の本筋には関係ない――はずだ。

「それは確かにしたけど、あれってこの国での私の身柄を保証するものってことだったわよ」

絵里の転移チートは、あいにくと会話に対してだけで、文字まではフォローしてくれていない。

普段であれば中身のわからない書類に署名など絶対にしない絵里だが、あれこれと衝撃的なことが続き心身共に疲労困憊。そこに、この先の彼女を保護するための手続きの一環と言われたために、つい頷いてしまったのだ。

ちなみに署名は日本語でした。それでいい、と言われたからだ。

「ああ。だから、あれは正式に俺の妻となることを証するもんだ」

「はぁっ？」

「王太子になった俺の妻。これ以上、確実な身分の保証はないと思うぞ？」

「そ、それってだまし討ちじゃないっ！　それに、王太子様のお妃なんて、そんな簡単に決めていいの？　未来の王妃様でしょっ!?」

「リィは、この国随一の賢者により予言された俺が手に入れるべき『二つとない宝』だ。それを娶ったことに、面と向かって文句を言える者はこの国にいない。その証拠に、両親も反対などしなかっただろう？　それに……リィはあのとき、言ってくれただろうに。リィを俺にくれる、と」

「だ、だって、それは」

ライムートが絵里の命を救ってくれて、何も見返りを求めず、一緒に旅をしてくれたからだ。彼が故郷にも戻れず、ずっと当てのない旅をしていると知り、何か自分にできることがないかと考えた。うまくいけばそれでよし、ダメだったとしても彼と一緒にいたいと思ったのだ。

「あれは……あれはライが、あのライだったからよ」

白髪交じりのぼさぼさの髪に無精髭を生やした、ちょっと枯れかけたおっさんを好きになって、お墓に入るまで一緒にいたかったのだ。間違っても、キラキラしい王太子様の妻になりたいなんぞと願ったのではない。

「確かに見かけは変わったかもしれんが、あのときも今も俺は俺だ。それに俺は言ったよな？　もらったからには、絶対に手放さない、と——だましたような形になったことは詫びるが、俺は本気だったし、今もその思いは変わっていない。急いで行動した理由については、リィももうわかってるんじゃないか？　世情が不安定になりつつある状態で、世継ぎである俺の呪いが解けたからには、一刻も早く国に戻る必要があったんだ」

「それは……けど、私に一言の説明もなく、どんどん既成事実を積み上げるのは、別の話でしょ」

ここで流されるのは、なんだか悔しい。必死になって言い募ると、ライムートの顔が曇る。

「……もうリィに隠し事は必要ないから言うんだが、あの宿屋で俺の実家がごたついてるって話はしたよな？　そのごたごたってのは、このシルヴァージュへディアハラがとんでもない要求をしてきたってことだ」

「とんでもない要求？」

「ああ。ディアハラがいくら主張していようと、他国がハルカとかいう娘を聖女として直ぐに認めるわけにはいかないってことは説明しただろ？　まずは、この目で確かめない限りは……それは、シルヴァージュも同じだったんだが、それについての返答があったんだ」

ここでも片野春歌が出てくるらしい。できればもう忘れ去りたい相手なのだが、なぜこうも自分にかかわってくるのだ。

思わず難しい顔つきになる絵里だが、ライムートは構わず話し続ける。

「ディアハラの要求ってのは、確認のための人間は受け入れる。ただし、それは王家の者でなければならないってものだったんだ」

「……は？」

思わず目が点になる絵里である。

「フォスの遣わされた尊(とうと)い聖女様にお目通りするなら、それ相応の身分のある者でなくてはならん、ってのがあっちの主張だ。だが、王族が出向くとなればそれなりの警備と、何よりも相手国への信頼が必要になる。諸国への野心を剥(む)き出しにしている相手だ。のこのこ馬鹿正直に出かけていって、人質にでもされた日には目も当てられん。そもそも、俺以外でこの国の王族ってのは両親の他はまだ成人もしてない弟妹だけだ」

これをまた突っぱねれば関係は悪化の一途をたどり、下手をすれば開戦の口実に使われかねないのだそうだ。

「臣下の中には、いい加減俺の帰りを待ちきれなくなってた連中もいたようでな……そいつらの言い分としては、正式に弟を王太子としてから派遣すればいいと。あちらの要求を呑んで出向いたのだし、王太子ともあろう相手を人質にするような真似はさすがにしないだろう。もしやれば、各国からたたかれるのはディアハラだ、とな」

「それって、ちょっと……希望的観測がすぎてない？」

「リィですらそう思うことが、あいつらにはわからなかったようだ。平和が長く続きすぎたってことだろうな」

　ライムートはそこで深いため息を一つ、つく。憂い顔もまたうっとりするほどに美しい。けれど、絵里がドキリとしたのはその顔でなく、精神的な疲れを漂わせる様子がどこか中年ライムートに通じるという一点だった。

「それで、ラ……貴方が戻ってきたのなら、今度は貴方がディアハラに行くわけ？」

　同一人物だと頭ではわかっていても、まだ目の前の相手を『ライ』と呼ぶには抵抗がある。少し迷った結果、絵里は当たり障りのない呼び方をした。だが、心配していないわけではない。

「いや、行かん」

「それでいいの？」

国同士の関係が悪化するのを懸念したからこそ、そんな話が出てきたのだろうに。

そう尋ねると、今度は打って変わってライムートは晴れやかな顔になった。

「神託の聖女はリィだ。わざわざ偽者を確認しに行く必要がどこにある？」

「それだと、ディアハラとの国交とかに問題が出るんじゃないの？」

「元々、離れてることもあって、ディアハラとうちの国とはほとんど交流がない。あちらにいるのがフォスの遣わされた本物の聖女かもしれないという可能性があったからこそ、無茶な要求に悩んでいただけだ。偽者とわかれば、遠慮する必要はどこにもない」

それでいいのかとも思うのだが、こちらの世界情勢など知らない絵里としては、そう言い切られれば信じるしかない。が、一つだけ気になることがある。

「でも、私がその……神託の聖女だっていうのは、貴方がそう信じてるだけでしょ？嘘をついてはいないけど、私に自覚はまったくないし、それで他の人を納得させられるの？」

王と王妃、それにライムートの弟妹たちは大丈夫だろう。ほんの少ししか顔を合わせておらず親交を深めるところまではいっていないが、全力で絵里を歓迎してくれているのは伝わっている。

問題になるのは、その他の――おそらくは貴族とかいう身分を持ち、ライムートを廃してその弟を王太子にしようとしていた者たちだ。

「それについても考えがある。だが、それもこれも全部、俺が今ここにいるからこそできることだ。そして、俺が戻れたのはリィ、お前のおかげだ」

そう言った後、ずいっとライムートは顔を近づけてきた。

「ちょっ、近い、近すぎ……っ！」

超絶美形を間近で見ることになり、まったく好みではなくどちらかというと苦手なタイプなのに、絵里の心臓がドキンと大きく脈打つ。

「リィ。お前を愛してる。俺を救ってくれたのがお前でうれしい。どうかこの想いを受け入れて、俺の妻になってくれ」

プロポーズされた覚えがないと言ったことへの、これが返答らしかった。ただ、それに対する返事を口にする時間は与えてもらえないようだ。

「あのときのお前は愛らしかった。その姿をもう一度、見たい……」

「え？　ちょっと、待っ……んぅっ！」

ソファの上に押し倒され、受け身を取る暇もなく唇を重ねられる。

変わらなかったのは声だけかと思っていたが、キスのやり方もそうだったらしい。チクチクする髭(ひげ)の感触がないことを除けば、一昨日(おととい)初めてキスしたときと同じように、絵里の唇を割りライムートの舌が滑り込んでくる。

「だ、だから……んんっ！　ま、待っ……きゃっ⁉」

口中をうごめく舌の感触も、初めてのときと同じだった。反射的に瞼を閉じてしまったこともあり、一瞬、今目の前にいるのがあのライムートであるような錯覚に陥る。

そのために抵抗が遅れ、気付くと、ひょいと抱き上げられて、宿屋の寝具とは比べものにならないほどに滑らかなシーツの上に横たえられてしまっていた。

「い、いきなり何するのよっ」

あっという間に貞操の危機を意識させられる状況になっている。

至近距離にあるキラキラしい美貌をひるむことなく睨みつけるが、あいにくとキスにより頬が赤らみ目が潤んでいる状態では迫力不足も甚だしい。

不本意極まりないことに、その抵抗は、ライムートへ非常な効果をもたらしていた。

「本当にかわいいな、リィ」

意図したものとは真逆のその反応に、絵里は戸惑う。すると、ライムートはさらに意外なセリフを口にした。

「お前との初めての夜が、あんな場所ですまなかった。今さら言っても詮ないことだがな……」

強引に押し倒された状態で、滔々と詫びの言葉を告げられるというのはかなりレアなシチュエーションだ。しかも、内容がこれである。

絵里としては、そのことを謝ってもらう必要をまったく感じていない。あれは彼女自身が望んだことで、受け入れてくれたおっさんバージョンのライムートにはこちらが感謝したいくらいだ。

それなのに……

「だから、あのときのやり直しをさせてほしい」

「……は？」

――やり直しって、何？　どういうこと？

尋ねるよりも早く、ライムートが言葉を続ける。

「今の俺たちは、神にも両親にも認められた、歴とした夫婦だ。だから、今夜が本来の俺たちの初夜ってことになる」

ちょっと待て、とは先ほどさんざん言ったはずだが、まったくもってライムートの耳には入っていないようだ。というよりも、寝室に二人きりにされた時点でこうなる以外の選択肢など存在しない。そう、絵里以外の全員が考えていただろう。

なるべくその可能性を考えたくなかったために目をそらしていた絵里の自業自得とも

いえる。

「だから、待っ……ちょっ、どこ、触って……っ!?」

既に押し倒されている状態では、いくら抵抗しても大した効果はない。それ以前に、絵里の腕力では、どんな体勢でもライムートの体を押し戻すことはできなかった。

そして一番の問題は、その絵里の必死の抵抗を、ライムートが『恥ずかしくて、ちょっと戸惑っている』ととらえていそうなことである。

「心配するな、リィ。ちゃんと人払いは済ませてある。それに、あの宿屋のように壁も薄くはないしな。安心していいぞ」

「それのどこに、安心できる要素があるってのよっ？」

助けを求めても、応じてくれる者はいないと言われたも同然だ。ライムートが言いたかったのはそうではないのだが、絵里としてはそうとしかとらえられない。

絶体絶命の危機に思わず抵抗の手が緩んだところで、再び口づけが降ってきた。

「んーっ！」

きつく唇を引き結んで、せめてもの抵抗の意志を示す。が、それも彼の手があちこちをさまよい始めるとつい緩み、するりと舌の侵入を許してしまった。

「ん、むぅっ……んんっ」

一瞬、噛みついてやろうかという考えが頭をよぎる。しかし、それを実行に移す前に、ライムートの舌先で上あごの弱い部分をくすぐられた。同時に薄い夜着の裾から中に忍び込んできた手にわき腹を撫で上げられて、その感触に一昨日の記憶がよみがえる。

——あ……ライ？

もしここで絵里が断固として抵抗することができれば、この後のことは変わったのかもしれない。

今のところ、絵里の中では『あの』ライムートと、目の前にいる『キラキラ王子』のライムートとは別人にカテゴライズされている。あのライムートであればウェルカムな状況でも、キラキラ王子が相手ならノーサンキューだ。

しかし、チクチクする髭も長年の旅暮らしで荒れた掌の感触もないのに、確かに同じ触れ方と力加減であり、そこに『あの』ライムートを見出してしまう。

絵里はどうしても本気で拒絶することができなかった。

上質で品のいい髪油の香りの中に、懐かしいライムートの体臭を感じてしまえばなおさらだ。

うっかりと警戒心が緩んだ、その隙をついて、ライムートは存分に思いの丈をぶつけ始めた。

「ああ、リィ……」

変わったのは外見だけで中身は同じ。とはいえ、今のライムートは身も心も若い男である。しかも十五という色々な意味で血気盛んな時期にいきなり中年になってしまい、抑圧されていた部分があったのか、精神が肉体に影響を受けるせいか、おっさんの体であったときはそれなりにあった自制心がなくなっているみたいだ。……結果として、滾(たぎ)る彼の情熱は思い切り絵里にぶつけられた。

「あっ、ふっ……ん、ぅんっ」

執拗(しつよう)と表現したくなるほどの口づけにより、絵里の唇はぽってりと赤くふくらむ。さんざん吸い付かれたり、甘噛みされたりした結果である。

無論、何度も首を振って逃れようとしたのだが、本気を出せていない絵里の抵抗など、ライムートにとっては子猫がじゃれている程度でしかない。むしろ鋭く細い爪がある分、子猫のほうが攻撃力があっただろう。

酸欠一歩手前になるほどにぴったりと唇を重ね、舌で口中を隅々まで蹂躙(じゅうりん)されていると、絵里の意識がいささか朦朧(もうろう)としてくる。

キスだけでこれほどになるとは、ライムートの本気がおそろしい。

「ふぁ……ラ、イ……？」

焦点の合わない潤んだ瞳で、絵里はライムートの名を呼ぶ。

それが『あの』ライムートなのか、それとも『この』ライムートなのかは、絵里自身にもわかっていない。

「ここにいる。愛しい、リィ」

秀麗な顔に見た者全ての魂を根こそぎ奪いそうな美しい笑みを浮かべ、いかにもうれしそうな様子でライムートが答える。

「あ、あ……は、う……んっ」

首筋から胸へかけてのなだらかな曲線を、ライムートの舌が何度も行き来する。羽織っていたはずのガウンはいつの間にやらどこかへいっていて、薄い夜着は男の侵入を妨げるどころか、透けそうで透けない微妙な厚みで男の劣情を煽っていた。リボンを解くだけであっという間に脱がされてしまうそれの胸元は大きくはだけられ、小ぶりな乳房はライムートの掌の中で柔らかく形を変える。

「あんっ」

ちゅちゅちゅっと音を立てながら、あちこちへ赤い吸い痕を刻んでいた唇が、胸の先端へ落とされた。軽く吸い上げ、舌先でコロコロと転がされ、絵里の体が小さく撥ねる。

「気持ちがいいか？」

先端を含んだままで問いかけられると、敏感になっているそこに舌や歯が不規則に当たり、また快感を呼び起こす。

「あ、やっ……ああ、ライィッ」

「ああ、俺だ……本当にかわいいな、リィ」

まだ胸しか触れられていないのに、絵里の下肢は熱く潤い始めていた。

行為自体が二度目、それも最初が一昨日なので、ソコには微妙な違和感が残っている。ふとしたときに軽い痛みが走る部分が、知らず、熱く柔らかくとろけていった。

無意識に内ももを擦り合わせると、ライムートがそれに気付く。

「こちらも触ってほしそうだな」

「……え？」

何を言われたのか理解できないでいるうちに、胸を弄っていた手の片方が裾を割りながらその場所を目指す。滑らかな材質の小さな下着に覆われたソコは既に湿り気を帯びていた。

「あ、やっ！　そこ、は……っ」

「恥ずかしがることはない。それに、前のときにちゃんと、見ている」

「ま、前のときって……っ」

ボフンという音でも聞こえてきそうなほどの勢いで、顔が熱くなる。

絵里の脳裏にあのときの——恥ずかしいと何度も訴えたのに、『最初は痛いからきちんとしないと』と入念に準備されたあれこれの記憶が、ものすごい勢いでよみがえった。

指で弄られた後、両足を大きく割り広げられ、その中心に舌と唇でそれはもう丹念に『準備』を施される。

「もう、リィの体は全部知っている。今さら、恥ずかしがることもないだろう?」

そんな絵里の心中をわかっているのか、ライムートはなんでもないことのように宣う。

だが、表面上は情欲を剥き出しにはせず、大人の男の余裕を漂わせていたあのライムート相手のときでさえ、あれほど恥ずかしかったのだ。滅多にお目にかかれないレベルの美形で、色気やその他のものを駄々洩れにしている今の彼に、あれと同じことをされるなどとんでもない。

口づけのおかげで飛びそうになっていた絵里の理性が、羞恥により戻ってくる。けれど、その直後にまたも混乱の坩堝に突き落とされた。

「ちょ、待ってっ！　まさか、また、あれをやるつもりっ!?」

「あれが何かは知らんが、リィにつらい思いはさせたくない。まだ二度目なのだから、やはり準備は入念にしないとな」

口では知らんといいつつも、おおよそのところは理解しているらしい。さらりと言っているが、実のところ、かなりきわどい内容の発言である。

当然ながら、絵里は必死になって抵抗を試(こころ)みたのだが……やはり、というかなんというか。ライムートの行動を阻(はば)むことはできなかった。

「や、きゃっ……ダメッ」

果敢に抵抗したにもかかわらず、最後の砦(とりで)であった薄い夜着さえはぎ取られる。下肢の間に顔を埋(うず)めたライムートの口元からは、卑猥(ひわい)な音が響いていた。

「やっ！　それっ、あぁっ！」

絵里の秘所からあふれ出す蜜を、ライムートの舌がなめとるたびに、ひちゃひちゃという粘液質な水音が上がる。自(みずか)らの舌にもたっぷりと唾液を乗せ、絵里のものと混ぜ合わせるようにしながら、彼は鮮やかに色づいたそこを何度もなぞった。かと思えば、ぴったりと唇を寄せてすすり上げ、音を立てて飲み下す。

「……血の味はしないな。痛みはないか、リィ？」

どうやら、初体験の折にソコが傷ついたのを気にしていたらしい。だが、ライムートが丁寧に扱ったおかげでひどい傷にはなっていないし、絵里が若いこともあり元通りになっている。たまに軽い痛みが走っているのは、普段使わない筋肉を酷使させられたせいだ。

「ひぁっ！　い……い、たく、な……んあっ！」

しかし、絵里がそのことを告げようにも、まともな言葉を発することができない。必死になってライムートの狼藉を止めようとしているのに、それ以上にソコからもたらされる快感に呼吸が乱れに乱れていた。その様子を見れば、感じているのが痛みではないということは丸わかりである。

「……大丈夫なようだな。よかった」

ほっとしたようにつぶやくライムートだが、現在進行形で絵里の股間に顔を埋めながらの発言なので、色々と台なしだ。

だが、跪いて女性の足の間に顔を突っ込み、鼻から下の部分を複数の液体で濡らしてはいても、その美貌が損なわれないのはさすがである。あごにまで滴っている卑猥な液体を手の甲で拭うのさえ様になっているのだから、美形というのは大したものだ。

「だったら、後は、気持ちがよくなるだけだ。そう、だろう？」

そんなことを言いながら、いままで口で奉仕をしていた部分に、長く形のよい指を忍び込ませた。同時に、違う指の腹で小さな肉芽を押し、ひときわ甘く高い声を絵里の口から洩れさせる。

「ひっ、ああんっ！」

「まだ、ナカではあまりよくなれんだろう。こっちもかわいがってやるから……」

「な、何、言って……ひっ、そ、そこっ！　ダメッ、あぁっ！」

ぐりぐりと刺激されると、ライムートの指を呑み込んだ部分が、きゅっときつく締まる。内部の柔らかな襞が吸い付くようにしてそれに絡みつき、奥へ奥へと誘うような動きにライムートが小さく笑う。

「気持ちよさそうだな」

「ち、ちが……よく、なんて、な……いっ！」

恥ずかしさと反発心により、反射的にそう答えてしまった絵里だが、それは悪手だった。全身を薄桃色に上気させ、とろけた表情と涙目で何を言おうが説得力など皆無である。その上、それでも闘争心を失っていない様子は、ライムートを煽るに十分だった。

「そうか……だったら、もっと頑張らねばならんな」

「え？　いや、そうじゃな……あ、あんっ！」

ナカに収められていた指先が、内部のざらりとした部分を撫で上げる。先日の行為で把握された絵里の弱い部分だ。押し込むように、或いは軽くひっかくようにして何度もそこを刺激され、絵里の体はなまめかしくくねった。

「いっ、あ……あああっ」

ライムートがまたもソコに顔を寄せ、唇で小さな肉芽を挟む。尖らせた舌先でチロチロと刺激したかと思うと、器用な動きで薄皮をはぎ取り、軽く歯を立てる。

「ひっ！」

ひゅっという呼吸音と共に、絵里の体が一瞬、強張った。ライムートの指を呑み込まされていた部分がきつく締め上げる。奥から大量の蜜がどっとあふれてきた。

「……イったか？」

「っ！」

二日前、初めて教えられたその感覚を言い当てられ、さらに絵里の体が火照る。涙目で彼を睨みつけると、これもまた最悪の結果をもたらした。

「まだ、足りんか？　だったら……」

「ひぃっ!?」

イったばかりであるのに、強い刺激が降ってくる。真っ赤に熟れて、針でつつけばそのまま破裂してしまいそうな肉芽に強く吸い付かれて、ひきつった声が絵里の喉から洩れた。

蜜洞に複数の指が埋め込まれ、それがバラバラに動き始める。

「ま、まって！　ま、だ……あ、やっ！」

「まだ、悦くなれんのだろう？」

「ち、ちが……や、もっ……っ」

おっさんのときとは異なり、キラキラ王子に戻ったライムートは、虐めっ子モード全開だ。それでいて、テクニックはしっかりと同じなところが質が悪い。

内部の悦い部分を何度も刺激され絵里の体が撥ねるのを難なく抑え込み、一層強い刺激を与えていく。

過敏になっている肉芽とナカとを同時に攻略されて、絵里の脳裏は真っ白になった。

「あぅ、あああっ……っ！」

ぬるりと肉芽をねぶられただけで、またもイってしまう。

けれどライムートは、埋め込んだ指の隙間から大量にあふれ出す蜜を音を立ててなめ上げつつも、愛撫を止めなかった。

「はっ、っ、あぁ……ひ、ぁ、ああんっ」

高みに押し上げられたきり下りることを許されず、絵里は半泣きの声を上げる。

どこもかしこも敏感になりまくりで、ふくれ切った赤い粒に舌がかすめるたびに、熱い蜜があふれ出た。そこをそろえた指で掻き回され、ぐじゅぐじゅという水音と共に、シミがシーツに広がっていく。それでもライムートの攻勢が弱まることはなく――指と舌、複数の場所から押し寄せる快楽に、絵里の体が幾度となく撥ねた。

「あ、あっ……も、許し……っ」

無意識のうちに両足の間でうごめく金褐色の髪の中に指を差し入れ、それを掻き乱す。引きはがしたいのか、それとも強く押し付けたいのか……もう、本人にもどちらなのかわかっていなかった。

あられもない声を上げながら、絵里はいやいやをするように激しく頭を振る。

やがて素直に『いい』と言えるようになったころには、あえぐ声もかすれ気味になっていた。

「あ、いっ……い、いいっ！　気持ち、い……ああっ」

そんな絵里の様子に満足したのか、ライムートがようやくそこから頭を上げる。

「……ラ、イ……？」

イきすぎたせいで体をうまく動かせない絵里を見下ろしつつ、彼はゆっくりとした動作で上着を脱いでいった。

おっさんであったころよりもやや細めで色も白いが引き締まった見事な裸体が、絵里の目の前で露わになる。ついで下肢を覆っていたものも同じように脱ぎ捨てられると——そこから現れたのは、隆々と天を衝く赤い肉の楔であった。

それを軽くしごく動作を目にして、ぼんやりとしていた絵里は意識を取り戻しおびえる。

「え？　あ……な、何、それっ⁉」

ここはシルヴァージュの王宮なので、あの宿屋よりも数段質のよい灯火が用いられていた。寝室ということで光量は落とされているものの、赤黒くそそり立つそれがはっきりと見えてしまう。

「何と言われても……前にも見ただろう？」

「ま、前って……」

あれはかなり薄暗い中であったし、初めての絵里は直視を避けていたので、実際には今が初見である。しかも（絵里は目撃していないが）、あのときよりも角度も太さも増している。そんなモノをぴたりと足の間にあてがわれたのだから、おびえて当然だった。

「やっ、待って……無理っ、そんなの、入らない……っ」

弱々しく拒絶するが、その程度でライムートが止まるはずがない。

「大丈夫だ。前はちゃんと入った」

伸び上がり、絵里の額にちゅっと音を立てて口づけを落としながらいい笑顔で言い切ると、彼は太ももの内側に手を添え、グイッと開かせる。M字開脚のような体勢を取らされ、わずかに絵里の腰が浮いたところで体を進めてきた。

「ひっ……あ、ああ……っ！」

　ぐちゅり、という淫猥な音と共に、ライムートの楔が絵里を貫く。

一瞬、ひきつれるような痛みを感じたものの、一度とはいえ男を受け入れた経験があるソコは意外にも柔軟にソレを呑み込んだ。

「っ、ひぁ、んああぁっっ」

　そのまま腰を進められ、一番奥にごりりと先端が当たった途端、絵里の瞼の裏で白い星が乱舞する。

「っ……リィ、少し、緩め、ろ……っ」

　ライムートの苦しそうな声が聞こえてくるが、そんなことを言われても絵里自身にもどうしようもない。

「いっ……な、なん、で……ぇっ」

　確かにソレは、前回受け入れたモノと同じはずだ。なのに、どうしてここまで苦しいのか。

　破瓜の痛みはあったにしろ、これほどの圧迫感はなかった。それが今や、呼吸にさえ支障が出るほどの、みっしりとした質量が陣取っているのである。

「やっ、苦し……ぬ、抜いてぇっ！」

「大丈夫だ、直ぐに悦くなるからな？」

どこをどう見れば、大丈夫などといえるのか――しかし、そんな抗議の声が絵里の唇から洩れることはなく、したがってライムートの行為も止まらない。

「息をして、体の力を抜け……ああ、そうだ。上手だぞ、リィ」

宥めるような口調で囁きながら、彼がゆっくりと腰を引く。

ミチミチと音がしそうなほどに広げられた胎内から太く硬い楔が抜き取られ、絵里はようやく楽に呼吸ができるようになった。ほっとして体の力を抜く。しかし、そのタイミングを見計らっていた彼に、再度、奥まで突き入れられてしまう。

「あ、あっ……やあんっ！　やっ、あ……あっ、あっ……」

ずるり、ぬちゃり、とライムートが動くたび、つながった部分からねばついた水音と大量の蜜があふれ出る。蜜のぬめりに助けられてライムートのモノが絵里の胎内を往復するうちに、ソコもなじんできた。

「あっ！　やっ、うそ……あ、あっ、あんっ」

絵里の体格に比べて巨大すぎるその質量が出入りを繰り返すに従い、声に甘さが戻ってくる。それに気付いたライムートが、わずかに角度を変えて突き入れた。

「あっ、や……い、あぁっ」

奥の一点を硬い先端でえぐるように刺激され、びくんっと絵里の体が撥(は)ねる。

「っ！　やば……く、ぅっ」

「えっ？　な……っ？」

ライムートの焦(あせ)ったような声が聞こえたと感じる間もなく、突如として楔(くさび)が完全に抜き去られた。

「っ、くそっ……あぶねぇ……！」

荒く息を吐くその様子を見ると、どうやら、あわや暴発しかけたらしい。

その慌てように、ある種のかわいらしさを感じた絵里だったが、直(す)ぐにその感想を訂正する羽目になる。

「リィが悦(よ)すぎてやばい……まだ、早いかと思ってたが……」

「え？　あ……きゃっ!?」

何を言われているのか理解できないでいるうちに、ころりと体の向きを変えられる。

うつ伏せの姿勢で腰を高く持ち上げられ——柔らかな尻肉を開くように両手を添えられて、背後からもう一度太くて硬いものが侵入してくる。

「んぁ！　あああっ!?」

角度が変わったことにより、先端は別のところを擦りながら奥を目指す。あっさりと根元まで呑み込まれ、奥の壁に突き当たったところで、軽くノックをするような動きに変わった。

ざわりとした感覚が絵里の背筋を這い上る。

「やっ、それ……や、ダメェッ」

口ではそう言いつつも、内部の襞はもっともっとというようにライムートを包み込み、絞り上げにかかっている。

「やっ、奥……ダメ、それ……っ、ああ、あっ」

「ダメじゃなくて、いい、だ――教えた、だろう？　リィ？」

シーツに四肢をついた絵里の体を大きな体躯で包み込むようにして、ライムートが耳元で囁く。耳朶を唇で挟み込み、耳孔に舌先が差し込まれ、これ以上ない近距離でぐじゅりという音が絵里の鼓膜を打った。

その音に、全身がすくみ上がるような快感が走り、またもライムートのモノを締め付けてしまう。

「ああっ」

「リィは……耳、が、いいんだ、な」

そううれしげに言い、ライムートが耳朶を食む唇はそのままに、ゆるりと腰を動かし始めた。

「あ、あぁっ……ん、あ、あああっ、あ！」

この世界では子ども扱いされる絵里の体は、すっぽりと彼の胸に収まって、どこにも逃げ場がない。

今までとは違うところを擦り立てられ、すがる何かを求めて、絵里の腕がシーツの上をさまよう。その右手にライムートの大きな掌が重ねられると、無意識のうちに指が絡み合った。恋人つなぎのような状態になったところで、ずくんと強く腰を打ち付けられる。

「あっ、い……いいっ！　あああっ」

「やっと言えたな」

「ああっ、それ、い……気持ち、いいっ」

素直に『気持ちいい』と口にした瞬間、さらに大きな快感の波が絵里を襲う。腰が挿入の速度に合わせて揺れているのも、既に意識に上らない。

けれど、絵里はまだこれが二回目の経験である。どれほどライムートの技巧が優れているにせよ、内部を刺激されるだけでは、本当の頂点にまでは至れない。その一歩手前のもどかしくも激しい快感に、絵里は甘い悲鳴を上げた。

「ああっ、そ……や、いいっ、も、あああ……っ」

ライムートが猛った凶器で柔らかな媚肉を擦り立てながら、空いていた左手を絵里の前に伸ばす。平たい腹部のその下――真っ赤に熟れた宝珠を探り当てると、あふれ出る液体をたっぷりとすくい取り、そこへ塗り付けた。

「っ！　きっ……あああっ、いっ……っ」

優しく繊細な動きにもかかわらず、驚くほど鋭く強い快感がどっと押し寄せる。甲高い悲鳴を上げながら絵里の背がぐっとそり返った。

「いっ……く、ぅ……っ！」

つま先からざわざわとした感覚が湧き上がり、それが腰を経由すると爆発的な快感に変化した。そのまま背筋を駆け上り、頭頂部まで到達する。

「ああ、く、る……きちゃ……」

「くっ！　俺、も……リィッ」

そんな声が聞こえたかと思うと、破裂寸前の肉芽をキュッとつままれ、最後の一線を軽々と越えた。

「やっ！　いっ、ちゃ……いく、うぅっ！」

きつく締め付ける内壁をはねのけるようにしてライムートのモノが膨張し――一瞬の後に、熱い奔流(ほんりゅう)が絵里の最奥部に襲い掛かる。

絵里はピンと背筋をそらし、高く腰を上げた状態で、一滴残らずそれを受け止める。

そして、二人同時に頂点へ達したのであった。

第四章　絵里、困惑する

結論として、若返ったライムートはすごかった。主にスタミナと回復力が。

おかげで絵里は、初めて王城で迎える朝を思い切り寝過ごす、という醜態をさらす羽目になった。
五、六人は楽に横になれそうな巨大な寝台の上で彼女が目を覚ましたのは、城中の者がとっくの昔に働き始めた後だったのだ。
「い、痛い……」

初めてのときと同様、やはり今朝も体が痛い。

それはそうだろう。てっきりあの一度で終わると予想していたのがとんでもない話で、一人でイかされた回数は数知れず、二人一緒に果てただけでも三回に上る。

しかも、最初とは違い体の芯にぼうっとした熱がこもっているような気がして、絵里は寝台の上で一人、顔を赤らめた。

そこに扉をノックする音が響き、だれかが室内に入ってくる。

「お目覚めでございますか、妃殿下」

　驚いてそちらを見ると、黒っぽい服を着た若い女性が二人、それと貴婦人のような服装のやや年かさの女性が一人いた。

「ど、どなた様ですか……？」

「お初にお目にかかります。このたび、妃殿下付きの女官を仰せつかりましたラーレ・フォウ・イエンシュと申します。夫は伯爵の地位をいただいております。そして、こちらは妃殿下のお身の回りのお世話をさせていただきます、侍女のディリアーナとエルムニアにございます」

「は？　女官……侍女？」

　両手でスカートを持ち上げ軽く腰を落とした礼と共に名乗られるが、まだ半分寝ぼけている絵里には、なかなかその情報が理解できない。寝台に伏せたまま、ぼーっとその三名を見る。

　――妃殿下ってだれ？　あ、もしかして、私のこと……？

「まずは妃殿下にお詫び申し上げます。本来でございましたら、妃殿下付きの侍女が二人というのはあり得ないことでございます。誠に申し訳ありません。ですが王太子殿下が、妃殿下はまだ王城の生活にお慣れになっておらず、あまり大勢が控えるとお気持ちが休まらないだろうと仰せで、このような仕儀と相成りました。おいおいに人数は増やしていく心づもりでおりますが、当面のご用は、わたくしとこの二名にお申し付けくださいますようお願いいたします」

ラーレと名乗った年配の女性は、絵里の様子に構わず、どんどんと話を進めていく。暗褐色の髪と黒っぽい目で、いかにも仕事ができそうな、凛としたたたずまいのご婦人だ。

「え？　あ……は、はい？」

挨拶が終わるころになってようやく、絵里が頭も平常運転に近くなる。

まだ寝っ転がったままであることに思い至り、急いで体を起こした。その際、昨夜とは別のネグリジェのようなものを身につけているのに気が付いたが、それについてはとりあえず後回しだ。

「二名は妃殿下の護衛としてもお使いいただけます――さ、お前たちも妃殿下にご挨拶なさい」

「ディリアーナにございます、妃殿下」

「エルムニアと申します。誠心誠意、妃殿下にお仕えいたします。よろしくお願いいたします」

ディリアーナと名乗った若い女性は、銀髪に青い目。ラーレ夫人と同じくらいの背格好で、少しばかりツンとした印象だ。

対してエルムニアは、金髪に緑の目をしていて、他の二人に比べるとやや小柄だった。顔つきも幾分幼いところをみると、ディリアーナよりも年下なのかもしれない。けれど声は元気よくはきはきとしていて、絵里に向かってにっこりと笑いかけてくれた。

「こ、こちらこそよろしくお願いします」

寝台の上からではあるが、絵里はぺこりと頭を下げて挨拶をする。そのときにラーレ夫人が少しばかり眉をひそめたような気がした。目の端でそれをとらえ、何かまずいことでもしたのかと絵里は表情を曇らせる。それを、夫人もまた敏感に気付いたようだ。

「申し訳ございません。少し気になってしまいまして……妃殿下は遠き国よりお越しで、わが国とは異なる習慣でお育ちと伺っておりましたのに……」

謝罪の形をとってはいるが、これは遠回しな非難、或いは注意ということだ。

「あ、いえ。その……私の行動で変なところがあればどんどん指摘してください」

何が悪かったのかはわからないが、とりあえずそう告げる。

絵里としては、この状況を受け入れたわけではない。断じてないが、それでもここでしばらくなりとも過ごすのなら、王宮の習慣とやらを知っておいても損にはならないださい』

ろう。

『知識と技術は持ってるに越したことはないわ。だからあなたもどんどん身につけなさい』

そう看護師であった絵里の母が口癖のように言っていた。保険金などがあったにせよ、父親が亡くなった後、絵里が何不自由なく生活できていたのは、母が手に職を持っていてくれたからだ。

「恥ずかしながら、私はこの世……いえ、お国のことを何も知りません。お手すきのときで結構ですので、色々と教えてくださるとうれしいです」

知らないことは恥ではない、知ろうとしないことこそが恥である——こちらは、亡くなった父の言葉だと聞いている。

女官や侍女というものが具体的にどんな役目の人間かわからないが、絵里の世話をしてくれるというのなら、教えを乞うてもいいはずだ。そう思っての発言だったが、ラーレ夫人が感極まったような表情になる。

「まぁ、なんと……なんとご立派なお心持でいらっしゃるっ。ええ、ええ。お任せくださいませ！　不肖、このラーレ・フォウ・イエンシュ。全身全霊をもって妃殿下にお仕えいたしますともっ」

いや、そこまで大げさなことでは――という絵里のセリフは、ラーレ夫人のキラキラと輝く目の光の前に、口の中で消えた。

「――とはいえ、まずは妃殿下のお身繕いが先でございます。その後にお食事をお運びいたしますが……ディリアーナ、エルムニア？」

「湯殿のご用意は整っております」

「お衣装もご指示通りに」

ラーレ夫人は侍女二人によろしい、と鷹揚に頷いた後、「失礼いたします」と一言断り、まだ寝台の上にいる絵里へ近づいてくる。

「あ、あのっ！　私、まだ、ちょっと動けな……」

昨夜、ライムートにさんざんナニされたおかげで、あっちこっちが痛い。しかも、少し身動きしただけで足の間から何かが出てきて、ぎょっとする。

「そのままで結構でございます。ささ、どうぞ」

どうぞ、と促されても、そんな状態なので動けずにいたところ、今度は侍女の片方――ディリアーナと呼ばれていた女性も同じようにこちらへ来た。そして、ひょいっと絵里の体を抱き上げる。

「ひ、ぇっ⁉」

まさか女性にお姫様抱っこをされるとは思わなかった絵里の口から、いささか間抜けな悲鳴が洩れる。

「じ、自分で歩きますからっ」

「ご遠慮には及びません。このまま湯殿までお運び申し上げます」

ディリアーナは見かけによらず怪力のようだ。小柄とはいえ成人女性である絵里を抱き上げているのに、足取りが不安定になる様子もない。

そのまま右にある扉を潜り抜けると、そこは先ほどよりも幾分小さな部屋になっていた。

――寝室の隣にもう一つ？

どういう構造になっているのか。不思議そうな顔をしたのに気が付いたのか、ディリアーナを先導するように歩いていたラーレ夫人が教えてくれる。

「先ほどのお部屋はご夫婦の寝室でございます。こちらは妃殿下がお一人で使われるためのもので、反対には王太子殿下のお部屋がございます。代々の王太子ご夫妻がお使いになられていた場所で、急ぎ整えさせていただきました」

つまり右と左に個人スペースがあり、真ん中が夫婦として使う場所ということらしい。

「無論、妃殿下のお気に召さないようでしたら、直ぐに別の場所をご用意いたします」

「いえ、十分ですっ、ここで大丈夫です」

まだろくに見てもいないが、こちらの部屋も十分以上に広く、豪華だ。色遣いや家具などが、先ほどの場所よりも柔らかく女らしい雰囲気で、王太子妃の部屋だというのも納得できる。

「さようでございますか？　では……」

書斎だの、応接間だの、居間だの、衣裳部屋だの。無論、風呂もちゃんとついている。

絵里が母と暮らしていた2ＬＤＫの部屋がいくつ入るのか……

ざっと部屋の構造を説明され呆然としている間に、あらかじめ用意されていたらしい風呂へ連れていかれた。

こちらも女性的で優しげなフォルムで統一されている。ろくに動けない絵里に代わり、ディリアーナとエルムニアが丁寧に全身を清めてくれた。城に着いて以来、何度となくやられていたので、既にあきらめの境地の絵里である。

「まぁ！　なんという滑らかなお肌でいらっしゃるのでしょう。まるで象牙みたいな光沢で、吸い付くようですわ」

「髪も真っ黒で……こんなにきれいでまっすぐな髪、初めて見ました。ああ、でも残念です、毛先がちょっと傷んでます」

困るのは、あちらこちらを磨きたてながら、ディリアーナとエルムニアが感極まったというふうに、絵里をほめちぎることだ。

ほめられ慣れていないため、どう返していいのかわからず曖昧（あいまい）に微笑（ほほえ）んでいるのだが、その間にも雨あられと賛美の言葉が降ってくる。

「お手の形もお美しい。お爪が短いのが惜しまれます。指先も少し荒れていらっしゃいますし……」

「油薬を塗り込んで、しばらく手袋をしていただいたらいいんじゃないでしょうか？」

ディリアーナの言葉遣いに比べ、エルムニアのそれは少しばかり砕けてはいるが、それでも十分に絵里に対する敬意が感じられる。何より、肌のあちこちに散った鬱血（うっけつ）の痕については一言も触れないのがありがたかった。

これまでとは異なった意味での羞恥心（しゅうちしん）との戦いだった入浴が終わると、ドレスを着せられる。

最初の謁見、次の婚姻式と続き三回目のドレスアップだが、サイズを測られた覚えもないのに体にフィットしたものが用意されていたのは、さすがとしか言いようがない。

「誠に申し訳ないことに、ありものを直してご着用いただいております。いそぎお体に合わせたものをしつらえさせますので、今しばらくはご容赦（ようしゃ）くださいませ」

「いえ、これで十分です。ちゃんと着られるのに新しいのなんて、もったいないです」

いつまでここにいるのかわからないのに、とは口にはしなかった。けれどどうやらこの発言もNGのようだ。

「とんでもないことです。妃殿下に新たなドレス一つ作れないほど、シルヴァージュは困窮しておりません」

「あ、はい……」

「ましてや、この後、王太子殿下の御帰還と、妃殿下のお披露目のための祝賀の式も予定されております。その折は、シルヴァージュの威信をかけて、妃殿下には見事なドレス姿をご披露いただかねばなりません」

そういえばと、人の上に立つ者はそれなりのお金を使うことが奨励されるのだと聞いたことがあるのを絵里は思い出す。

高校の政治経済の授業だったか、大学の一般教養だったかは忘れたが、経済の発展には収入を確保することと同等かそれ以上に、消費を増やす必要があると教わった。要するに、上の者がジャンジャンお金を使うことで、経済活動を活性化させるのだ。それに加えて『国家の威信』などというものを持ち出されれば、絵里に抵抗できるはずもない。

さて、入浴が終わったら食事である。

居間と呼ばれるあきれるほどに広い一室には、既に食事の用意が整えられていた。

あれこれとありすぎて、喉を通らないかもしれないと絵里は考える。けれど、昨日はろくに食事をとっていない。きちんと三食提供されてはいたのだが、朝食は移動のためにかなり早めだったし、昼はちょっとつまむ程度の軽食だ。夜はささやかとは名ばかりの晩餐で、こちらのマナーがわからないのにお偉いさんらしい人の前ではほとんど口にできなかった。その上、夜のカロリー大量消費だ。結果的に、非常においしくいただくことができた。

「とってもおいしいです」

食欲をそそる美しい盛りつけ。加えて、脂っこいものは極力控え、消化のいいメニューにしてくれていたようだ。

「お気に召していただいて、用意した者たちもさぞや喜ぶことでしょう。妃殿下はやや薄味をお好みだと、王太子殿下より伺っておりましたので、そのようにした甲斐がございました」

「え……ライ、ムート殿下がそんなことを？」

うっかりいつも通りの呼び方をしそうになり、急いで続きと敬称をくっつける。本人からはそのままでいいといわれていたが、やはり王太子殿下を略称で呼ぶのは問題があるだろう。

そういえば、そのライムート殿下はどこに行ったのか？

絵里が目を覚ましたときには既にいなかったし、あれからかなり経った今になっても姿を見せない。

――べ、別に気になるとか、いなくて寂しいわけじゃないんだからねっ。

ツンデレの自覚もなく、そんなことを思った絵里であるが、ラーレ夫人が答えをくれる。

「ええ。王太子殿下より、昼食をご一緒できないことへのお詫びも預かっております。殿下は現在、陛下と共に大臣方との会議に出席されています。夕食には間に合わせると仰せでしたが、万一、そうできなかった場合は先にお一人で済ませていただくように、とのことです」

「あ、はい」

十年以上、国を空けていたのだ。

昨日の謁見はかなり人数が絞られていたようだし、その後の婚姻式は身内に限ったものだった。上に立つ者のけじめとして、公に帰城を報告する必要があるのだろう。

「お食事がお済みになられましたら、わたくしは一旦、下がらせていただきます。こちらの二名がお側に侍りますので、ご用の際はお申し付けくださいませ」

「はい、ありがとうございます」

ぺこりと頭を下げて礼を言うと、早速、ラーレ夫人からの注意が与えられた。

「わたくし共は妃殿下のご用を仰せつかる者にございます。そのような相手に頭を下げる必要はございません」

「え？　あ、でも……」

——感謝するのにそっくり返って言え、と？

「そもそも、わたくし共が妃殿下のお身の回りのことをいたしますのは当たり前でございます。労いのお心を持っていただけるのは大変にありがたく存じますが、あまり軽々に頭をお下げになるのは侮りのもとともなりましょう」

日本式のお辞儀は、こちらではあまり歓迎されないようだ。特に絵里の新しい身分的には、完全にアウトらしい。

「先ほどのお言葉を賜り、僭越ながらご注意申し上げました。ご気分を害されましたら深くお詫び申し上げます」

「いいえ、そんなことはないです。あの……注意してくれてありがとう。これから気を付けます」

「そうおっしゃっていただけて、安堵いたしました。妃殿下が落ち着かれました後には、正式なマナーを教える教師を遣わしますので、何とぞご了承くださいませ」

「はい、よろしくお願いします」

もう一度頭を下げそうになり、絵里は寸前で止める。さらなる注意を受けるのは回避できた。

「それでは、御前、失礼いたします」

惚れ惚れするほどにきれいな礼を残し、ラーレ夫人が退出していった。部屋に残されたのは絵里と、二人の侍女だ。

当然ながら、絵里はだれかに『お世話』をされたことなどない。

逆の立場なら、ヘルパーの資格を持っていることもあり、介護のアルバイトをしたことがあるのでわかるが、体の不自由なご老人に対するそれと元気な若者である絵里とでは内容が違うだろう。

ちゃんと動ける絵里が、わざわざ人に手伝ってもらわないといけないこととはなんなのか——まず頭に浮かんだのは、先ほどの入浴だ。それと、なんとも複雑極まりないこちらのドレスの着付けあたりか。

しかし、着替えはともかく、毎回風呂に入れてもらうのは、できれば避けたかった。まさか、毎日、ライムートに抱きつぶされるわけでもあるまいし……

絵里はその危険性があることには目を瞑り、とりあえず、二人に声をかけてみることにする。

「えっと、あの……ディリアーナさん、エルムニアさん？」

「はい、妃殿下」

「どうか、私共に敬称はおやめくださいませ――どのようなご用でございましょう？」

壁際にぴったりと張り付くようにして立っていた二人が、絵里の声で一歩進み出てくる。

背筋はピンと伸び、お仕着せらしい暗い色調の衣装には皺の一つも見当たらない。見るからに有能そうなのはラーレ夫人と同じだ。

けれど、絵里は別に二人に言いつける用があるわけではなかった。

「そこで立ったままだと疲れるでしょう？　こちらに来て座りませんか？」

居間として与えられた部屋には、座り心地のよさそうな椅子がいくつも用意されている。その一つに腰かけているわけだが、空いているものはいくつもあるし、一人だけ腰を下ろしているのも落ち着かない。

そう思っての発言は、即座に断られてしまった。

「妃殿下と同席するなど、滅相もございません」

「お心遣いはうれしいですけど、私たちは侍女です。立っているのが当たり前です」

とはいえ、この返事は絵里も半ば予想していたことだった。

ラーレ夫人の言葉ではないが、今の絵里は一応『王太子妃』であり、彼女たちの主人ということになっている。それを、勧められたからといってホイホイと座るようでは、侍女としての資質を問われることになる。

しかし、絵里はあきらめなかった。

「座るのがダメなら、もう少しこちらに来てくれませんか？　そんなに離れていると、話がしづらいですし」

「私共は、妃殿下のお世話のためにここに侍って（はべって）おります。お話し相手をご所望でしたら、ラーレ夫人に申し上げて、手配していただきましょう」

「いや、そうじゃなくて。貴女たちがこれから私の世話をしてくれるのなら、少しでも仲よくなっておきたいじゃないですか」

「仲、よく？　……私たちと、ですか？」

絵里の言葉がよほど意外だったらしい。比較的親しみやすい感じのエルムニアでさえ驚いた顔をしている。ディリアーナに至っては、一瞬ではあるが、『何を言ってるんだ、こいつ』みたいな表情をした。

身分制度がきっちりとしているこちらでは、絵里の発言は非常識にあたるのだろう。だが、絵里も必死だ。

すました顔をし続けているのもそろそろ限界だし、何よりも飢えていた。食事の話ではない。自分と同じ年頃の女の子との会話に、である。

「えっと……どこまで話をしていいのかわからないのだけど……」

「妃殿下より伺(うかが)いましたお話を、軽率に広めるような真似は、私もエルムニアもいたしません」

ためらいがちの言葉に、ディリアーナが直(す)ぐそう断言してくれる。おかげで、絵里は安心してその先を続けることができた。

「私は、その……ライムート殿下に拾われたというか、助けてもらって、その後で色々とあってこうなったわけなんだけど――」

確か、ライムートがおっさんの姿にされていたのは秘密だったはずだ。なのでそのあたりはぼかして話をする。

「……ずっと旅をしていて、同じくらいの年の人と会話する機会もあんまりなかったの。だから、年の近い二人に会えてうれしかったし、私についていてくれるのなら、話し相手になってもらいたいって思ったんだけど……」

身の上話をした上で、ダメ押しに『でも、やっぱりダメなのかな？』と、上目遣いで尋ねてみる。

絵里のキャラではなかったが、内心の葛藤を押し殺したその効果は覿面だった。

「妃殿下……なんとお労しい」

「私たちのことをそこまで思ってくださるなんて光栄です！　なんでもお話になってくださいませ」

ちょろい、とは思わない。世界は違えど、年頃の娘が秘密の話が大好きなのは変わらない。しかも王太子妃という尊い身分のお方が、自分たちを見込んで打ち明けてくれるのだ。応じないほうが不忠というものだろう。

「ありがとう。そう言ってもらえてうれしい……ねぇ、できたら私のことは絵里って呼んで？　ああ、こっちの人はこの発音が苦手なんだっけ。だったら、リィでいいから」

「いえ、さすがにそれは……妃殿下のお名前をお呼びするなど不敬になります」

「でも、妃殿下なんて言われても、私、自分のことだなんて思えないし……」

悲しげにそう告げると、ディリアーナが迷う顔になる。絵里は、彼女の扱いを覚えた。

「で、でしたら、他の方がいらっしゃらない場合にのみ、ということで……？」

それで構わないというと、やっと頷いてくれる。

「それでは、エリィ様……いえ、違いますね。この発音ではない。申し訳ありません、少々お待ちくださいませ」

そして驚いたことに、何度か練習した後にディリアーナから呼びかけられた声は、確かに『絵里様』と聞こえた。『リィ様』ではなく、『エリィ様』でもない、まぎれもなく『絵里様』だ。

別に『リィ』と呼ばれることに不満があるわけではない。ライムートがそう呼んでくれるのは好きでさえある。

けれど、久しぶりに自分の名前をちゃんと呼んでもらえ、絵里は予想以上の喜びを感じた。

「……ありがとう」

「あ、私もっ！　私も頑張りますっ」

そんな二人の様子に、エルムニアも奮起する。ディリアーナよりは時間はかかったものの、こちらも見事に『絵里様』という発音をマスターした。

絵里も二人をディアとエルムと呼ぶことになり、午後も遅い時刻にはすっかりと打ち解ける。

その後、戻ってきたラーレ夫人にこれが露見し、侍女二人は叱責(しっせき)されたが、他ならぬ絵里からの願いで、この部屋の中限定という条件ではあるものの新たにはぐくまれた友情は無事に存続を許されたのだった。

ところで、十数年ぶり（正確には十一年ぶり）に王宮に戻ってきたということで、ライムートは大変に多忙な様子であった。

「妃殿下に申し上げます。王太子殿下は本日、妃殿下とご夕食を共になさるご予定でございましたが、やむなき事情にて、先にお済ませいただきたいと仰せです」

「なんと……また、ですか？　殿下は長きにわたる療養よりお戻りになられたばかりなのに。新妻である妃殿下を放っておかせるなど、大臣らは気がきかないにもほどがございます」

もう何度目かになる知らせに、ラーレ夫人が怒りをあらわにする。

ちなみに、ディリアーナやエルムニアと話をしてわかったのだが、どうやら絵里の身辺に配置された者たちにはある程度の事情を説明済みらしい。今も『長きにわたる療養』と言ってはいるが、実際にはお忍びで旅をしていたというのはラーレ夫人も知っている。それでもあえて知らぬふりをしているのは建て前というやつだ。

「正式に王太子になったのですから、あれこれと忙しいのは仕方ないです。私は気にしてません」

ラーレ夫人を宥めるためにそう口にした絵里だが、実際のところ、ほっとしている部分もある。

何しろ、風来坊のむさいおっさんに惚れ込んでお嫁さんにしてもらったはずなのに、一夜明けた途端、おっさんがキラキラしい王子様になっていたのだ。こちらが本当の姿であり、見かけは変わっても中身に変わりはないといわれても、感情がついていかない。そこへもってきて、状況に流されてというか、強引に口説かれ——二度目のチョメチョメをしてしまった。

最初にそう望んだのはまぎれもなく絵里であり、王子様のご両親——つまりは国王夫妻にも認められた歴とした夫婦である。だれに憚ることもないのだが、やはりなんというか……どんな顔をして会えばいいのかわからない。

「妃殿下……」

お労しい、と声を震わせるラーレ夫人にその本音を洩らすわけにはいかず、絵里は強引に話を切り替える。

「大体、今ライ……ムート殿下がお忙しいのは、長い間王都を離れていたからでしょう？久しぶりに戻ってきてまだ慣れてないだけで、落ち着けば、今ほど忙しくはなくなるんじゃないですか？　それまでの我慢だと思えば大丈夫ですよ」

　フォローのつもりで言ったのだが、それを聞いたラーレ夫人がほんの一瞬、眉をひそめたのが目に入った。

「……どうかしました？　もしかして、違うんですか？」

「あ、いいえ、その通りでございますわ。ただ、妃殿下のご理解があるのをいいことに、それに胡坐をかく者たちについ腹が立ってしまいまして……」

「色々と急なことが重なってるんですから、仕方ないですよ。それに……まさか嫁まで連れて帰るとは思ってなかったでしょうから、私の扱いとかも大変なんでしょう？　私が文句をつけては罰が当たるってものです」

「……妃殿下は本当にお優しすぎです」

　そんな会話の後で、ラーレ夫人はごく普通の態度に戻る。絵里もそれ以上、追及しなかった。

　食事をとり寝支度も済ませると、ラーレ夫人とディリアーナ、エルムニアが退出していく。

　一人きりで残された絵里はこの後は寝るしかないのだが、あいにくなことに一向に眠気が訪れてくれなかった。

しばらくの間無理にでも眠ろうと足掻いていたが、やがてあきらめ二人用とはいえ大きすぎる寝台の上に起き上がり、小さくため息をつく。

「……なんで、こうなっちゃったのかなぁ……？」

——大好きなライムートと結ばれて、本当なら今ごろは幸せいっぱいのはずだったのに……。

そう思ったところで、いや別に今が不幸というわけではないと気が付く。

旅の間、ライムートのおかげで衣食住に不自由はしなかった。洗い替えも含めて上から下まで複数枚の服を買ってもらったし、携帯食になることもあったが食事もきちんととれていた。町に着くたびにちゃんとした宿屋に泊まり、たまに野営になるのも変化があって楽しいと思っていたくらいだ。

けれど、旅から旅の一か所に落ち着くことのできない生活は、知らず知らずのうちに絵里にストレスを与えていたことは否定できない。

半ば無理やりシルヴァージュに連れてこられたとはいえ、『ずっとここにいていいのだ』と言われ、ほっとしなかったといえば嘘になる。

贅沢をしたいとか、きれいなドレスを着たいとは思わないが、常に同じ部屋、同じ寝台の上で目覚めることができる生活がどれほどありがたいものか、痛感させられてはいた。

そして――何よりも、ここにいればずっとライムートと一緒だ。

ただ、これについては、絵里の脳裏に浮かぶのは、相変わらずあのライムートのほうである。

白髪交じりのぼさぼさ髪で、髭もじゃの中年男。よく見れば非常に整った顔立ちをしていることがわかるが、伸ばし放題の前髪と鼻から下を覆う強い髭がそれを隠していた。だから、絵里が魅かれたのはライムートの顔ではない。

笑いかけてくれるときの優しい目の光と、目じりにできる皺が素敵だと思った。照れたときに、わずかにカサついた頬を指で掻くしぐさがかわいいと感じた。『絵里』という発音ができずに『リィ』と呼ばれるときの声を、ずっと聴いていたいと願った。なんでも知っていて、あれこれと質問する絵里に、いやな顔一つせずに教えてくれる優しさがうれしかった。年齢からくるらしい落ち着きと包容力が、とても魅力的だった。

与えてもらうばかりで、なんのお返しもできない自分に、笑って『そんなことは気にするな』と言ってくれた。『俺が拾ったんだから、リィの面倒をみるのは当たり前だ』と。

命の恩人であるということを差し引いても、絵里がライムートを好きになるのは必然だったといえる。

だからこそ、自分にもできることがないかと模索したのだ。降ってわいたようにライムートの事情を知ることができて、やっと恩返しができるとうれしかった。

そのことで、自分自身の願望まで叶うとなれば、絵里にためらう理由などない。

『ずっと一緒にいたい、どこのだれだろうと関係ない』

あのセリフは本心だったし、今もそれを取り消すつもりは毛頭ない。

——ないのだが……

「……まさか、王子様だったなんて」

実家が裕福だと聞いても、精々、豪族か何かだろうと思っていた。

それだけならまだしも、まさか若返ってしまうなど、予想しろというほうが無理な話だ。

筋金入りの年上好みの絵里にとって、実のところ、彼が王族であることよりも、年齢が変わってしまったことのほうが重要なのである。

「でも、ライがライだってことには変わりないのよね……」

考えをまとめるため、自分自身に言い聞かせるようにしてつぶやく。

いっそ、キラキラしいイケメンになってしまったときに、性格も変化してくれていればよかったのだ。容貌を鼻にかけた、強引で人の話を聞かない俺様王子になっていれば、すっぱりとあきらめがついて、どれほど引き留められたとしても絵里はここを出ていった。

旅の間にこちらの世界にも少しは詳しくなっている。住み込みの仕事を探して女一人どうとでも生きていけるだろう。

けれど、国に戻り尊い身分の者として扱われる立場となっても、ライムートの絵里に対する態度は相変わらず優しく、気遣いあふれるままである。

ついでに、あの姿だったときにはもらえなかった、熱烈な愛の告白までされてしまった。

これだけは変化しなかった声で、耳元で愛の言葉を囁き、まだ痛みが残る絵里の体に丁寧に準備を施した上で、若々しい角度でそそり立つ――

「いやいやいやっ！　今、それ思い出してる場合じゃないからっ！」

うっかりと『やり直しの初夜』の記憶がよみがえり、絵里は広すぎる寝台の上を転げまわる。この部屋が広くて幸いだ。でなければ、今の声を聞きつけてだれかが駆けつけていたところである。

確かに気持ちよかったが――いや、違う。若返っても、触れてくる手つきや体温は同じ――いやいやいや、やはりこれも違う。

問題にしているのは、今のライムートが若々しい王子様だということなのだ。

正直な話、ああなってしまった彼を自分が独り占めにできるとは絵里には思えない。

あれだけ高スペックな男性なのだから、言い寄ってくる女性は多いに違いない。その中には、家柄がよく、きれいでスタイル抜群の女性もいるだろう。そんな相手と競うなど、自分には無理だ。

そもそもライムートを引き付けておける自信がない。『ガリでチビ』というのは春歌に言われたセリフだが、彼女に言われるまでもなく自覚していたことである。顔だけでもかわいければまた違ってくるのだろうが、残念ながら精々並みレベルだ。性格も、男性受けは悪い。くそ真面目、冗談が通じなそう、なんとなく暗い——学生時代の男子からの評価は、総じてそんな感じだ。

夫を亡くし、一人で懸命に絵里を育ててくれる母のために、『片親だから』と後ろ指をさされないように努力した結果なのだが、十代の男子にそこまでは見抜けない。

それらを理解してくれたのが、小学校の教頭先生だったのだ。その後も、ある程度の年を重ねた相手は男女問わず、絵里のことをちゃんとわかってくれた。ファザコンの気も確かにあるが、そういったことが今の絵里の好みを形作ったといえる。

……話がそれたが、ライムートが王族ということを考えれば、次の王となる存在に妻が一人というのは難しいのではないだろうか。彼個人がどうこうという話ではなく、歴史で習った中世の仕組みが、絵里にそう判断させる。側室、或(ある)いは寵姫(ちょうき)。それは正妃と愛のない政略結婚をした場合の救済措置であり、政治的な必要性だったりするのだろう。今の王に、王妃の他の『妃』と呼ばれる人がいるのかどうかは知らないが、もし王妃一人を守っていたにしても、ライムートがそれに倣わなければならないという決まりもなさそうだ。

どちらにせよ、日本の一夫一婦制を当然としてきた絵里には受け入れがたい。

「ライがあのままでいてくれたら、こんなこと考えなくて済んだのに……」

言い方は悪いが、風来坊でおっさんなライムートを好んで狙うもの好きは、絵里くらいなものだっただろう。それが、若くて高スペックなイケメンになったために、こうやっていらぬ悩みを抱えることになってしまった——そう思うこと自体、あのライムートだけではなく、今のライムートにも心惹かれていると証明していることを、絵里は自覚できていなかった。

ただ、どうしたらいいのか、次にライムートと会ったときにどんな顔をしたらいいのか、と悶々と悩んでいるうちに、いつしか眠気がやってくる。

宿の硬い寝台とは雲泥の差の、上質で柔らかな寝具に包まれて、苦悩しながらも眠りに落ちる絵里であった。

自分がどうしたいのか悩んでいた絵里だったが、幸い早急に答えを出す必要に迫られることはなかった。

ライムートは本当に多忙の様子で、自室に帰ってきてはいるみたいだが、朝は絵里が目覚める前に動き始め、夜は彼女が眠ってしまった後に戻ってくる。

気にかける言葉や、一緒に過ごす時間をとれない詫びに添えて、ちょっとしたプレゼント——花束やアクセサリーなどが届けられてはいるものの、絵里と顔を合わせる暇すらないらしい。

「妃殿下には申し訳ないことでございますが、殿下は大変にお忙しいご様子で……」

当初はライムートを責めるような言葉を口にしていたラーレ夫人だが、それが何日も続くころには彼を擁護する側に回っていた。

「わかってます、大丈夫ですよ」

「そうおっしゃっていただき、感謝いたします」

別にラーレ夫人が礼を言うことでもないはずだが、絵里の身辺は厳重な警備が施され接触する相手が限られているので、彼女しかいないのかもしれない。

絵里の身の回りの世話は夫人と二人の侍女が主となり、たまに見慣れない顔が交じる。

ディリアーナやエルムニアのように名前を紹介されなかったことを考えると、絵里の専属という扱いではないのだろう。その他に接触する人間といえば、気晴らしに庭を散策するときに付いてくる護衛か、ラーレ夫人が手配してくれた各種の教師くらいだ。

　王と王妃に折々に気遣う言葉をいただいてはいるものの、ライムートが忙しいのだから、こちらも多忙を極めているらしい。

　それでも、今日は公務の合間を縫って、顔を見せに来てくれた。

「不自由なことはありませんか？」

　こちらから出向くのが筋なのに、絵里のほうが訪ねるには色々と障りがあるという。

　緊張と恐縮が入り混じる絵里に、王妃が優しく言葉をかけてくれる。

「ありがとうございます。皆さん、親切にしてくださるので大丈夫です」

　最初に会ったときは気が付かなかったが、ライムートの瞳は王妃譲りのようだ。月の光のようなキラキラ光る銀髪に、アッシュブルーの瞳。正真正銘の美女――年齢を考えると美魔女というべきかもしれない。

「愚息がおらなんで、寂しい思いをさせているのではないか？　わしも妻も、すまなく思っておるのだが……」

　そして王は、瞳の色を除いてライムートとそっくりだった。髪の毛はキレイに整えられているし、もみあげからあごを覆う髭もきちんと手入れされているが、旅をしていたころのライムートが身なりを整えたとしたら、きっとこんなふうだったのだろうと思わせる容貌だ。

「ラーレ夫人が紹介してくださった先生方に色々と教えていただいていて、気が紛れてますから」

大好きなライムートと同じ顔で『寂しくないか？』と聞かれ、一瞬、絵里は言葉に詰まる。寂しくない、といえば嘘になる。けれど、顔を合わせないことにほっとしているのも確かで、なんとも微妙な答えになってしまった。

国王夫妻も、それに気が付いたようだ。こっそりと目くばせをし合い、改めて絵里へ向き直った。

「息子の代わりにはなれませんが、私たちと少しお話をしませんか？」

「あ、はい。光栄です」

質問の形をとってはいるが、王妃にそう言われた絵里に答えは一つしかない。

ライムートのことをまたあれこれと聞かれたらどうしよう――そんなことを心配していたのだが、王妃が始めたのは、予想に反してライムートの思い出話だった。

「あれは、私たちの長子として生まれてきました。順当にいけば夫の跡取りとなりますので、厳しいことも申しましたけど、精いっぱい愛情を込めて育てたつもりです」

王妃の話からすると、このシルヴァージュ王家というのは、家族の結びつきの強い家柄のようだ。乳母や教育係が付くのは当たり前としても、比較的気安い——例えば、できる限り一緒に食事をとる、独立して一家を構えるまでは王宮の同じ一角で過ごすなど、悪く言えば庶民的な子育てをしているらしい。

「そんな私たちの手柄、とは申しませんが、あの子は家族思いの優しい子に育ってくれました。教師たちからもよく学び、武芸もおろそかにせず……親のひいき目かもしれませんが、弟妹たちもよくなつき、王国の次代は安泰とだれもが思っていたのです。ですが、その成人の儀の折——」

　そのあたりの話は、絵里もライムートから聞いてはいた。けれど、王妃という違う視点から語られるそれには、新たに知る事実がある。

「神殿にてフォスへの誓いを済ませた後、王宮で宴が開かれました。隠居されていた義父や義母も列席してくださり、万事滞りなく運んでいたと思います。そして、そろそろ宴も終わりになろうかというころに、招待してはいたものの到底来てはくださらないだろうと予想していた予言者殿がそのお姿を現されたのです。夫——現陛下の成人の折には姿をお見せくださらなかったお方ですから、私たちも大変に光栄なことだと受けとりました。けれど——」

その後に語られるのは絵里も知っている、あの出来事だ。

「今も思うのだ……あのとき、予言者殿を招かなんだら、あれにあのような苦労を掛けることもなかったのではないか、と」

主に話をするのは王妃で、王はその合いの手といった感じに要所要所で言葉を挟む。

「……その後、病(やまい)を得たために離宮で養生するという名目で、あれは慌ただしく旅立っていきました。そのような事情ですから、表立って見送ることもできません。夜半にひそかに城を出る変わり果てたあの子の後ろ姿……今、思い出しても、涙が出てきます」

「王妃よ……」

美女の涙は、やはりきれいだ。ポロリと一筋、涙が頬を伝い、それを王が優しく指先で拭(ぬぐ)う。二人の仲睦(なかむつ)まじさがわかる光景だった。

「ごめんなさいね、見苦しいところを――」

「いえ、お気持ちがわかるとは言えませんけど、想像はできます」

「ありがとう――それで、ね。一人で旅立てとは言われましたけれど、連絡までは禁じられてはいなかったので、それなりにあの子の様子は伝わってきていたのですよ。王家の者だけが使える特殊な魔道具を持たせましたからね。ただ、最初は二日に一度だった連絡が、やがて五日に一度になり、旅立って一年もすると、月に一度あればいいほうになっていました。その中身も旅費の受領と、後は今いるあたりの世情についての報告で……私たちが待ち望んでいたようなことは一切ありません。そして、さらに数年が経つと、今度は弟のことを聞いてくるようになったのです」

元気でいるか、学問や武芸はきちんとおさめているか、周囲の評判はどのようなものか、と。

「半ば、あきらめていたのだろうな……」

ぽつりとつぶやかれた王の言葉が、絵里の耳に重く響く。

「勿論(もちろん)、私たちにそのような気は毛頭ありませんでした。戻ってくるのにどれほどかかろうと、次の王はあの子しかいないと思っておりましたもの。ですが、そろそろ十年が過ぎようかというころに、あの子からこう言ってきたのです。あと一年、と」

あと一年、探してみてダメだったら、国は弟に継がせてくれ、と。

「え？　そんなことを……」

「ええ。説得をしたくとも、あちらから通信を切られてしまえばそれまでです。私たちにできるのは、ただ祈ることだけでした。そんなことは、もうやりつくしていたのに、です。そして、じりじりと時が過ぎ、あの子が申した一年も残り半分を切ったときでした、ディアハラに聖女が現れたと伝わってきたのは」

予言者が与えた試練（クエスト）の内容は、王妃も当然ながら知っていた。そして、ライムートと同じく、その聖女に関するなんらかが探すものであるかもしれないという可能性に気が付く。

「当時あの子はディアハラから離れた場所にいたようで、急ぎそちらへ向かうように伝えました」

テレビやネットはおろか、無線も電話もないこの世界で情報の伝達には時間がかかる。シルヴァージュに聖女の話が伝わってきたのは、春歌がディアハラの王宮に現れてから既（すで）に一月（ひとつき）以上が経過していた時期だそうだ。ライムートは、かなり辺鄙（へんぴ）なところを旅していたために、それを知ったのは王妃からの通信によってだった。

直（す）ぐに向かうと伝え、移動し始めた彼がその途中で拾ったのが、絵里だったということだ。

「旅の連れができたと聞いたときには、なぜ今ごろと思いました。そして、ディアハラの聖女は目指すものではないらしいとの連絡には、実際に確かめたわけでもないのになぜそんなことを言うのか、連れとは何者なのか、と。聞いても言葉を濁すので、本当に歯がゆい思いをしましたよ」

それは絵里が最初に『王家とかそう言ったものには極力かかわりたくない』と言った

せいかもしれない。ライムートの事情を知らなかったからなのだが、申し訳ないことをした。

「そして、それから一月――もう、あの子が言った一年の期限が目の前に迫っておりました。早朝に、いきなり連絡が入ったのですよ。『宝』を得た、今から戻る、妻も一緒だ、と。そのときの私たちがどれほど喜んだか、わかりますか？」

おそらくは、上を下への騒ぎになっただろう。それも、うれしくて目出度い大騒ぎだ。

「……だから、どこの馬の骨かもわからない私を、あんなに歓迎してくれたんですね」

「あの子を救ってくれて、あの子が選んだのが貴女なのですもの。どうして反対なぞいたしますか」

「口うるさい者がいるのは確かだ。神殿にも既に正式に届を出しているというのにな。だが、そのような者共はあれが黙らせている最中だ。さすがに十年も世間の荒波にもまれただけはある。出ていったころは見かけはともかく中身は青臭い子どもであったが、色々とたくましくなって戻ってきてくれた――ほんの少し情報を与えてやったら、嬉々として走り回り始めおったわ」

カラカラと愉快そうに王が笑う。あのライムートそっくりの顔で。

そして、やはりうれしげな表情の王妃が彼に寄り添う様子は、絵里が思い描く理想の夫婦そのものに見えた。

「そのようなわけですから、もう少しだけ、辛抱してやってくださいね」

「辛抱だなんて……」

忙しいのは国に関する事柄が理由だろうと思っていた。それが、まさか絵里を認めさせるために奔走していたとは……

「さて、あまり長居をしても嫁殿に迷惑だ」

考え込む表情になった絵里を満足げに見やった後、王が言う。

「ええ。それに、自分は顔を見る暇もないのに、とあの子から苦情がきそうです」

それに王妃も同意する。

今になって、彼女がここまでずっとライムートを『あの子』と呼んでいたことに絵里は気付いた。二十歳をとっくに過ぎているのに子ども扱いもないが、十年以上会うことのできないでいた王妃にとっては、出立したばかりのころの印象が強いのかもしれない。

「……色々とお話してくださってありがとうございます」

「こちらの都合で押しかけてきただけだ。付き合ってくれた礼を言わねばならんのは我らのほうだな」

「もう少し落ち着いたら、あの子も一緒に食事でもいたしましょう。楽しみにしています」

そう告げて国王夫妻が去っていく。しばらくして、ディリアーナがラーレ夫人からの伝言を伝えに来た。

「本日はマナーを学ばれるご予定でしたが、両陛下のお越しがございましたので中止とさせていただきとうございます。絵里様におかれては、この後はご夕食の時間までゆるりとお過ごしくださいませ」

「わかりました、ありがとう」

どうやら、絵里に先ほどのあの話を消化するための時間をくれた、ということのようだ。もしかすると、国王夫妻の訪問自体、ラーレ夫人がなんらかの報告を上げた結果なのかもしれない。

激変した環境やライムートへの気持ちに対する混乱を顔に出したつもりはないが、考えてみれば二十歳そこそこの小娘が、彼らのような経験豊富な相手を誤魔化せると思うほうが無理がある。

「……ホントに大事にしてもらってるよね。私も、いつまでもこんなんじゃダメだよね……」

「絵里様？」

「ううん、なんでもない――それよりも、せっかく時間が空いたんだし、少し体を動かしたいかな。今から散歩しても大丈夫？」

「はい、日暮れまでにはまだ時間がございますし、いつもの中庭でようございますか？」

「うん、できたらエルムも一緒がいいな。歩きながらおしゃべりしたい気分なの」

「かしこまりました。警備の者へ話を通してまいりますので、少々お待ちくださいませ」

滅多なことでは自分の希望を述べることのない絵里が言い出したことであるためか、あっという間に準備が整う。

息せききって駆け付けたエルムニアに少々申し訳なかったが、深まりつつある秋の風が心地いい中庭に出ると、やはり気分が晴れる。

「お顔の色がよくなられましたね、よろしゅうございました」

「え……そんなにはっきりとわかっちゃう？」

「私共は、常に絵里様のご様子を近くで拝見しておりますから」

「そっか。心配かけてごめんね」

それを監視と受け取るか、心遣いと受けとるかは、お互いの関係に左右される。ディリアーナの言葉を、素直にうれしいと感じる絵里であった。

けれどそのついでに、滅多にこぼさない愚痴が口をついて出たのは仕方のないことだろう。

「なんか色々と考えちゃうことが多くて……考えても仕方のないことなんだけど、どうしてもね。迷惑をかけてるのに、何もできないし……」

「とんでもないです！　絵里様は本当にものすごいことをなさったんですから、もっと堂々と胸を張られていいと思いますよ！　私たち、お城にお仕えする者だけじゃなくて、国の皆がそう思ってます。『奇跡の乙女』である絵里様のことを大歓迎してるんですから」

ディリアーナに負けじとエルムニアも声を上げるが、そこに聞き流せない単語が混じっていた。

「え？　何それ？　『奇跡の乙女』ってどういうこと？」

「エルムニアッ！」とディリアーナが低い声で叱責する。

「え？　……あ!?」

エルムニアは己の失言に気が付いたが、既に遅い。

「話してくれるよね？」

にっこりと笑う絵里の全身からは、ある種のすごみが発せられ、エルムニアは顔をひきつらせる。しかし、一旦口に出してしまったものは、ごまかせない。

「あ、えと……ライムート殿下が療養からお戻りになられ、正式に王太子として立たれたってことは、公式にお触れが出てるんです。でもって、それと一緒に、どうして戻ってこられたのかってことも発表されてまして……」

第一王子であるライムートは、成人の儀の直後に急な病に倒れ、環境のよい離宮で長きにわたり静養していたというのが、シルヴァージュ国民に伝えられている話である。

「で、その中身っていうのがですね。フォスが遣わしてくださった『奇跡の乙女』の力があったからだってことなんです。若い身空で病を得てもなお、国のこと、民のことをずっと案じていらっしゃった殿下のお心持ちをフォスが嘉したまい、その愛し子を遣わせた、って——あ、当然、その愛し子っていうのが絵里様のことです。殿下はお戻りになられて間がなく、まだ体調が思わしくないこともあるので、公式なお披露目はまだですが、そのうちに正式に王太子妃となられた絵里様と一緒のパレードなんかも予定されてる、って話です……」

「ええっ、何それっ？　私、全然聞いてないよっ」

「……まだしばらく先の話になりますし、それまで絵里様にはゆっくりとお過ごしいただいたほうがよかろう、というのが私共の考えでございました。申し訳ありません」

「わ、私も、その……申し上げずにいてすみませんでしたっ」

エルムニアの説明が終わると、間髪を容れずにディリアーナが深く頭を下げて謝罪してくる。それを見て、エルムニアも慌てて頭を下げた。

上から口止めをされていたのであれば、彼女たちを責めるのは筋が違う。

「いや、ごめん。二人にも事情があるんだろうし、私を思ってのことでしょ？　謝らなくていいよ……で、その発表っていうのは、いつごろの話なの？」

「お二人がお戻りになられた翌日――じゃなくて、その次の日あたりだったと思います」

どちらにしろ、絵里たちが戻ってきて直ぐということになる。

それから既に十日近く過ぎているので、もうかなり広範囲に及んでいると思っていいだろう。

「それにしても『奇跡の乙女』とか、ものすごく恥ずかしいんだけど……それと、勝手に神様の名前を使ったりして大丈夫なの？　神殿から文句がきたりしないのかな？」

「それについては、お触れは王宮と神殿の両方の署名が入っていたそうですので……」

「げ……」

――なんでそこまで手回しがいいかなーっ!?

内心、頭を抱えてしまう絵里である。

ライムートが有能なのはよく知っているつもりだったが、こういった面においてもすこぶる優秀であるようだ。

彼がこの件にかかわっていないはずがない。率先してやったに違いなかった。そして、その動機が『絵里のため』だ。

そう確信できるくらいには、絵里はライムートのことを知っているつもりだった。

もちろん彼は国のトップにいる者なので、国の利益も考えているだろうが。

――だれかに崇め奉られるのが嫌なのもあって、神殿に駆け込むのをやめたんだけどなぁ。けど、こうなったからには、覚悟を決めなきゃいけないよね……

どうしても嫌だというなら、それこそ、黙ってライムートから――いや、この国自体から出ていくしかない。

けれど、そうするには、いささか以上にライムート、そしてこの国の人々へ、気持ちが傾きすぎていた。

「なんにせよ、ライ、ムート殿下……ああ、もうめんどくさい、ライでいいわ！　どうせここにはディアとエルムしかいないんだし――ライと話をしなきゃならないわね」

「あの……よかったら、この後の王太子殿下のご予定を伺ってきましょうか？」

腹をくくった絵里の言葉を受けて、おずおずとエルムニアが尋ねてくる。

「ううん、それは今じゃなくていいよ。いきなり呼ばれても、ライにも仕事があるでしょ。それに、考えたいことがあるし……だから、もうちょっとだけ散歩に付き合ってくれる？」

「絵里様のお心のままに……ああ、でしたら、少し場所を変えられますか？　少々歩きますが、秋の花を美しく咲かせている庭園がございます」

願ったり叶ったりである。ディリアーナの提案に、一も二もなく賛成し、絵里が初めて足を踏み入れたのは、王宮の中でもかなり奥まった一角にある庭園であった。

第五章　絵里、襲撃される

「リイ、無事かっ!?」

　その日の夜、自室で絵里が寛いでいたところへ、血相を変えたキラキラしいライムートが駆け込んできた。

「え？　あ、おかえりなさい？」

　あまりにも慌てたその様子に、久しぶりの対面であることや、次に会ったとき話さなければと思っていたあれこれが一時的に吹っ飛び、絵里は普通に対応してしまう。

「気分は大丈夫か？　怪我はっ？　……くそっ、油断していた。すまん、俺としたことが……」

「ちょ、ライッ!?　ちょっと落ち着いてっ！　何を聞いたのかは知らないけど、私はほら、この通りぴんぴんしてるからっ」

　締め付けの少ない室内用のドレスに着替え、ソファに座っている絵里のもとに、ライムートは駆け寄る。そして、真剣な様子であちこちを確認した。

ドレスから出ている顔や手はおろか、身ごろやスカートの中まで改められそうになり、絵里は泡を食ってそれを押しとどめる。

「この王城内で襲われたと聞いた」

「あー、うん……それは間違いないんだけど、直ぐにエルムが助けてくれたし」

「その侍女か？　――ご苦労だった、よくリィを守ってくれたな」

「もったいないお言葉でございます。わたくしはお役目を果たしたのみにございます」

いつもよりも格段に侍女らしい言葉遣いと態度で、部屋の隅からエルムニアがライムートの労いに礼儀正しく答える。ちなみについ一瞬前までは、絵里の側で仲よくおしゃべりをしていたのだが、ライムートが乱入してくると同時に移動した。驚くべき早業である。

「それでも、だ。リィにもしものことがあれば、俺は悔やんでも悔やみきれん……」

うめくようにつぶやくライムートは、かなり憔悴している様子だ。キラキラがいつもよりも減っているように見える。

「そんな大げさなことじゃないったら……そりゃ、まぁ、ちょっと驚きはしたけど」

いつぞやの旅の途中で、食い詰めた連中に襲われたときよりも怖くはなかった、と絵里は口にする。すると、ライムートはほっとしたような、それでいてさらに怒りを募らせたような表情になった。

「……それで、いったい何があったんだ？」

「聞いてないの？」

「所用で城を出ていた。さっき戻ったところだが、そこでリィが襲われ危(あや)ういところで難を逃(のが)れたと……幸い、無事だとは聞いたが、肝がつぶれる思いがしたぞ」

どうやら、取るものも取りあえずに駆け付けてきたらしい。詳細は絵里から聞きたいということだろう。

「そう言われても……私も何がなんだかわからないうちに終わっちゃってたし……」

正直、絵里自身にもよくわかっていないのだ。

何から話したものかと悩む彼女に、控えていたディリアーナが助け舟を出してくれる。

「僭越(せんえつ)ながら、わたくしからご説明申し上げたく存じます」

「許す。何があった？」

「はい……本日、妃殿下はわたくし共を伴(ともな)われて、白の庭園を散策されていました」

ディリアーナの言った『白の庭園』とは、あの秋の花を見に赴(おもむ)いた場所である。

そこは王族たちのプライベート空間である内宮の奥にあった。あまり人の来ない場所ではあるが、万全に警備が敷かれて胡乱(うろん)な者が入り込む余地はない――はずだった。

「ご一緒させていただいていたのは、わたくしとそこにいるエルムニアでございましたが、無論、警備の騎士も少し離れた場所より、妃殿下をお守りしておりました。そこに至る道筋も、不審な気配はなく、常と変わらぬ様子であったのですが……」

ときたま、王宮に仕える侍女や侍従たちの姿を見かけることはあっても、それぞれが役目のある者だ。絵里たちに気付けば立ち止まり礼を取り直ぐさま立ち去ってしまう。おかげでだれに煩わされることもなく、『白の庭園』にたどり着ける。そこは人気もなく、のんびりと散策するのにはうってつけの場所だ。

先にいた中庭は、背の低い一年草を主体とし花壇の形やそこに植えられた花の色を楽しむ趣向であったのに比べ、こちらは木の花をメインとした小さな森のようになっている。

木に咲く花といえば春から初夏のものという認識の絵里だったが、世界が変われば違う。

桜に似た小さな花を満開に咲かせたもの、大木を覆うように咲くどこからどう見てもバラとしか思えないものなど、美しく、物珍しいその様子に、絵里は声を上げてはしゃいだ。そんな彼女に、ディリアーナとエルムニアもほっと胸を撫でおろしていた。

が、そこに——無粋な闖入者があったのだ。

「――妃殿下が木々の間に足を運ばれたときでございました。突然、黒装束の賊が現れたのでございます」

ちなみにこのとき、絵里は『え？　忍者？　こっちにもいたのっ⁉』と叫んだが、その場にいた全員にスルーされた。要するに、そんな風体の相手であったのだが、無論、王城――それも内宮にいていい存在ではない。

どう反応すればいいのかわからず固まる絵里に向かって、その相手は一直線に駆け寄ってきた。護衛の騎士は、絵里の散策を妨げないようにやや離れたところにいて、賊を認識すると同時に走り出したものの彼我の距離は賊のほうが圧倒的に近い。絵里の近くにいるのはディリアーナとエルムニアのみで、賊としては千載一遇の機会であっただろう。

「妃殿下に向かい、賊は刃物を振りかざして襲い掛かってまいりました。ですので、わたくしがそれをたたき落とし、エルムニアが腹部に一撃を加え意識を刈り取ったのちに、身柄を騎士に引き渡しました。詮議は騎士団にて行うとのことですので、その場を任せて戻ってきた次第にございます」

淡々と話すディリアーナだが、それらを間近で目撃した絵里は、あまりの早業に目を丸くすることしかできなかった。悲鳴を上げる暇すらなかったのだ。

それほどまでに迅速な襲撃であり、それを上回る撃退速度だった。絵里も驚いたが、襲撃者もさぞや驚いたことだろう。だが、ライムートにはそれは当然のことであるらしい。

「本当によくやってくれた。さすがはラーレ夫人が推薦してきただけのことはある。そして、リィ――すまなかった」

彼は満足げに頷いた後、一転して真顔になると、謝罪の言葉を述べた。

「え？　別にライが悪いわけじゃないのに、なんで謝るの？」

「いや、俺のせいだ。リィにきちんと説明しておかなかったのが、この騒ぎの原因だ」

「……どういうこと？」

「もう少し――あと少しで目途がつく。リィに話をするのは、それからでもいいだろうと高をくくっていた俺の見通しが甘かったんだ」

重ねて反省の弁を述べるライムートは、その麗しさが半減するほど憔悴している様子である。たとえるなら、何か大きな失敗をしでかしてシュンとうなだれている血統書付きの犬だ。

その様子が、城に来てからずっと目にしていた『自信にあふれた若くてキラキラしい王子様』ではなく、あのころの『ちょっとうらぶれたムサい中年男』を思い出させ――我知らず、絵里の口から吐息がこぼれ落ちる。

「すまん、本当に申し訳なかった」

そのため息を、自分への非難と受け取ったのか、ライムートがまたも謝罪を口にする。

絵里はそれを首を横に振って否定した。

「ううん、いいの。それよりも……やっぱり、ライはライなんだって思って」

「……どういうことだ？」

「ん、とね。どう言えばいいのかわからないんだけど、とにかくやっぱり貴方はあの『ライ』なんだよね、ってストンときた感じ？」

「……すまんが、俺にわかるように説明してくれるか？」

彼は、駆け付けた勢いのまま、まだソファに腰を下ろしてさえいない。座った絵里の前に跪いて謝罪を続けていた状態だったが、風向きが変わったのを素早く理解し、絵里の横に腰を下ろす。

侍女たちは心得たもので、二人の会話の邪魔をしないように直ぐに気配を消し壁と一体になった。

「説明って言われても、ちょっと難しいんだけど……ほら、ライったらずいぶんと変わっちゃったでしょ？　その理由はちゃんと教えてもらってたし、頭では理解してたつもりなんだけど、どっかでやっぱり納得できてなかったの」

話が襲撃者のことからそれてしまったが、とりあえずこちらを先にしても問題はないだろうと判断し、絵里は続ける。

「納得できていなかった――過去形だな。ってことは、もうそれはリィの中で消化できたってことか？」

「そうなる、のかな。なんかね、さっきのライを見てたら、今までどっかフラフラグラグラしてたものが、やっと落ち着いたの」

好きな人の変化は仕方がないと頭では理解できていたが、気持ちは対応しきれていなかった。

婚姻の儀を終え、初夜も済ませているのに、何をグダグダと……と言われそうだが、初めて本気の恋をした二十歳そこそこの娘には手に負えないくらい大きなことだ。

「さっきの俺が？　……あまりかっこいいものじゃなかった気がするが」

ライムートは怪訝な顔をする。

慌てふためき、先触れもせずに駆け込んできた上に、挨拶もそこそこに全身検査をしようとし、その後は謝罪の嵐だ。男として、できれば晒したくはなかった醜態だろう。

「そうかな？　そうかも……だけど、それで私は、ホントにライはライだって納得できたんだよ」

余裕と自信に満ちた王子様が、それらをかなぐり捨てて自分のことを心配してくれた。絵里のことを大切に思ってくれているその態度は、確かにあのころのライムートと同じだ。

そんな姿を見せてくれたからこそ、絵里の気持ちはやっと今のライムートを受け入れた。それを思えば、この一連の騒動も悪いばかりではなかったということになる。

「ほんとに今さらなんだけど……ライは、やっぱり私が好きになったあのライなんだね。まぁ、ちょっとばかりキラキラしすぎてはいるけど」

むさい中年男を好きになった身としては、そこだけが残念だ。

「それに、あと二十年もすれば、ああなってくれるんだよね？」

「リイは……本気で、あのころの俺に惚れてくれていたんだな」

「当たり前でしょ」

少なくとも、最初からこの姿で出会っていたら、絵里は絶対にライムートを好きになってはいなかった。

そう言い切れるほどに、絵里の年上好きは筋金入りだ。

このライムートを受け入れたのは、盛大に妥協をした結果である。勿論、その妥協はライムートであったから、なのだ。

「……あの姿にされたとき、正直、俺はフォスと予言者殿を恨んだ。こんな運命を与えたもうたフォスと、俺を選んだ予言者殿に、なぜ俺なんだ、どうして俺じゃないといけなかったんだ、と」

「ライ……」

「だが、そうだったからこそ、俺はリィと出会えた。それに、長いこと市井の人に紛れて旅をすることで、王城にこもっていてはわからないことを知ることができた——そう考えれば、決して悪いことばかりではなかったんだな……」

しみじみと、自分自身に言い聞かせるようにつぶやくライムートの手を、絵里がそっと自分の手で包み込む。

あの変身以来、触れてくるのはライムートからで、絵里自ら彼に触れるのは初めてだ。

「それでもやっぱり十年は長いと思うよ——お疲れさまでした」

「ああ。ありがとう、リィ。なんだか、やっと……今、お前がそう言ってくれたおかげで、本当に試練が終わったんだと感じる」

しみじみとつぶやく様子は、嘘偽りのない本心の吐露を表している。

「……こんな俺だが、まだ好きでいてくれるか？」

「勿論。っていうか、結婚式もしたんだし。今さら放り出されてもこっちが困るよ。あ、でも……一応、ライのほうの話がどんなのかは知りたいかな」

「それは当然だ。すまん、リィの話があまりにうれしくて、うっかり忘れそうになっていた。少し長い話になるが、大丈夫か？」

わざわざそう聞かれたのは、絵里の精神的な負担を考えてのことだろう。

「私は構わないよ――ディア？」

問いかけると、壁際で気配を殺していたディリアーナが直ぐに返事をくれる。

「御酒と、軽くつまめるものを厨房に申し付けましょう」

つくづくよくできた侍女だ。

「妃殿下には酒精の入っておりませんお飲み物でよろしいでしょうか？」

「ああ、そうしてくれ」

「かしこまりました」

そう言って、ディリアーナはエルムニアと二人で部屋を出ていく。二人きりになりたそうなライムートの意を酌んでのことである。

「よくやってくれているようだな」

「うん。ディアもエルムもすごくよくしてくれてるよ。いい人を付けてくれてありがとう」

「俺の手柄じゃないな。ラーレ夫人の差配だ――あの人は、実は俺の乳母でな」

侍女たちの後ろ姿を見送りながらの発言に、絵里の目が丸くなる。

「え？　そうだったの？」

「ああ。母親の幼馴染(おさななじみ)ってこともあって引き受けてくれたそうだが、おかげで今も頭が上がらない。あの侍女二人については、母の側仕(そばづか)えとしての訓練を受けさせていたのを、リィが来たことでこっちに回してもらったと聞いている。なんでも、そこらの平の騎士より腕が立つって話だ」

驚愕(きょうがく)の事実であった。なるほど、『護衛も兼ねている』とラーレ夫人が紹介するわけだ。あの見事な立ち回りにも納得がいく。

「まぁ、その話は今はいい。それよりも、俺のほうの話なんだが……」

おずおずと、と表現するのがぴったりな、どこか遠慮がちな様子でライムートの腕が絵里の肩に回された。拒まれる、或(あ)いは体を固くして遠回しな拒否をされるのを恐れているようなその仕草に、あの自信満々なキラキラ王子はどこへ行ったのかと、絵里のほうが驚いてしまう。

「うん、聞かせて」

素直に抱き寄せられ、自(みず)から進んで体を預けると、彼がひそかに安堵(あんど)のため息を洩(も)らすのがしっかりと聞こえた。

――ぷぷ、かわいい。

しかし、絵里はおくびにも出さずに、真面目な顔で話を聞く。

「まずは、リィを放り出して、俺が何をしていたかについてだな――恥を忍んで言うが、最初のほうはかなり頭に血が上ってたんだ。元の姿に戻り国に帰ってこられたのだから、これからはなんでもうまくいくなんて、お花畑なことを考えていた」

そのハイテンションのままに絵里と婚姻を結び、あの『やり直しの初夜』へとなだれ込んだというわけだ。

「それで、あの翌朝の話になるが、改めて宮廷の連中と顔を合わせた。で、その段になってやっと自分の置かれてる状況ってのがわかってきたわけだ」

押し倒される前に、絵里もある程度の説明を受けてはいたのだが、実際のところはそんな簡単なものではなかったということだろう。

「表立ってはいないが、この国は二つに割れかけている。父王と、その王が跡継ぎと決めていた俺を支持する勢力と、次男である弟を推す連中だ」

「あー……十年間、ずっと病気で不在の長男よりも、元気ですくすくと育ってる弟のほうがいいだろうって？」

「そういうことだな。まぁ、実際はそんなきれいごとばかりじゃなくて、俺の側近になれそうもない連中が、弟ならまだ隙があるかもってことですり寄っていった感じなんだがな」

よくあるお家騒動だ。

それが表立っていなかったのは、王がまだ健在であり、何より弟王子にまったくその気がなかったことが大きい。彼はだれに何を言われようが、一貫して王位は兄が継ぐという姿勢を貫いていてくれたという。

「俺が戻ってきたことにより、弟にすり寄ってた連中の思惑は外れたことになる。それで素直に引き下がってくれりゃいいものを、なんだかんだと文句をつけてきたんだよ」

「……それって、もしかして私に関すること？」

「ああ」

正当な跡継ぎである長男が戻ってきたのだから、それに直接反対するのは難しい。

けれど、その長男が連れてきたという女――絵里についてなら、出自が不明なこともあって、いくらでも難癖が付けられると踏んだのだろう。

「もしかして、王様たちはそれを見越して、早々にライを王太子にして、私と結婚させたってことなのかな？　とりあえず形式を整えちゃえば、いちゃもんも付けにくいだろうって？」

「その通りだ。ただ、リィの言うようなことまで考えてたのは両親だけで、俺は能天気に『両親もリィのことを認めてくれた』と喜んでただけだった」

「……それについては、一時的にハイテンションになってたんだもの、仕方がないんじゃない？」

「リィは賢い上に優しすぎるな。もっと俺を責めてくれていいんだぞ？」

ライムートは情けなくへにゃりと笑うが、キラキラ王子はそんな顔をしてもイケメン様である。

「わざとじゃないんだから、そんなことはしないよ。それよりも、その、現実を突きつけられて……それで焦ってあれこれと走り回ってたってことでいいのかな？」

「ああ、そうだ。とりあえず、父の派閥――つまり、俺を支持してくれている連中と改めて顔を合わせて話をした。それから、神殿だな。リィとの婚姻について世話になったんで、その礼を言うって口実で、色々と相談に乗ってもらった。その話を持ち帰って、父や側近たちと相談をして、とんぼ返りして、根回しをしてと――あちらこちら飛び回ってたおかげで、ろくにリィの顔も見られなかったってわけだ。しかもその間にリィが襲われた……本当に何度謝っても足りないくらいだ」

忙しそうにしているとは思っていたが、ライムートの状況は絵里が考えていたよりもかなりハードなものであったらしい。

「襲撃の件は、たまたまライが不在のときだったってだけでしょ。私は無事だったんだし、もういいよ——それより本当にお疲れさまでした」

「リィにそう言ってもらえると、疲れも吹っ飛ぶな」

だが、もう一つ、そこまでして自分を多忙に追い込んでいた理由が、ライムートにはあった。

「それと、な……あまりよくない知らせがある。そっちについては、まだ片が付いていないというか、かなり大ごとになりそうなんで、あまりリィには聞かせたくないんだが……」

「いや、ここまで話したんだから、そっちもちゃんと聞かせて」

これ以上、蚊帳の外に置かれるのはごめんである。

「ああ、勿論そのつもりだ。というか、実はこっちが本題になる。断言はできんが、リィを襲ったという賊——あれはおそらくディアハラの手の者だ」

「……は？」

今までの話だと、てっきり弟王子の派閥が暴走してだと考えていた。絵里のその予想が、ひっくり返される。

「なんでまた、ディアハラが出てくるの？」

「前に話したことがあっただろう？　聖女絡みで、ディアハラから到底受け入れられない要求がきたことを」

　自国に現れた春歌がフォスの遺した『聖女』であるとし、その権威を他国も認めるように要求してきたという件は、前にライムートから聞かされている。そして、それに諸外国が異議を唱え、聖女が本物か確認したいと訴えると、それなら王族を派遣しろと再度要求してきたという話だ。

「確かに聞いたけど、それってもう終わった話じゃなかったの？」

　シルヴァージュにもその旨の使者が訪れはしたが、何しろここには絵里がいる。絵里こそ本物の聖女であるからと、その要求をきっぱりと断っていたのではなかったのか。

「ああ。確かにそうした。そうしたんだが……ディアハラに近い国の中には、断り切れずに従ったものがいくつかあるんだ。それがディアハラを調子づかせてしまったらしい。聖女を認め、その聖女に認められた者こそが、各国の正統なる王位を継ぐ者であると言い出した。そして、シルヴァージュにまたも使者を送ってきたのが、つい二日ほど前だ」

　それがどれほど上から目線での使者だったのか、今の話で想像がつくというものだ。

「あー……なんとなく筋が読めた気がする」

「リィは呑み込みが早くて助かる――だが、一応説明しておくが、今回も当然ながら断りの返事をした。シルヴァージュのことはシルヴァージュで決める。そこに、ディアハラも聖女も介入する余地はない、とな」

ディアハラの属国であるならまだしも、シルヴァージュは歴とした独立国家だ。けれども、その返事を聞かされた使者は大層腹を立てたそうである。

「それで、私が襲われたのは、『奇跡の乙女』ってことになってるから？」

「だろうな。何しろ、王都はそのうわさで持ち切りだ。それを耳にしたに違いない」

「当事者である私は何も聞かされてなかったけどね」

「本当にすまん」

ついちくりと言ってしまったが、本気で責めるつもりはない。

ライムートが考えに考えての行動であったのはわかったし、何よりも動機が『絵里を大切に思う』気持ちなのだから。

「言えないことが多いのは仕方ないけど、次からせめて、私に関することだけはちゃんと教えてね」

「ああ、勿論そうする――それで、話は戻るが、使者も手ぶらで戻るわけにいかなかったんだろう。色よい返事はもらえなかったが、代わりに『聖女』の対抗馬になりそうな相手を害することができたとすれば、土産としては十分だ」

事が露見したらどうなるか、ということは頭になかったのか――その疑問を口にすると、直ぐにライムートが教えてくれた。

「いや、さすがに考えていたようだ。リィを狙ったのは裏稼業の者で、尋問してもどれほどの情報が取れるかわからん。怪しいが、一国の代表としてきた使者だ。確証がないかぎり手が出せん」

どこの国でも闇の部分は存在する。シルヴァージュにも、犯罪を請け負う組織があり、そういう組織の実行部隊は最低限の情報しか知らないものだ。自分をやとった黒幕の正体など告げられていないだろう。

ただ、自国ならまだしも、遠く離れたシルヴァージュで使者が首尾よく裏組織につなぎが付けられたということは――やはり、弟王子派の連中が手引きしたと考えるのが妥当だ、というのがライムートの言であった。

「そうでなければ、あんな内宮の奥にまで忍び込めるはずがない。襲撃犯とは別に調べさせているが、こちらについては直ぐにしっぽがつかめるだろう。そうなれば、いよいよ大掃除だな」

「危ないことはしないでね？」

「ああ。俺が実際に何かをするわけじゃないし、きちんと護衛も付けている——そうそう、ラーレ夫人の息子、俺の乳兄弟で忠誠を誓ってくれている者がいるんだ。少々堅苦しい性格だが、俺の側近と護衛を兼ねている。そのうち紹介するから、よろしく頼む」

普通、そこは「いい奴なんだ」と続くであろうところに『忠誠』という単語が入るのが、王族である。

「うん、こちらこそよろしく……って、今、言っても仕方がないか」

「ははっ、そうだな。だが、リィがそう言ってくれたと伝えておこう」

さて、話が終わり、就寝前の湯浴みと着替えを済ませれば、これもまた久々に夫婦の寝室に顔をそろえた二人になる。

「……で、いきなりエッチってなるのもどうかと思うんだけど？」

「い、いや、リィが嫌ならば何もしない。一緒に休むだけでも俺はまったく構わん！」

二人の仲が良好になったと喜んでいるディリアーナやエルムニアの前では何も言わなかった絵里だが、ライムートにちょろい女だと思われるのは癪に障る。

が、彼の返答もそれはそれで気にくわなかった。

「それって、別に私のことなんか欲しくないってことなのかな？」

「どうしてそうなる!?　俺は、ただ……」

キラキラ王子は、狼狽している様子もまた様になっている。なんとなくそれが腹立たしいが、とりあえず困らせることに成功したので、絵里の溜飲はある程度下げられていた。

「ごめん、ちょっと意地悪言っただけだよ」

「……勘弁してくれ。反省ならもう死ぬほどした」

「でも、最初も、二度目も、人が寝てる間にいなくなっちゃうのは、どうかと思う」

「それはリィの言う通りだ、本当に申し訳ない」

ベタベタに甘いムードを期待していたわけではないが、うれし恥ずかしい初夜の翌朝にたった一人で放り出されるのは、いくらなんでもあんまりだ（それも二回も）。

「それと、二度目のことについても改めて謝る。あのときは、リィのことが欲しくてたまらなかった。若返ったせいかもしれんが、その……我慢がきかなかった。それに、元に戻れたのはいいが、ちゃんと役に立つ——い、いや、リィをかわいがってやれるかとか、少し不安もあったしで」

「そ、そう、なんだ……」

そのあたりの男性の心理、或いは生理的な欲求についてあけすけに告白され、絵里は顔を赤くする。そんな彼女を見やりつつ、不意にライムートが真剣な顔で問いかけてきた。

「なぁ、リィ。あのとき、言ってくれたこと——今の俺でも、まだあれは有効か？」

なんのことかと考え込んだ絵里だったが、直ぐに思い当たる。あの宿屋で、ライムートに思いを告げたときの『貴方がお墓に入るまで面倒見るよ』という発言だ。

「……今さら、それを聞くの？」

「反省している。謝罪が足りないなら、この先いくらでも謝る。リィの腹立ちが収まった後でいいから、返事を聞かせてくれないか？」

そんなものはとっくに既成事実であるといった態度で、強引に二度目に及んだ男の言葉とも思えない。ずいぶんと殊勝になったものだ。

だが、ここまで言っているのだから、ここで絵里が返事を先送りにしても、素直にそれに従うつもりなのだろう。本人が言ったように、お行儀よく並んで寝るだけで我慢するはずだ。

ならば——絵里の答えは既に決まっている。

「いいよ——じゃなくて、はい。えと……まだ、というか、この先もずっと有効、だよ」

その絵里の返事を聞いた途端、しょぼくれた子犬（というには少々キラキラしすぎだが）みたいだったライムートの顔に、こらえきれない喜色が浮かぶ。

「ほ、本当かっ？」

「うん――結局のところ、ライはライなんだし」

「……よかった。下手をしたら、父親が恋敵になるんじゃないかと、不安だった」

「は？　なんで王様？」

「前の俺にそっくりだろう？　リィはあの見かけが気に入っていたようだし、俺もあと二十年もすればああなるんだろうが、今はこうだしな……最悪、また予言者殿に頼んで、あの姿に戻してもらったほうがいいんじゃないかとまで考えていた」

「いや、さすがに見かけだけで好きになったわけじゃないし、王様にはお妃様っていう奥さんがいるでしょ」

日本ではパートナーがいる相手でも好きになっていた絵里だが、告白したり迫ったりしたことは一度もない。ただ、遠くから見つめるだけで満足していた――今思えば、妻ときちんとした家庭を築いている姿を好きになり、憧れていたのだとわかる。

それは確かに好きという感情ではあっただろうが、決して恋や愛という名前ではなかった。

「ライが私の他にも……という話になったらわかんないけどね。ライの今の姿って、とってもモテそうだし、王太子となると色々と柵があるだろうし」

「それはない」

どうせだから、と懸念事項の一つであった側室について絵里がぶつけてみると、即座に否定の返事が戻ってきた。

「側室という制度自体はあるが、ここ数代は置いていないな。非公式の愛人——寵姫だが、そっちについても、俺の爺様の代からは置いてない。その証拠に父も俺も、弟妹はみな同じ母親から生まれている。俺もそれに倣うつもりだ、フォスに誓う」

そう言われてしまえば、向後の憂いは何もない。聞きたいことはまだ多少残ってはいたが、それはもう後にした。

「……これで、初夜のやり直しか？　間抜けな夫ですまん」

「私の世界には三度目の正直って言葉があるんだよ。だから今度こそ、ちゃんと決めてね？」

「ああ、明日の朝、リィが目を覚ますまで側にいる。目を覚ました後も、勿論だ」

「だったら……うん、いいよ」

そうと決まれば、話は早い。元々、場所は夫婦のための寝室であるし、とうに侍女たちも姿を消している。

並んでベッドに腰を下ろしていたライムートの顔がゆっくりと近づいてきて、絵里は反射的に瞼を閉じた。触れるだけの優しい口づけが与えられる。

「ん……」

触れては離れ、離れてはまた軽く触れ合い――それを何度か繰り返した後、舌先で軽く唇に触れられ、絵里が小さく口を開くと、その隙間からするりとライムートの舌が滑り込んでくる。

「……ふ、は……」

突然の侵入者に反射的に縮こまり奥に退避していた絵里の舌に、ライムートのそれが優しく絡む。決して急がず、がっつかず――そうやっているうちに、まだわずかに硬さの残っていた絵里の体から力が抜け、以前、ライムートに教え込まれたように自分からも彼に応えるようになった。

ねっとりと舌を絡ませ、その合間に敏感な上あごの裏を舌先でくすぐられると、体に小さな震えが走る。

「んっ……ふ、ぅん……」

軽く唇を噛まれたかと思うと、呼吸さえ奪う勢いで強く吸い上げられたりもして……あっという間に絵里の呼吸は乱れた。その頬に血の色が上ってきたのを見計らい、ライムートが薄い夜着の上からそっと胸のふくらみに手を添えてくる。

「っ、そこ……っ」

「大丈夫だ、俺に任せろ」

何が大丈夫なのか、まずはそこから話を始めよう――などと言う暇があるわけもない。

相変わらず濃厚な口づけは続けられており、初心者の域を脱していない絵里はそちらに対応するだけで精いっぱいだ。

懸命に応えようとしてもうまく息継ぎができず、呼吸困難に陥りかける。

息苦しさに眉間に皺がよってきた。そのことに気が付いたライムートが一旦、解放してくれたが、無論、それだけで終わるはずもない。

「ひぁっ!?」

唇は自由になったものの、彼の口は頬へ移動し、耳たぶにたどり着く。軽く唇で食まれた後、尖らせた舌先が耳孔へ侵入してきた。

ぬめった舌の感触に、ひぃっと絵里の体がすくみ上がる。それに構わず耳朶にも歯を立てられた。

「っ、やだっ、それ、耳っ……ちがっ」

絵里のささやかな抵抗はあっさりと阻まれてしまう。

「やだっ、そ……んあんっ」

ぐちゅり、という生々しい音がこれ以上ない至近距離で聞こえて気持ちが悪いはずなのに、なぜか甘い声を上げてしまう。そんな自分の反応に驚き、抵抗が止んだ。その隙をついて、ライムートがさらに舌をうごめかせ、嫌悪や違和感とは違う何かが体の内側から湧き上がってくる。

「なっ、なんで……耳、で……っ？」

「リィは感じやすいからな」

まさか耳までが性感帯だったとは。意外すぎる自分の体の反応に、そこはダメッ、やめて、と舌足らずな抗議の声を上げる絵里だが、それはライムートを煽る結果にしかならない。

「やり直しのやり直し、だろう？　今度こそ失敗はできんからな」

そんなことを嘯きつつ、彼はひとしきり絵里を啼かせた。そして、いよいよといったふうに夜着の合わせから、内部へ手を差し入れる。

「ああ、相変わらず柔らかいな……」

うっとりとつぶやきながら、ライムートが絵里の胸の感触を堪能する。

「な、なんで、今度は、胸……ばっか、り……っ」

執拗にもまれ、なめられ、とっくの昔に先端は固く尖り、真っ赤に熟れてしまっている。

それでもなお、ライムートはそこへの愛撫をやめようとしない。

飽きる気配もなく、ふにふにと感触を確かめるように掌でもてあそんだかと思うと、柔らかな弾力を楽しむように軽く押しつぶしたり、指の間に先端を挟んだりと、好き放題だ。

「こ……な、貧乳……んっ！　触ったって、楽しくな……」

「そうか？　俺はものすごく楽しいぞ？　これが自分と同じ体かと信じられないほど柔らかく、それでいて跳ね返すような弾力性がある。加えて温かな体温と掌に吸い付くような肌触り。夢中になるなというほうが無理だ」

「何、言って……んぁっ！」

さんざんに弄られて、敏感になりきった先端を唇で包み込まれ、軽く吸い上げられた。それだけで全身を甘い戦慄が走り抜け、絵里の体は何度も撥ねる。

「それに、リィが言うほど貧しい胸でもないだろう？　まぁ、多少、小さめではあるが」

「や、やっぱり！　そう思って……あっ、ひぁんっ！」

カリリ……と、軽く歯を立てられ、ひときわ大きく体が撥ねた。一瞬の小さな痛みの後、じんわりとした余韻がそこを中心に広がって、まだ触れられてもいない下肢が潤ってくるのが感じられる。

「リィの胸は柔らかくて気持ちがいい。おかげでいつまでも触っていたくなる。俺は大きさにこだわりはないが……そうだな、それを気にしているリィがかわいいから、こうなっているんだろう」

実に楽しげに絵里の胸を触りながらの長広舌である。先端を口に含んでいるので、不規則に歯や舌が触れた。それが絵里をさらに乱れさせる。

「か、かわいい、とかっ」

もうこれ以上はないというほどに顔を火照らせた絵里が抗議するが、そんなものもどこ吹く風だ。

「リィはかわいいぞ。その証拠に、こっちも、ほら……？」

「きゃっ……んあっ！」

快感に乱れつつも、必死になって言い募る絵里を軽くいなすライムートが、ようやく下肢へ手を伸ばす。そこはべっとりと濡れ、薄い下着が肌に張り付いてしまっていた。

キスと胸への愛撫しか施されていなかったのに、だ。

「こんなにして……よほど気持ちがよかったんだな、リィ？」

下着の上から、秘裂にそって緩やかに指を動かされると、くちゅりぬちゅりと粘液質な水音が上がるほどだ。

「や、な……ラ、ライのせい、でしょっ！」

　自分の身に起こっている変化をなんとなく把握している絵里だが、口に出されると羞恥が増す。ライムートをなじるが、なんの痛痒も与えられなかった。それどころか――

「ああ。俺のせいだな。だから……責任を取らせてもらう」

「え？　……きゃぅっ！」

　絵里は気が付いていなかったが、胸を触られている間に、身にまとっていた夜着の前が全開になっていた。勿論、ライムートの仕業なのは言うまでもない。元々が『そういうこと』を前提として作られているものなので、脱がせやすい作りになっているのだ。ライムートは邪魔な障害物をさっさと取り除いた後、すべすべとした絵里の太ももに手を添えて大きく開かせた。

　いきなりの暴挙に絵里は悲鳴を上げる。けれどそれには構わず、彼は当然の権利といったふうにその中央へ顔を寄せた。

「ひ、あっ！　やっ、ライッ、そこ……ダメッ！」

　まだ薄く小さな下着に覆われている秘密の場所を、彼の舌がなぞる。濡れそぼって透き通った薄い布は、ほとんど――いや、まったくその役目を果たしていない。赤く色づいた秘裂や淡い下生えの色、微妙なその凹凸など、すべてをさらけ出してしまっていた。

　そこを、たっぷりと唾液を乗せた舌が何度もなぞる。直接ではないが、限りなく直接に近いその感触に、絵里は甘い声を上げた。

「ああっ、や、あんっ……あっ」

最も敏感な小さな突起が刺激によって硬く立ち上がる。それを感じたのか、ライムートの顔に小さな笑みが浮かんだ。

「気持ち、よさそうだな、リィ？」

「ひっ！　そ、そこで、しゃべっ、ちゃ……ああっ、ダメェッ！」

ダメと言われればなおさらやりたくなるのが、男の習性だ。それに絵里は、ダメと言いながらも、与えられた快感に浸(ひた)り始めていた。腰が物欲しげに揺れてしまう。

自分では気が付いていないが、時折『もっと』というように、その腰がライムートに押し付けられた。

ひそかに口を笑みの形にしたライムートが、びしょびしょに濡れた布の隙間から内部へ指を侵入させる。

「あぁんっ！」

つぷりと、ソコに指先を差し入れられ、絵里は嬌声(きょうせい)を上げる。浅い部分で軽く動かされると、その声が高くなった。

「あっ、ラ、イイッ」

「気持ちがいいか、リィ?」

「あ、や……ちがっ……」

「違う? やめたほうがいいなら、そうするが?」

あふれる蜜と彼自身の唾液で、ライムートの顔は鼻から下の部分がびしょびしょになっている。あごから滴るほどのそれを、ぐいと手の甲で拭う様子が信じられないほどにいやらしく——それでいて目が離せないくらいに色っぽい。

キラキラ王子の面目躍如だが、焦らされている絵里にしてみればとんでもない話だ。

「どうする、リィ?」

「う……」

重ねて問いかけられ少しの間、葛藤するが、ここで意地を張っても結局はライムートの思うようにされてしまう。過去の経験からそれを学んだ絵里である。

「さ、触って……」

「いい子だ」

素直に白旗を上げた絵里に、ライムートが一瞬優しい笑みを浮かべる。そして、わざわざ見せつけるようにして、腰の両側で結ばれていた下着の紐の片方を咥えた。歯できっちりと固定した後、顔ごと動かしてそれを解き、何も遮るもののなくなったソコへ本格的な愛撫を開始する。

「あっ、ん……ん、ぁっ……っ」

どろどろにとろけたソコを、彼の指が掻き回す。

ぬちゃぬちゃと耳を塞ぎたくなるような淫猥な音に、絵里は恥ずかしさでぎゅっと目を閉じた。だが、視覚からの情報をカットしたことにより、さらに感覚が鋭くなってしまう。

「気持ちがいいか？」

先ほどと同じ言葉で問いかけられて無言で頷いたのに、ライムートはそれだけでは満足しなかった。答えを促すように強めにナカを刺激され、絵里は小さな悲鳴を上げて降参する。

「きゃっ！　いいっ……気持ち、い……んっ、ああっ！」

すると、よくできましたとでもいうように、軽く曲げた指先で悦い部分を強く押された。またしても絵里の体が撥ねる。

いつの間にか、ナカを掻き回す指は二本に増やされ、熱く柔らかなソコで縦横無尽に動いている。少しの間放置されていた、その上の赤い小さな粒も再び唇で覆われ、舌先でさわさわと刺激されていた。

同時に複数の部分から与えられる甘い責め苦に、絵里の声は甘く啼き濡れる。

「やっ、くるっ……キ、ちゃ……あああああっ」

ひときわ甲高い声を上げ、絵里の視界が真っ白に染まったのは、その直ぐ後だった。

ひくひくと小さく痙攣する体を見下ろしていたライムートが、ゆっくりとその位置を変える。絵里の中心に自らの猛ったものを軽く擦りつけた。

「あ……ラ、イ……？」

達した余韻で潤む瞳で、絵里はライムートを見上げる。呼吸は乱れたままで、全身にもまだ力が入らない。

ぐったりと脱力した膝裏に、ライムートの手が添えられ、またしても大きく広げられた。さらには高く掲げられ――目線を落としたちょうどその正面に、自分とライムートのその部分がくるような姿勢を取らされる。

「いくぞ？」

本音を言えば、イったばかりでもう少し休ませてほしいところだが、ライムートの表情にも余裕がなくなっている。そして、この一回は特別なものでもあるのだ。

「うん……きて？」

その言葉によって、ライムートのモノが押し入ってくる。

「んっ、く……ふ、ぁっ」

ゆっくりと、だが着実に、狭く熱い蜜洞を押し広げながら、硬くそそり立つ肉の凶器が奥を目指す。柔らかな粘膜を大きく広がった先端部分が擦り、途中、わずかに前後の動きを施されることで、まるでお互いがお互いのために作られたものであるかのように、根元から先端までがぴったりと密着した。

そこでやっとライムートが小さく息を洩らす。

「っ、リィ……愛してるっ」

「うん。ライ、私も、大好きだよ」

一度目は、ライムートにためらいがあった。二度目は、絵里にわだかまりが残っていた。そして、今が三度目の正直だ。

体だけでなく、心も一つになれたうれしさに、絵里はへにゃりと笑った。ライムートの自制が利いていたのもそこまでだ。

絵里のソコへ、滾る想いをぶつけてくる。

「っ、んくっ……はあぅっ！　あんっ……んんっ！」

最奥までをみっちりと満たされ、ぎりぎりまでずるりと引き抜かれて、また強く奥の壁がへこむほどにえぐられる。呑み込まされた圧力が消えたかと思うと、さらに限界まで呑み込まされた。

必死になってライムートにしがみつき、揺さぶられているしか絵里にできることはない。

硬い肉棒が出入りするたびに、はしたないほどにあふれる蜜が二人の体を伝い、シーツへ染み込んでいった。

体がずり上がるほどに強く奥を突かれているというのに、それでもまだ疼きが止まらない。いつしか、ぎこちないながらも、絵里の腰がライムートの動きに合わせて揺れ始めていた。

「ああっ、あっ……ラ、イ……っ」

たくましい体に回した絵里の手は汗で滑る。思わず爪を立ててしまうが、結果、男をますます煽った。無意識に足もライムートの腰に絡みついて、もっと……とねだるように力が入る。

「っ、好きっ……あっ、ライ……好き、好き……んんっ！」

「くっ……リィっ……」

全身で彼を求めるその姿のせいか、ライムートに爆発の予兆が見えてくる。が、イくのなら、二人で同時にだ——ただ絵里は、まだナカだけで達することができない。ライムートがそこまで導いてやる必要がある。

「きゃっ!? え? な……あ、やっ」

ライムートは絵里の背中へ腕を回し、ぎゅっと抱き寄せた。そのまま体を起こし、シーツに膝(ひざ)をついた状態で絵里を上に乗せる。絵里も両手両足で彼にしがみついた。

絵里の全体重がつながりあった一点にかかって、結合が深くなる。息を詰める絵里の体を軽く揺さぶるようにして互いの位置を落ち着かせると、ライムートは腰に片手を回して固定した。

そして、もう片手を密着した体の隙間に忍び込ませて、小さな粒を探す。同時に先ほど発見した新たな絵里の弱点——黒い髪の間にある耳へ唇を落とした。

「ああっ、そこ、ダメッ、あっ、あああ……っ!」

絶頂寸前まで押し上げられているのに、頂点を極めるにはあと一歩足りない。そんな状況で、猛(たけ)ったモノを敏感な膣壁に擦(こす)りつけられて、絵里は甘い悲鳴を上げる。反射的に目の前のたくましい胸にすがりつくが、それが彼の次の一手を助けることになった。

「やっ、い……また、イっちゃ……きゃうっ!?」

腕で背中と腰を支えられ、逃げ場のなくなった絵里の耳にライムートが軽く歯を立

てる。

舌を差し入れられ、ぐちゅりという生々しい音が鼓膜をたたく。それはまるで密着した下半身から直接耳に届いたように、絵里には聞こえた——それが決定打となる。

「っ、きゃ……ゃあああっ！」

理性が決壊し、押し寄せる強烈な快感に、絵里は高い悲鳴を上げる。体が一瞬、強く硬直した。

「や、くぅっ……い、ちゃぅうっっ！」

ライムートもまた限界を迎える。

「くっ、リイッ……俺、もっ」

「っん、ひ……ぃ……っっ」

ライムートのソレが、その容積を増して、締め付ける内壁に対抗する。

同時に、はじけそうなほどにふくらんだ肉芽をキュッとつままれて、行き場のない熱が絵里の全身を駆け巡った。腰の一点から一気に膨張し、脳裏（のうり）を灼いてはじけ飛ぶ。

それにほんのわずかに遅れて、ライムートが思いの丈のこもった熱い子種を絵里の最奥部へぶちまけたのであった。

部屋に響く荒い呼吸はどちらのものだっただろう。

ベッドの上に半身を起こした姿勢ではあるが、膝をついた姿勢を維持するのはつらかったようで、ライムートは今、胡坐をかいている。けれど、絵里を放すつもりは毛頭ないらしく、しっかりとその体に手を巻き付けていた。

大柄なライムートの胸にすっぽりと抱き込まれ、口に出しにくい部分がいまだにつながりあっていることに、絵里はぼんやりと気付く。

「……あ、あの……ライ？」

そろそろ呼吸も整ってきて、トんでいた理性と羞恥心が戻ってくる。絵里にとってこの状態は、あまり歓迎できるものではなかった。

これまでもライムートによって何度も頂点を極めたことはあるが、本当の意味で思いが通じ合った後でのそれは、やはりどこか違うものがある。じんわりと温かいのは体だけではなく、気持ちもだ。こうして全身を預けていると、ライムートの鼓動が自分のものののように感じられる。

それはとてもうれしいものではあるのだが、先ほどの余韻というか、熾火のようなものがまだ体の奥で燻っていて、いつ何時、頭をもたげるかわからない状況なのだ。

さすがに、自分から次をねだるのは恥ずかしい。それに、正直、疲れてもいる。このままゆっくり眠って、明日の朝はライムートが約束してくれたように、二人して目覚める。それで、本当にこのやり直しのやり直しは完了だ。

——そんなふうに思っていた時代が、ありました……

「も、やっ……も、無理、ぃ……っ」

「そうなのか？　だけど、こっちは……」

「い、言わなくて、いい、からっ！」

疲労困憊で、今直ぐにでも横になって眠りたい。そう思っているのに、気持ちがよすぎて止められない——今の状態を簡単に説明すれば、こんな感じになる。

ライムートの上で、上下左右に揺さぶられる動きに懸命についていきながらも、そんなことを考えていると、絵里の意識がそれたのを察知したライムートに、お仕置きとばかりに胸の尖りをくりりとつまみ上げられた。

「ひっ！　や、それ……っ」

「イきたいならイケ……ほら、こっちも触ってやるから」

「ああっ！　そこ、ま……くるぅっ」

先ほどとは反対の方向——ライムートの胸に背中を預けた状態で貫かれている絵里が、切羽詰まった啼き声を上げる。

あの後直ぐに、ライムートが復活を遂げたおかげでこの状況だ。ただ、ぼうっとしていてつい二回目に突入することに同意してしまった絵里にも、責任の一端はあるだろう。まだ疼きの止まらない体に、ムクムクと容積を増したモノを咥え込まされている。

「ああ、イく、いく、い……っ！」

先ほどとは違って、ライムートが絵里の体を触り放題の体勢であるために、加速度的に快感が蓄積していく。

ほとんどイきっぱなしのような状態でナカをえぐられ胸を弄られ、最も敏感な肉芽を強く押しつぶされて、絵里はまたも白い世界を見た。

もう、ダメ……死んじゃう……ろれつが回らなくなった口で限界を訴えるが、ライムートの行為をとどめることはできない。

なぜなら、絵里のナカは言葉を裏切り、これでもかというほどに彼を締め付け、物欲しげにうねり、その最奥に熱いものを吐き出せと誘惑しているのだから。

「あ、や……怖、い……こんな……あああんっ！」

「大丈夫だ。ちゃんと、側にいる、から……な？」

どこもかしこも敏感になりすぎていて、肌同士が擦れるのさえ快感に変換される。わずかに体をかがめたライムートに耳元で甘く囁かれると、それだけでまた絵里はイった。

「ああ、ラ……イィッ！」

甘い声で啼く絵里の内部が、きつく締まる。

それに逆らうことなく、もう一度、一番奥にライムートが思うさま注ぎ込む。二人は思いの通じ合った行為に没頭していったのだった。

第六章　平穏な未来を手にするために……

三度目の正直で、翌朝、絵里が目を覚ましたときには、きちんとライムートが側にいた。

「お？　目が覚めたな——おはよう、リィ」

すっきりさわやかな表情のキラキラ王子が、やはりさわやかな声で朝の挨拶をしてくれるが、たった今目が覚めた絵里は咄嗟に反応できなかった。

昨夜のあれこれで喉は嗄れているし、前回、前々回のときのような痛みはないにしろ全身に気だるさが残っている。

できればこのまま二度寝に突入したいが、とっくの昔に目を覚まして、辛抱強く絵里の覚醒を待っていてくれたであろうライムートに、失礼になる。

仕方なく彼女は二度寝をあきらめた。

「起きられるか？　水分を取ったほうがいい」

ライムートが甲斐甲斐しく背中に手を添えて絵里を起こし、グラスを口に当ててくれる。反射的に口を開けると、それはただの水ではなくかすかに酸味と甘みのある液体だった。少しこぼしはしたが、なんとかその中身を飲み干し、渇ききっていた喉のみならず全身を潤す。

「あり、がとう……これ、何？」

「疲労回復にいい薬が入ってる。もう少し飲むか？」

「うん、欲しい」

見れば寝台の横に置かれた小さなテーブルに、まだかなりの液体が入った水差しが置かれていた。寝る前には存在しなかったそれは、おそらくディリアーナかエルムニアが持ってきてくれたものだろう。

その際に、ライムートと同衾している現場を見られたことになるが——それはもうあきらめるしかない。

その後、二杯ほどお代わりをすると、ようやく頭も体も目覚めてくれた。ついでに、枯渇していた体力がやや戻ってきた気がする。

「朝食も直ぐに用意ができる。それを食ったら、少し付き合ってほしいところがあるんだ」

「構わないけど、どこに行くの？」

「王都にある神殿だ。昨日の話でも少し触れただろう？　リィのことを話したら、一度、連れてきてほしいと頼まれていてな」

そういえばそんな話をしていた。

確か、フォスの名前を使い、絵里が『奇跡の乙女』であるという旨のうわさを流す際に、その許可と協力を求めたという話だったはずだ。

「ライの手助けをしてくれてるんだったよね。私からもお礼が言いたいし、喜んで行くよ」

「そう言ってもらえるとありがたい――まぁ、まずは飯を食ってからだ」

その言葉を受けるようにして、ライムートの腹が奇妙な音を立てる。気が付けば、絵里もおなかがペコペコだ。思わず顔を見合わせ、同時に笑み崩れる。

それは、三度目にして初めて迎える、正真正銘の甘い新婚の朝だった。

神殿に出かける前に、絵里はライムートから一人の男性を引き合わされた。

「こいつはラーレ夫人の息子で、俺の乳兄弟(ちきょうだい)であり幼馴染(おさななじみ)でもある男だ。俺が動くときは大体一緒にいるから、リィも慣れてくれると助かる」

「初めてお目にかかります。王太子殿下にお仕(つか)えするジークリンド・フォウ・イエンシュと申します」

ジークリンドもライムートとはまた違った味わいのある、超がつくイケメン様であった。

――王族とか貴族って、美形しかいないの？

思わずそんなことを考える絵里だが、それは当たらずとも遠からずである。

政略結婚がまかり通るこの世界では、身分に加えて美貌が武器になる。そのため、歴史ある家の美形率は高い。ただ、その美貌は、絵里にとってあまり意味のないことではあった。

「こちらこそ初めまして。加賀野絵里です」

イケメンだとは思うものの特に感激することはなく、ジークリンドの顔を見ながら、絵里はぺこりと頭を下げかけ――寸前で、ラーレ夫人の注意を思い出し、ギリギリで軽い会釈に切り替えた。

威張っている気がしていい気持ちはしないのだが、これも慣れていくしかない。

「おい、リィ。その名は間違ってるぞ」

「え？」

「リィは正式な俺の妻だ。だから今後、名乗るときはリィ・クアーノ・エ・ル・シルヴァージュと言わないとダメだな」

「何その長い名前……」

ライムートが絵里の名前を正確に発音できないのは仕方ないとしても、その後の長ったらしいものが気になる。

「エは王族としての称号だ。ルは、俺の場合ラになるが、直系であるという意味合いだ。最後のシルヴァージュはこの国の名だからわかるだろう?」

「なるほど……でも長すぎて舌を噛みそう」

「まぁ、王族が直接名乗るのは、他国の同じ身分の連中くらいだから安心しろ。だが、きちんと覚えていなくてもいいってわけじゃないからな」

気安い口調でそんな会話を交わしていると、自己紹介を除いて口をつぐんでいたジークリンドが目を丸くしているのに気が付いた。

「あ。なんか、その……いきなり、目の前でごめんなさい」

「すまんな、ジーク。ついお前のことを忘れていた」

「いえ、お気になさらず。ですが、殿下。そのお言葉遣いは、いかがなものかと……」

「それについては、リィの希望だし、俺もこちらのほうが楽だ。ってことで、さすがに小うるさい年寄りのいるところでは改めるが、リィと一緒のときはこっちでいくからな」

ライムートからそう告げられ、ジークリンドが絵里に目顔で尋ねてくる。

「出会ったときのライ……ムート殿下はこんな話し方をしてて……私も、そのうち慣れないといけないとは思ってるんですけど……」

「慣れる必要がないとは言わんが、リィと二人きりのときはこれでいくと決めたんだ。俺のことも公式の場以外ではライでいいと言っただろ？　ってことで、お前もそのつもりでいてくれ、ジーク？」

「承知仕りました」

「えと……そんなわけで大目に見てくださるとありがたいです。ジークリンド、さん？」

「私のことはどうかジークとお呼びください、妃殿下。ところで、殿下？」

「なんだ？」

「……よい方を見つけられましたね」

どう考えても唐突なその発言に、理由がわからない絵里は頭の上に『?』マークを浮かべた。

彼との会話の直後にライムート経由で聞いた話では、ジークリンドはまったく自分の顔に興味を示さない絵里の様子が気に入った、とのことだ。「己惚れるようですが」と頭に付けてはいたそうだが、初対面でジークリンドの顔に見とれない相手というのはかなりレアな存在らしい。

それはともかく、そんな一幕の後、ディリアーナを伴い、絵里は、護衛の兵士に守られた馬車で王城から城下にある神殿へ移動したのであった。

絵里がこちらの宗教施設に足を踏み入れるのは、あの港町以来、二回目であった。

さすがに王都の神殿は、田舎町のそれとは比べものにならない壮麗な本殿に、いくつもの尖塔が付随して、荘厳な雰囲気を醸し出している。

ジークリンドが訪問を告げるや否や、一行は奥殿へ通された。

「よくぞおいでくださいました」

迎えてくれたのは、立派な衣に身を包んだ壮年の男性だ。

ハリウッドの某熟年俳優を彷彿とさせる渋さと優雅さを兼ね備えた素敵なオジサマで、聞けば、この神殿の副司祭を務めているという。

ジークリンドの顔にはまったくの無関心な絵里だが、思わず二度見をした後、こっそりとその姿を目で追った。別に今さら、ライムートから心変わりをするはずもないのだが、それはそれ、これはこれ、だ。

「しまった……もっと若い奴に対応させろと言っておくべきだった」

ライムートがぼそりとこぼす。

「殿下……その、妃殿下は、もしかして……？」

「あの姿の俺に惚れてくれた、と言えばわかるだろう？」

「それは、その……なんと申し上げればよいか……」

「……いい。何も言うな」

主従の間で小声の会話が交わされたが、絵里は気付かなかった。

「お待ちしておりました。王太子妃殿下にして真の聖女である方にお目にかかれ、光栄に存じます」

「え？　あの、それは……」

「いいんだ、リィ。副司祭殿にはすべてを話してある」

その言葉に、ある程度の説明はライムートが済ませていることを絵里は悟る。

「本来でしたら、次席である私ではなく、司祭本人がお出迎えするところでございます。ですが、今はまだ人目を忍んだほうがよいであろうということで、どうかお許しくださいませ」

「いえ、そんな……あ、えっと、名乗るのが遅れてすみません。私はリィ・クアーノ・エ……あれ、なんだっけ？」

これまでは日本名――加賀野絵里を名乗っていたが、初めて新しい本名を披露することになる。あいにくなことに、無駄に長ったらしいそれの途中で詰まってしまった。

「エ・ル・シルヴァージュだ」

すかさず、ライムートがフォローしてくれる。

「遅ればせながら、わたくしも名乗らせていただきます。当神殿において副司祭を務めております、レナートゥスと申します——僭越にもお尋ねいたしますが、妃殿下のお名は、真は『加賀野絵里』様と申されるのではございませんか?」

「え? な……なんで、その名前を?」

初対面の異世界人に、完璧な発音で本名を呼ばれて、絵里は驚いた。

「フォスの神託によりお教えいただきました——ですが、ここで私があれこれと申し上げるよりも、まずはこちらにて、神とお話になられるのが一番かと存じます」

「は? 話って……って、えぇっ?」

続いた無茶ぶりに絵里は思わず素で叫び声を上げてしまう。

神様との対話などと言われても、絵里にそんな宗教的な素養はない。というか、ああいうものは自分の内なるモノと対話するのが普通であり、実際に話を聞くとかそういうものではないはず——

混乱した状態のまま、どうぞこちらへ……と、別の場所へ誘われた。ライムートには話が通っているようで動かない。当然、ジークリンドもディリアーナも異論は唱えなかった。

イケおじさまの副司祭と二人きりの状態に胸をときめかせる暇もなく、あの港町で見たのと同じ、神様（フォス）を模（も）したと思われる像の前へ通される。

ここはシルヴァージュでも有数の大きな神殿なだけあり、この神像も巨大さは勿論（もちろん）、細緻（さいち）を極めた彫刻が施（ほどこ）された実に見事なものであった。

この世界の神様に対する信心などまったくない絵里であっても、その前では身が引き締まる思いがするほどだ。こちらの祈りの作法など知る由（よし）もないが、ついあちらにいたころのように両手を合わせる祈りの姿勢になってしまう。

そして、絵里が目を閉じて頭を垂れた、その瞬間だった。

『加賀野絵里――其方（そなた）を待っていた』

頭の中に声が直接響く現象は、絵里が二度目に経験するものであった。一度目は、あちらからこちらへと拉致（らち）されたときだ。

あのとき、不意に周りが真っ白な空間に変化したのを思い出した絵里は、慌てて目を開いて周囲を確認するが、幸いにもそこは普通の神殿の一室のままだった。ただなぜか、つい先ほどまで側にいたはずの副司祭の姿がない。

『其方（そなた）と直接言葉を交わすために、少々、細工をした――話が終われば直（す）ぐに元通りになるので安心するがいい』

ぎょっとしてあたりを見回す絵里に、そんな言葉がかけられる。

「あ、あの……もしかして、こっちの神様、ですか？」

『その通りだ。そして、まずは謝罪を——我らの予想を超えた成り行きにより、其方に苦難を味わわせたことを、其方の本来の世界の神共々、誠に申し訳なく思っている』

本当に直接対話での神様からの謝罪だ。

「神様なのに、あの事態を予想できなかったんですか？」

何が何やらわからないままだった一度目に比べはるかに早く、絵里は落ち着きを取り戻す。そして、つい苦情じみた言葉が口をついて出てしまう。

『神、といってもすべてのことを見通せるわけではない。特に人という生き物の心は複雑であり、その行動全部を見通すのは不可能だ——だが、それが言い訳にならぬのは重々承知している。重ねて詫びよう』

神と名乗った存在は、絵里の態度に腹を立てることなく、もう一度謝罪した。

「あ、いや……まぁ、そんな悪い結果になったわけじゃないんで、別にいいんですけど……」

元来がお人好しの絵里は誠心誠意、相手が謝ってくれているのを感じ、どうしてもそれ以上責める気にはなれなくなった。

「それよりも、なんか説明をしてくれるって言われたんですが……？」

『うむ。あの不慮の出来事により、あちらの神が伝えきれなかったことを今ここで伝えるために、其方を呼び寄せた』

「伝えきれなかったこと、って……私がこっちで聖女扱いされるはずだった、とかそういうことですか？　それなら今さら、教えてもらわなくても大丈夫ですが……」

神様相手の作法など、絵里は知らないし、そもそもそこまで熱烈な信仰心は持っていなかったため、普通の言葉遣いになってしまう。

もっとも、神様にそのあたりのこだわりはないようで、サクサクと話が進んでいく。

『そのこともあるが、それ以外に、其方に与えるはずであった加護や、その他のことについてだな……こうして地上に干渉できる時間は限られている故、少々省いた上で、伝えることにしよう。まずは、今申した、其方に与えた我が加護だが――』

「リィ……リィ、大丈夫か？　俺の声が聞こえるか？」

「絵里様、絵里様っ」

「妃殿下、お気を確かにっ」

ふと正気に戻ったとき――絵里はライムートの腕の中に抱きかかえられていた。

「あ、れ……私……？」

「気が付いたか……よかった。どこか体におかしなところはないか？」

「ちょっと待って……あれ？　私、どうしたんだっけ？」

「フォスとの対話のためにこの部屋に入った途端、妃殿下のお姿が消えうせたのです。そして、しばらくした後に、またしてもいきなり私の目の前に出現なさり、その直後に倒れられました。咄嗟にお支えいたしましたが、直ぐにはお目を覚まされることはなく……妃殿下が倒れる際に、わたくしが驚きの声を発してしまい、それを耳にされた王太子殿下が直ぐにこちらに駆け付けてこられた、という次第でございます」

ナイスミドルな顔に苦渋の表情を張り付けた副司祭が、申し訳なさそうに状況を説明してくれる。

「そう、だったんですね……すみません、ありがとうございました」

今、ライムートに抱きかかえられているのに不満はないが、彼に支えてもらっていたときの意識がなかったのはちょっともったいない気がする。いや、それはさておいて。

「絵里様……お気付きではないようですが、お体が光ってらっしゃいます。どこかご不調などありませんか？」

「へ？　……ええっ、何コレッ!?」

心配そうなディリアーナに言われて改めて自分の体を見回すと、確かに淡く光っていた。

「俺が、最初に見たのと同じ色だな。あのときは、もっと強く激しく光っていたと思ったが……ん？　少し弱まってきたか？」

「フォスのお力の残滓でございましょう。もうしばらくすれば、普通の者には見えないほどに落ち着くと思います。もっとも、私のような神に仕える者が見れば、一目瞭然……やはり、あなた様は正真正銘の聖女でいらっしゃるのですね」

いえ、フォスのお言葉を疑っていたわけではないのですが、と慌てたように副司祭が付け加えるが、それも無理のないことだ。その場にいた者たちが問題視することはなかった。

それよりも重要なのは、絵里の頭の中に収まっている情報である。とりあえず、落ち着いて話ができる場所へ移動しよう、ということで、一同は最初に通された部屋へ舞い戻った。

気付けに熱いお茶をふるまってもらい、それを飲んで一息ついている。

そして、絵里は話を始めた。

「えっと……何から説明したらいいのかよくわからないんだけど、とりあえず神様と話をして加護っていうのをもらいました。というか、元々あったのに私が気が付いてなかっただけみたい」

「おお、フォスのご加護を……」

神の奇跡を前にして、副司祭が感無量といった声を上げる。

「よかったな、リィ。しかし、加護をいただいたのに気が付かなかったとは、どういうことだ？」

「私がこっちに飛ばされたときにくっつけられて、本当はそのときに説明もしてもらえるはずだったんだけど、イレギュラーな出来事があったもんだから、その時間が取れなかったの。だから、こっちに来た後で、私がさっきみたいに神殿でお祈りして神様とコンタクトが取れたら、改めて説明するつもりだったんだって。だけど、ほら、神殿に行ったのって、あの港町の一回だけだったでしょ。あの日はお祈りする暇もなかったし……」

さらに言えば、時間があったとしても、素直に祈る気持ちになれていたかどうかは不明だ。言外にそのことをにおわせると、ライムートが苦笑しながら同意してくれる。

「確かにそうだろうな」

「それで私が力をもらっていたことに気が付かなかった理由なんだけど、なんていうのかな、加護って直接的なものじゃなくて、ふわっとしてるというか、フレキシブルというか……」

「いいから焦らさず言ってくれ」

「あ、うん。『愛する者と共に幸せになれる』っていう加護、です。ほら、ライには話したけど、元の世界の私ってあんまり家族に恵まれてなかったでしょ？　だから、その分もこっちで幸せになれるようにってことみたい」

口に出して言うと何やら照れ臭く、神様って意外とロマンチストだよね、と冗談で紛らわそうとしたのだが、なぜかライムート以下の全員が真剣な顔になる。

「……それは本当か？」

「うん、絶対、確実に幸せになれるから、って。……でも、幸せって人の数だけあるんだから、そこのところはどうなのかなとか思ったりもするんだけどね」

「……殿下、これは……」

「ああ、とんでもないことだな。まったく……リィが俺の前に落ちてきてくれたことを、改めてフォスに感謝するぞ」

ライムートとジークリンドが興奮気味に話しているが、絵里はなぜそんな様子なのか理解できない。

「えっと……よくわからないんだけど、これってそんなにすごいこと？」

「ああ。少なくとも俺と、この国にとっては願ってもない幸運であり――同時に大変な責任を背負わされたことになるな」

「は？　え？　それって、どういう意味、なの……？」

「リィは俺のことを愛してくれてるだろう？　つまり、リィのもらった加護は、俺をも幸福にしてくれるってことだ――行く行くはこの国の王になる俺を、な。それがどういうことか、賢いリィならわかるよな？」

「え？　……で、でもそれって……」

一国の王となる者を幸福にする――もらった加護が、施政者としての彼の望みを叶える力であるなら、下手をするとおそろしい暴君が出来上がりかねない。

そう考えて青くなりかけたところで、絵里は思い直した。

ライムートがそんなふうになるはずがない。そんなことを考えるような相手ならば、自分は彼を好きになったりしていないはずだ。

「もし、俺が加護に甘んじて非道を働くような男になったら、リィは俺を見限る――そうすれば、俺はその加護の対象から外れる。そうなりたくない、リィの気持ちを失いたくないのなら、リィが俺を愛し続けてくれるように、努力をし続けなければならん。そうすれば加護は国民まで守ってくれるだろう」

「殿下がよき王になられ、妃殿下と幸福に過ごすために……フォスはそこまで見越して、妃殿下に加護をお与えになられたのでしょう」

「最初からフォスが、俺を……と思っていたのではないだろうがな」

それは確かにライムートの言う通りだった。本当ならば、絵里はディアハラの王宮に降り立っていたはずなのだ。そこで出会っただれかと愛し合うようになれば――非常に不愉快なその想像を、ライムートは小さくかぶりを振って頭から追い出したようだ。

「だが、仮定の話はいらん。俺はリィを手放すつもりはない――無論、加護があろうとなかろうと、だぞ」

ライムートの言葉の前半は自分自身に、後半は絵里に言い聞かせるためのものらしい。

「それだけは疑ってくれるなよ？」

「大丈夫。ちゃんと、わかってるよ」

瓢箪（ひょうたん）から駒（こま）のこんな加護がもしなかったとしても、彼がこの先ずっと自分を愛してくれるのは変わらない――それを信じられるくらいには、絵里はライムートという人間を理解しているつもりである。

「それでも、もしライが変わっちゃうようなら、私が全力で止めるし、ね」

「ああ。そんなことにならないようにしたいものだが、万が一にも俺が道を踏み外しそうになったら、そのときはよろしく頼む」

「及ばずながら、私もお止めいたします」

「ああ、ジークも頼む――と、さて、それでリィの加護についてはわかったとして、だ」

他にも何かなかったのか、と問われて、絵里はしばし考え込む。

「……私ってほら、あっちの世界からこっちへのマナの運搬役だったわけなの。で、こっちに来たときに持ち込んだマナの大部分は放出されたんだけど、少しだけ、私や私の持ち物にも残ってる分があるんだって」

『少しだけ』という表現は会話の中で神が使ったものだが、絵里の体に宿るマナは、それこそこのシルヴァージュという国全体がこの先使いまくったとしても、百年は枯渇しないほどの量である。

「一応ね、意識しなくても、ちょっとずつ発散されてるんだけど、それじゃ不便だろうからって、意識的に使えるようにしてくれたみたい。だから、もしマナが少なくて困ってる場所があったら、私がそこに行くことで状況をよくすることができるんじゃないかと思う」

「ありがたいどころの話じゃないな」

シルヴァージュに、マナの枯渇により荒れた地は複数存在する。時間が経つにつれ回復していくだろうが、一気に改善できるとなれば、どれほど助かることか。

「それについては父にも相談するとして――他には？　それだけか、リィ？」

「後は、あっちから私が持ってきたものについてかな。海に沈んじゃった分はあきらめるとしても、私のレポート……ディアハラに置いておいても支障はないらしいんだけど、やっぱり盗られたままって嫌で、できれば取り戻したいってこぼしたら、『望むようにすればいい』って」

「ディアハラの『聖なる書』か。なるほど、それは確かに取り戻すべきだろうな」

あのレポートが春歌の手にあるからこそ、彼女はディアハラで『聖女』として大きな顔をしていられるのだ。ディアハラの横暴なふるまいも、それらを手中にしているというのが原因にある。

さらに言えば、あのレポートには絵里の思い入れがたくさんつまっていた。

たった一人で自分を育ててくれた母のように、一人親家庭で苦労している人の助けになればいい。そう考えて作成した物だったので、春歌の欲望の道具にされているのかと思うと、なんとしても取り返さねば気が済まなくなってくる。

「しかし、実際にどうするか、が問題だな。それを考えるのは後回しにするとして――

こんなことなら、戻ってきた当日にでもリィをここに連れてくればよかったとつくづく思うぞ」

懸命に走り回り、策を練り、やっとのことで絵里を守る目途が付いた後のことに、ライムートがどこか気の抜けたような顔になる。

「でも、それだと、きっと私……今みたいにライの気持ちを信じられていなかったと思うよ？」

シルヴァージュに来たばかりのときにこれを告げられたとしたら、絵里が心から『新しいライムート』を受け入れるのは難しかっただろう。絶対に無理とは言わないが、少なくとも今以上の時間がかかっていたと推測できる。

「……今だからこそ、そう言えるってことか？」

「そんな感じ。すごく頑張ってくれてたライには申し訳ないけど、私たちには必要な遠回りだったんじゃないかな」

加えて、ライムートの不在の間に絵里を慰めてくれたラーレ夫人や二人の侍女、息子夫婦の仲を取り持とうとしてくれた国王夫妻の存在の大きさにも気が付けた。

「いや……確かにリィの言う通りだ。なんだかんだあったからこそ、だな」

そう言って見つめ合った後、期せずして二人は同時に笑み崩れる。

その様子を静かに見守っていたディリアーナやジークリンド、それに副司祭の顔にも同じような笑みが浮かんでいた。


　さて、色々な意味でいい訪問ではあったが、それに付随して表面化した難問がある。絵里のレポートについてだ。

　さすがに、いきなりディアハラに乗り込んで「それは私のものだから、返してくれ」というわけにはいかない。

　何しろ、今のディアハラとシルヴァージュはよくて緊張状態、悪い見方をすれば一触即発の関係となっている。そんなところにのこのこと乗り込んでいけるはずがない。

　だがしかし、それを解決する絶好の機会が、あちらのほうから飛び込んできた。

「ディアハラから三度目の使者が来た」

「……よく飽きもせず送ってくるね」

　件の神殿訪問から数日が過ぎた日のことである。

「というか、ディアハラとここってすごく離れてるのに、どうやったらこんなに短期間で往復できるわけ？」

「飛竜を使ってるんだろう。ウルカトから戻ってくるときに、リィも乗ったあれだ」

「あれって、シルヴァージュだけじゃなかったんだ」

「うちくらいに大量に保有してる国は少ないが、数頭くらいならどこの国にもいるはずだ」

絵里の質問にちょっぴり自国の自慢を混ぜ込みながら、ライムートが答えてくれる。

「そうなんだ。それで、今度はなんだっていうの？」

「……最終通告、ってところだな。前回の返事で、こちらとしてはきっぱりと断ったつもりだったんだが、『慈悲深い聖女様は、度重なる無礼をも寛大にお許しになられた』んだそうだ。だが、今度の招聘を無下にするようなら、尊い聖女様の身を預かるディアハラとしても看過できない。それ相応の対応を取ることになる——だと」

飛竜に対する絵里の薄い反応に少々がっかりした様子のライムートだが、直ぐに気を取り直して説明を続ける。

「それって、戦争ってこと？」

「距離が距離だから、いきなり軍を送り込むのは無理だろう。だが、聖女の威光を笠にディアハラが力をつけ続ければ、いずれそういった事態になる可能性は大だな」

「大変じゃない！」

「ああ、大変なことだ」

とはいえ、その口調は少しも大変そうではない。

この話を始めてからこちら、内容は深刻なもののはずなのに、それを語る彼の表情がそれとはまったくシンクロしていないことに、遅まきながら絵里は気が付く。

「……なんでそんなに落ち着いてるの？」

「いい口実をわざわざあちらが作ってくれたからに決まっているだろう」

「口実？」

何それ、と怪訝(けげん)な顔をする絵里を見て、ライムートが破顔する。

「わからないか？　つまり、俺たちがディアハラへ乗り込む理由ができたってことだ」

「はい？」

――わけがわからない。

けれどライムートは、どうやら本気のようだ。

「偽者とはいえ、その『聖女』のおかげで他の国より早く国土が回復できたんだ。それで満足していればいいものの、余計な欲を出すのは愚(おろ)かとしか言いようがない。こちらがこれだけ言っても理解できないのなら、もう直接わからせてやるしかないだろう？」

「いや、でも……ディアハラに行かずに済むようにって、あれこれやってたんじゃなかったの？」

「それは、リィのことがはっきりする前の話だ。神殿でフォスからお言葉をいただいて、加護まで賜ったとなれば、こそこそする必要はない。わざわざこちらから仕掛ける気はなかったが、喧嘩を売られているんだ。正面から乗り込んで、あちらの目論見をたたきつぶす。無論、偽聖女に奪われたリィの持ち物も回収する」

「ええっ!?」

そんなことができるのだろうかと訝しむが、ライムートは自信満々である。

「なんの準備もせずにのこのこと出向くわけじゃない。根回しもしてあるし、十分に勝算があってのことだ。だが、どうしてもある程度の危険はある。それを承知した上で、頼みたい。リィ、俺と一緒にディアハラに行ってくれないか?」

「……そうやって、ちゃんと、私の気持ちを確認してくれてうれしい。勿論、行くよ――ライと一緒に、ディアハラに行きます」

「感謝する。リィのことは、俺が全力で守るからな」

「うん、それは信じてる。それと……ありがとう。大好きだよ、ライ」

こうして絵里のディアハラ行きが決まった。

「長居するつもりはない。荷は最低限でいい。手土産もいらん。あちらがしつこく呼びつけたのだ、こちらが応じたのを感謝してほしいくらいだ」

第七章　聖女VS奇跡の乙女

ディアハラへ向かう人数は、最低限に絞った。ライムートと絵里の他は護衛の騎士たちのみだ。

それを聞いた絵里はさすがに心配になり、つい確認してしまう。

「こんな少人数で、本当に大丈夫なの？」

「別に俺たちだけで行くわけじゃない――シルヴァージュ以外にもディアハラの専横に腹を立てている国はいくつもある。それらに連絡をつけて、一斉に乗り込むというのが今回の趣向だ」

「それって、ものすごく大変なことになってない？」

「喧嘩を売ってきたのはあちらだ。こちらは穏便に済ませてやろうとしたのに、それに納得しないとなれば、相応の報いを受けてもらわんとな」

獰猛（どうもう）に笑う顔は、イケメンである分、余計に迫力がある。

「そして、俺たちの切り札がリィというわけだ」

「え？　私っ⁉」

ライムートのお供として行くつもりだった絵里は、自分が中心だと聞いて目を丸くする。

「ディアハラが強気に出られるのは、つまるところ『聖女様のご威光』があってのことだ。現時点でディアハラに追従している国も、聖女が偽者となれば態度を変える。その化けの皮をはがすのが、リィというわけだな」

「そんな大役……私にできるのかな？」

「リィはフォスから直々に加護を賜（たまわ）った『奇跡の乙女』だ、自信を持て」

そうは言われても、ほとんど自覚のない絵里には難しいことである。

そんな彼女の心境とは裏腹に、ディアハラへの旅の準備はあっという間に整ってしまった。

旅への出発点は王城の正門ではなく、城壁の内部にある広く開けた一角だ。そこに、前にも見たプテラノドン（飛竜）が十数頭並んでいる。実に壮観な眺めだった。

「……そんな気はしていたけど、やっぱりこれで行くのね」

「リイ。こいつは前に俺たちを運んでくれた奴だ。お前のにおいを覚えているらしいから、挨拶をしてやってくれ」

「あ、挨拶って……」

こわごわと近づくと、驚いたことにあちらからすり寄ってくるような仕草を見せる。それに勇気付けられてそっと伸ばした手に、飛竜は自分から頭を擦りつけてきた。

「え、と……ちょっと長い旅になるみたいだけど、よろしくお願いします……？」

その途端に、クエェッと腹の底に響くような声で鳴かれる。絵里はびくりと大きく体を震わせるが、どうやらそれは喜びの声であったようだ。

「あれほどに飛竜がなつくとは……」

「さすがは王太子妃殿下――『奇跡の乙女』でいらっしゃる」

護衛の騎士の間からそんな声が聞こえてくるが、はっきり言ってそれどころではない。

絵里はおっかなびっくり、ライムートの手を借りてその背中に這い上がった。

ライムートとの二人乗りは既定のことであるらしい。一人で乗れと言われても無理だし、ライムート以外の男性と同乗するわけにはいかないので、当然の成り行きだ。

「殿下、絵里様……ご無事でのお帰りをお待ちしております」

最後まで同行を望んでいたが、結局、留守番になったディリアーナとエルムニアが、潤んだ瞳で見上げてくる。国王夫妻も見送りに来ていた。

「吉報を待っているぞ」

「くれぐれも油断するのではありませんよ。必ず無事で戻っておいでなさい」

心からの餞の言葉を受け取り、飛竜たちは一斉にシルヴァージュの大地から飛び立つ。

こちらの世界で最速の飛竜ならば、ディアハラには二日ほどで到着する。だが、今回の計画のため、途中にあるシルヴァージュの友好国で宿泊を含めた休憩をとり、その国の使者を一行に加えていく。

それらを繰り返し、普段の倍ほどの時間をかけてディアハラに到着したときには、絵里たち一行の人数は出発した当初の数倍にもふくれ上がっていた。

「我が名はライムート・エ・ラ・シルヴァージュ！　ディアハラ王の招待に応じて参った！」

昼日中のこととはいえ、一国の王城へ上空からの突然の訪問に、ディアハラ側はさぞや肝をつぶしただろう。有無を言わさず、絵里たちが空いた場所へ降り立つと、おっとり刀で警備の騎士が駆け付けてきた。

「先触れもなくの突然のご訪問とは、礼を失しているのではありませんか？」

「ディアハラ王よりの、数度にわたる招きに応じたまでのこと。それを責められるいわれはないと考えるが？」

一行を代表するライムートの舌鋒は鋭い。

これがシルヴァージュのみで構成されていたのであれば、最悪の場合、人質に取られるという可能性もあるが、数か国にも及ぶとなればいくら強気のディアハラでも無茶はできない。

慌てふためきながらも、大急ぎで王への謁見の場が設けられることになった。

「――いや、はや。確かに、お招きはいたしましたが、まさか空からのご来訪とは思いもよりませんでしたな。驚きましたぞ」

ディアハラの謁見の間である、豪華に飾り付けられたばかばかしいほど広い一室に通された一行は、今、奥にある玉座に座した中年――ディアハラ王と相対していた。

「間を置かず、三度もお使者をいただき、ディアハラの並々ならぬ熱意のほどが伝わってまいりました。これはやはり一度はご訪問せねばなるまいと、馳せ参じた次第です」

複数の国からなる一行であるが、中には都市国家規模の小さな国も含まれている。最も領土が広く、隆盛を誇っているのがシルヴァージュであるため、ライムートが代表でディアハラ王と言葉を交わす役割を引き受けていた。

王族以外の者——護衛は、飛竜（ワイバーン）が下りた場所で待機しているが、絵里は当然のような顔をしてライムートの側にいる。

『今回の訪問には絶対に必要な人物であり、同席が認められないのならば自分たちは直（す）ぐにこの場を辞する』とライムートが宣言してくれたおかげであった。

「その割には、一度目、二度目のお返事はつれないものでありましたな」

「長らくの療養より私が戻ったばかりのことでありまして、まぁ、色々と……そのあたりについての事情はご理解いただけるであろうと存じます」

タヌキとキツネの化かし合い、というのはこういう会話を指すのではないだろうか。

傍（かたわ）らでそれを聞いている絵里には冷や汗もののやり取りが続く。

けれど、さすがに一国の跡継ぎとして育てられたライムートは、チクリチクリと嫌味を混ぜてくるディアハラ王に一歩も引かぬ対応を見せていた。

尚、ディアハラ王は年齢的には絵里の好みに入るが、あいにくとそれ以外の要素があまりにもダメすぎた。目鼻立ちなど外見はさておき、ごてごてと装飾過剰な衣装はまったく似合っていないし、むやみやたらと偉そうな態度もいただけない。

憎々しげにライムートを睨（にら）んではいるが、まったく効果が上がっていないのが笑いを誘う。精々嫌みを言って憂（う）さを晴らしているのが、なんというか小物臭がプンプンする。

同じ王様、ライムートの父親であるシルヴァージュ国王とは……いや、これは比べることすら失礼に当たりそうだ。

――まぁ、こんなこと考えてる場合じゃないんだけどね。

絵里が内心でつぶやいた通り、一通りの挨拶という名の嫌味の応酬が終わると話は徐々に本題へ突入する。

「ところで、ディアハラよりの使者から伺った話では、貴国にて保護された女性が『フォスの遣わされた尊い聖女』であるとのことでしたが、それを鵜呑みにせよとは無茶ではございませんか？」

「フォスよりのご神託があったのだぞ。それを疑うは、フォスを疑うも同じであろう」

「私共もフォーセラに住まう者。フォスのお言葉を疑うような不敬はいたしません。ですが、その者がフォスのおっしゃられた聖女本人であるのかは、いささか疑問が残るところです」

ライムートの言葉は要するに、神託は真実であったとしても、偽者がそれにすり替わっているのではないか、ということだ。

「聖女はフォスのお言葉通りに、このディアハラに降臨なさったのだ。しかも、その折に神の御業としか思えぬ奇跡が起こったのを多くの者が目の当たりにした。聖女が本物であるという証(あかし)であろう」

「その話は確かに我が国にも伝わっています。ですが、話によれば、奇跡はその聖女殿本人ではなく持ち物に宿っていたとか……なぜ、ご本人ではなかったのでしょうね？」

「『聖なる書』のことを言っているのであれば、聖なる光を宿し、マナを発したのは確かにあの書である。そしてあれは、聖女が神の世界からお持ちくださったもの。この世を救うために神の世界よりそれを齎(もたら)してくださった方を聖女とお呼びする──それの何が問題だというのだ？」

確かに、そういう経緯があるのならば、春歌を『神が遣わされた聖女』だと思って当然だろう。

聖なる書──絵里のレポートに宿っていたマナで、他の地域よりも早めにディアハラの状況が改善されたのだし、本来であれば、ディアハラに降り立つのは絵里だったことは知らないのだから、本物だと思い込むのも仕方がない。

それらは、決してディアハラの落ち度ではなかった。

「そうですね。それがディアハラのみでのことであれば問題ないでしょう」

だが、その『聖女』の威光を笠に着て、他国への野心を起こしたのであれば話は別だ。

「各国に送った使者のことか？　あれは、尊(とうと)い聖女を我が国が独占するような真似は、フォスの御心に適わぬであろうと考えた末のことだ」

「その割には、ずいぶんと強い文言が含まれていたようですが？」

「フォスを信仰する者であるなら、その御使いである聖女にお会いし祝福を受けるのは光栄なことではないか。その機会を与えて文句を言われる筋合いはないぞ」

「確かにおっしゃる通りです」

ライムートが、一旦はその言葉に賛同してみせると、ディアハラ王は「ならば……」と勢いづいてくる。しかし、それにかぶせるようにしてライムートは次の言葉を言い放った。

「ですが、そのためには、まずは私たちがこの目で、その聖女が本物かどうかを確かめさせていただくという手順が必要です」

「……まぁ、それは……」

「先ほども申した通り、ディアハラより遠く離れた我々には伝聞でしか、その『聖女』殿のことが伝わってきておりません。人伝の話だけで国としての決断を下せというのは、いささか乱暴です」

ちなみに、ライムートは一言も、聖女が偽物だ、と断定していない。あくまでも、疑問を呈するだけに留まっている。

「ディアハラ王の使者が持ってこられた書簡にも、件の聖女が真実『フォスの遣わされた尊い存在』であるとの確証を得たくば、ディアハラに来るように――その際に、聖女への礼儀として、その使者は国を担う者でなくてはならぬ、とありましたね。それに従ってシルヴァージュの王太子である私以下、各国々の王族がこうして出向いてきたのです」

そう、ここ、ディアハラに来たのは、ディアハラ王による『真偽のほどを確かめる場を設ける』という文言があってのことだ。

「聖女に会わせていただけますね？　ああ、それとその『聖なる書』とやらも、ぜひとも拝見したいものです。はるかシルヴァージュから出向いたのですから、そのくらいはよろしいでしょう？」

にっこりと笑いながらライムートが問いかけると、忌々しげながらも、ディアハラ王は近くにいた者を呼び寄せ何事かを申し付ける。

そして――しばらく待たされた後、謁見の間にうわさの『聖女』が姿を現した。

「聖なるフォスがお遣わしになられた尊い聖女様であります。心して、お出迎えくださいませ」

ディアハラ王が登場したときよりも、さらに丁重な、或いは大げさな先触れと共に、ドレス姿で登場したのがディアハラの『聖女』――片野春歌だ。

白い神官服を着たものが数名と、ディアハラ王に似た面持ちの若い男性が同行している。

「あれがディアハラの王太子だ」

だれだろうと思うのとほぼ同時に、こっそりと小声でライムートが教えてくれる。

「……例の、片野さんに骨抜きにされたっていう人？」

くるくるとカールした金髪と青い目で、ライムートよりもやや年下のようだ。顔もそれなりに整っているといっていいだろう。見るからに育ちのよさそうな、絵にかいたような王子様であるが、絵里は『ふーん、あれが……』としか思わない。

もっとも、もし王子が絵里の好みのタイプであったとしても、春歌を崇拝しているかのような熱っぽい視線に気が付けば、その段階でドン引きしていただろう。

それよりも絵里が気になるのは、その団体の中にいる一人が恭しく掲げている箱のほうだ。

宝石と彫刻で仰々しく飾られた箱の中身は、おそらく――いや、確実に絵里のレポートだろう。

自分の持ち物を取り戻したいという絵里の個人的な希望以外にも、それを取り返すことがディアハラの野望をくじく手段となった今、失敗することは許されない。

改めて気を引き締め、正面に向き直ると、ディアハラ王が春歌に向かい話しかけているのが目に入った。

「おお、聖女殿。わざわざ出向いていただき、申し訳ない。どうしても、其方(そなた)に会わせろと押しかけてきた連中がいたのでな」

「いえ、気にしないでください。それが『聖女』のお役目ですから」

にこやかに笑いながら、春歌は一国の王と親しく言葉を交わす。

その様子は、確かに『聖女』と呼ぶにふさわしい。空の旅であったために簡素な絵里の服装とは異なり、美しい白いドレスは最上級と思(おぼ)しい布をふんだんに使った非常に値が張るだろうと思われるものだ。

耳や首元を飾るアクセサリーも、大きな宝石がいくつも使われていて、総額でいくらになるのか、根が庶民の絵里には想像するのも怖くなるほどである。それで、ドレスに着られているのならば、まだかわいげがあるのだが、あいにくとよく似合ってしまっている。

そこでふと、ライムートはそんな春歌をどう見ているのだろうかと気になって、そっ

と その顔を仰ぎ見ると――険しい表情で春歌を睨んでいるのが目に入った。

しかし、絵里の視線に気が付いてこちらを振り向いた顔は、いつも通りの穏やかなものである。絵里はそのことにほっとした。

そして、再度正面に向き直ったとき、春歌が初めてこちらへ声をかけてくる。

「初めまして、皆さん。ようこそ、ディアハラへおいでくださいました。私が、この世界の神様から『聖女』のお役目をいただいたハルカ・カタノです」

臆面もなく堂々と言い切るその面の皮の厚さは、見上げたものである。しかも、その後に続いたセリフがまた驚きだった。

「私が本物の聖女かどうか、皆さんは確かめにいらしたんですよね。でしたら、どうぞ、こちらをご覧になってください。私が神様よりいただいた、聖女である証の『聖なる書』です」

既にいくつかの国が、絵里たちと同じように『聖女』を確かめに来ているという話であるので、こういったやり取りを何度か経験しているのだろう。こちらが何も言わないうちから、自らその箱を開けて、『聖なる書』を差し出してくる。

あまりにも簡単に目当てのものにたどり着くことができて拍子抜けした絵里だが、だからといって直ぐにそれを取り戻せるわけではない。力ずくで奪い取るという手段が取れない以上、まずはディアハラ側の主張をつぶす必要がある。

「――聖女殿。ハルカ殿といわれたか？　確かに我々がここに来たのは、その真偽を見定めるためだ。その上で尋ねたいのだが、そこにあるソレが本当にフォスが遣わされたものであると、貴女はどうやって証明するつもりなのだろうか？」

「それについては、こちらを見ていただければわかると思います」

当然すぎるライムートの問いかけにも、春歌は焦る様子なく言葉を返してくる。

「この書を包んでいるものを見てください。この世界にこんなに透明で、こんなにも柔らかな物質が存在しているでしょうか？　そして、こちらの中身ですが、こんなに真っ白で滑らかな手触りの紙はこちらにはないはずです。このことだけでも、これがこの世界のものではなく、神様からいただいたものであるという証拠になるとは思われませんか？」

あちらの世界では珍しくもない百均で買える透明クリアファイルとレポート用紙だが、確かにこちらの世界にはない代物だ。初めて見る者ならば、そのまま信じてしまうだろう。

「確かに、初めて見るものだな」

「でしょう？」

ライムートの返答に、春歌が媚を売るようににっこりと微笑む。

「納得していただけたようでよかったです。ところで、まだお名前を伺っていなかったと思いますが、どちらのお国の方でしょうか？」

そのまま春歌のペースで会話が進む——いつもならば。しかし、今回ばかりは違った。

「これは失礼をした。ライムート・エ・ラ・シルヴァージュ。シルヴァージュ国の王太子だ——ところで、俺はそれを『聖なる書』と認めたとは一言も言っていないのだが？」

「え？　……だけど、今、初めて見るものだって言いましたよね？」

ライムートの言葉が思いがけないものだったようで、初めて春歌の顔に困惑の色が浮かぶ。

「ああ、見るのは確かに初めてだ。だが、それの名前は知っている。正確にはその『れぽーと』の題名だな。『ひとり親家庭が子どもを育てやすい社会づくりに向けて』。それの一番上に書かれている文字は、そう読むのではないのか？」

「えっ？　ど、どうして、それを……っ？　もしかして、貴方、この字が読めるのっ⁉」

レポートのタイトルが、ライムートの口から出るとは思ってもいなかったのだろう。

完全に顔色を変えた春歌に畳みかけるように、彼が言葉を続ける。

「いや、読めはしない。だが、知っている。なぜ、知っているかといえば——」

ここで真打ちの登場だ。

「それが私が書いたものだからに決まってるでしょ」

「え？　加賀野絵里っ？　……な、なんで、あんたがここにいるのよっ!?」

ライムートの体の陰から絵里が姿を現した、その瞬間の春歌の顔は、それこそ見ものだった。

ぎょっとして目を見開き、大きく開けた口が歪んでいる。そんな表情をしたのでは、いくら美人でも台なしだ。その表情に、少しだけ留飲を下げた絵里だったが、勿論、このくらいで済ませるつもりはない。

「久しぶりだね、片野さん。ところで、そのレポート、貸してくれって頼まれはしたけど、あげるなんて一言も言ってないよ。ついでにいえば、貸すのも断ったよね。なのに、なんでそんなところにあるのか、説明してくれるとうれしいんだけど？」

自分でも嫌味な口調だとは思うが、あちらにいたころも含めて春歌にやられたあれこれを考えれば、このくらいはかわいらしいものだ。

「それと、あそこで突き飛ばしたことも謝ってほしいかな。貴女はここで私の代わりに『聖女様』とか言われて大切にされてたみたいだけど、こっちは危うく死ぬところだったんだよ」

改めて口に出すことで、海のど真ん中に落とされて真剣に死を覚悟したときの記憶がよみがえる。

「それとも、本気で私が死ねばいいと思ってたとか？　聖女様が殺人未遂をしでかしてたとか、この国の人は知ってるのかな？」

「な……元はといえば、あんたが悪いんじゃないのっ！　あんたのせいで、私までこんなところに連れてこられたのよ！　被害者面(ひがいしゃづら)してるけど、ホントの被害者は私よ！　その私が、ちょっとくらいいい思いしてどこが悪いっていうの」

「……あんまり頭がよくないとは思ってたけど、ここまでだとは思わなかった」

語るに落ちるとはこのことだ。粗製乱造された二時間ドラマの悪役よろしく、こちらが誘導するまでもなく、春歌は盛大に自爆した。

その姿に、頭が痛くなる思いがする絵里である。

「せ、聖女殿っ。これは一体どういうことですかなっ？」

春歌が登場してからこちら、すっかり主導権を彼女に明け渡していたディアハラ王が、焦(あせ)ったような声を上げる。

「そこにいる娘を、聖女殿は知っておられるのか？」

「え？　い、いえ。こんな女、私はまったく……」

「いや、今さら知らないっていうのは、いくらなんでも無理があるでしょ」

思わずそう突っ込むと、突然の絵里の登場に混乱していた春歌の頭もようやく働き始めたらしい。

「こ、この女は『聖なる書』を盗みに来たんです！　これがあれば、自分が聖女だって言えると思って——そうよ、こいつは泥棒なんです！　直ぐに捕まえて、罰を与えてやってください！」

「ちょっ、どっちが泥棒よ。無理やりレポート取り上げた貴女のほうが泥棒じゃない！」

春歌の発言に異議を唱えた絵里であるが、ディアハラ王やその王太子は当然のようにそれを無視する。

「なんだとっ？　シルヴァージュは、ディアハラの至宝を奪うのが目的だというのかっ？」

「そうです、だから早く捕まえてくださいっ」

「ハルカ、貴女はこちらへ——衛兵っ、直ぐにこ奴らを捕らえろっ！」

春歌の金切り声に、王族二人の怒声が入り混じり、たちまち、謁見の間は大混乱へ陥った。

壁際に並んでいたディアハラの騎士達が一斉に剣を抜き、一行へ迫ってくる。護衛の騎士たちと切り離された状況の上、他国の王宮内ということでライムート以下、全員が帯剣をしていない。このままでは取り押さえられてしまう――だれもがそう思ったことだろう。だが、その前にライムートが声を張り上げる。

「控えろっ！　真実、フォスの加護を受けた者がこの場にいる！　その証(あかし)を今、見せよっ」

その合図に、絵里は胸の前で両手を組み、目を閉じた。その瞬間、絵里の体からまばゆい光がほとばしり、謁見の間を包み込む。

「な、なんだ、この光はっ⁉」

「まさか、これは……聖なるフォスの御光……？」

驚き叫ぶ声があちこちから上がる。さらに、絵里が発したのは光だけではない。

膨大な量のマナも放出され、その濃密さに堪え切れなくなった者が、ばたばたと倒れていく。

マナに中(あ)てられたのは主にディアハラの騎士で、あっという間にその場に立っているのはライムート一行と、あとはディアハラ王と王太子、春歌、そして彼女に付き従(したが)っていた神官だけとなっていた。

「これは……どうしたこと、だ……？」

玉座にへたり込むようにしてディアハラ王がつぶやく。絵里はそれに答えた。

「殺気を出していた人を狙ってマナを放ちました。騎士さんたちはちょっと気を失ってるだけで、直ぐに気が付きます――それより、今みたいなことをそこにいる片野さんはできるんですか？」

　できるわけがないことを知りつつ、あえて尋ねる。

「いや、それは……ハルカ……？」

　ディアハラの王太子が救いを求めるように春歌を見た。けれど、肝心のその『聖女』は気を失ってこそいないが、目にしたことが理解できない様子で呆然とするばかりだ。

「――できないみたいです。だとしたら、偽者ってことでいいですよね？　そうなると、そこにある『聖なる書』も偽物。そもそも、それは私のレポートなんで、回収させてもらいます」

　そう言って、絵里がそちらに歩き出そうとすると、それよりも早く春歌に付き従っていたはずのディアハラの神官が、春歌の手から奪い取るようにして差し出してくる。どうやら、完全に春歌のほうが騙りだという認識になったようだ。

　それを受け取り、もうこの場に用はないとばかりに絵里は踵を返す。その背中に、玉座から立ち上がったディアハラ王がすがるような声をかけてくる。

「ま、待て、待ってくれっ！　其方(そなた)――いや、貴女が本物の聖女なら、ディアハラにとどまってほしい。いや、とどまるべきではないのかっ⁉」

「えっ？　なんでそうなるの？」

思わず足を止めて尋ねると、とんでもなく恥知らずな答えが戻ってきた。

「フォスのご神託だっ！　フォスはディアハラに聖女が降臨されるとおっしゃられた。あの女が偽者だと見抜けなかったのは我々の不覚だが、シルヴァージュに戻るのはフォスの御心に反することになる――おお、そうだ。なんなら、わしの息子と婚姻させてやってもいい！　聖女であり次代の王妃となれば、贅沢(ぜいたく)は し放題だ。どうだ、これならディアハラにとどまる気に――」

放っておけば、どこまでも破廉恥(はれんち)な提案が続きそうだった。先ほどまで春歌にべったりだったはずの王太子までその言葉に頷いている。

その様子にあきれ果てた絵里は、強引にその言葉を断ち切った。

「神様がなんて言ったかなんて知らないし、興味もありません。ついでに、私は一言だって『自分が聖女です』と言った覚えもないです」

ちらりとディアハラの王太子に視線をやった後、そう言って、隣にいるライムートの腕を取り、自分に振り向かせる。

「私はもうこのライムート殿下と結婚してますから。ライの奥さんで、シルヴァージュの奇跡の乙女、それが私なの――ここに来たのは自分のものを取り返すためで、それが完了したら、ライと一緒にシルヴァージュに戻るのが当たり前でしょ」

「な……っ、ならば、このディアハラはどうなるっ⁉」

きっぱりとした絵里の言葉にも、まだ見苦しくすがってくるディアハラの王に、ライムートがとどめを刺す。

「それは、俺たちには関係のないことだ。だが、こうなっても尚、まだ妙なことを考えるようなら、そのときはそれ相応の対処をさせてもらうことになる。それだけは覚えておけ」

その言葉の中身が理解できぬほどには、ディアハラ王も理性を失ってはいなかったようだ。

がっくりと床に手をつき、失意に打ちのめされている様子が哀れを誘うけれど、それを慰めてやる義理も義務もない。

最初から最後まで観客に徹していた諸国の代表が、ここにきて口々に二人への称賛と感謝の言葉を述べ始める。そしてその後は、ディアハラ王と王太子、そして春歌を一顧だにせず、一行はディアハラの国からさっさと去ったのだった。

第八章　大団円

「ディアハラで革命が起こった？」

　ちょうどそのとき、夫であるライムートや義理の両親になる国王夫妻と共にいた絵里は、久々に聞くその国名と、その後に続く単語に目を見張った。

「どういうことですか？」

「平たく言えば、王家の交代だな。前の王は退位させられて、数代前の王弟が興した公爵家の当主が新たなディアハラ王になったそうだ。うわさを聞く限りでは、かなりの有能な人物らしい。例の聖女騒動のときも前王のやり方に異議を唱えて、謹慎させられていたようだ……」

　絵里たちが乗り込んだ後、ディアハラの掲げる『聖女』が偽者であるといううわさはあっという間に広まっていた。

　この期に及んでディアハラ王家からの公式な発表はなかったのだが、それまでの非常に強硬で高圧的だった近隣諸国への態度ががらりと変わったことにより、うわさが真実であるとだれもが認識するところとなっている。

そして、それらのことで急速に国内外への影響力と支配力を失った王家は、ついにその座を明け渡すこととなったのだという。

「前ディアハラ王とその一族はディアハラ国内の離島にそろって隠棲という、体のいい島流しだな。例の偽聖女は修道女として神殿に入ることになったらしい」

「そんなことになってたんだ……」

「フォスの名を、私欲のために利用した報いを受けたわけだ」

しみじみと、その実、どこかわざとらしい口調で、ライムートがつぶやく。穏やかな表情でお茶を口に運んでいた王様がそれに言葉を返した。

「うむ。それにしても、ディアハラの聖女は騙りであったが、我が国の奇跡の乙女は本物だ。くれぐれも粗略に扱うでないぞ？」

「心得ております。何よりも得難い、唯一無二の宝ですので、生涯、大切に守りきる所存です」

「大切にするのはよろしいですが、あまりに囲い込みすぎると嫌われますよ？　教師を付けるのはいいが男はダメ、特に年寄りはもっての外などと言い出すので、選ぶこちらが苦労します」

「それについては、またということで……」

王妃様の苦言に、ライムートが慌てて話をそらそうとする。その様子に絵里は苦笑を禁じ得ない。

そんな条件を言い出した彼の考えはわかるが、いくら絵里でも、中年男であればだれでもいいわけではないのに。何よりも、ライムートという人がいるのだ。

「身の回りの警護の者についても、若手ばかりを起用したのでは、いざというときが不安でしょうに」

「用心に越したことはありません、少なくともあと二十年は——それに、リィを守るのは私です」

「いくらなんでも、二十年は長すぎるだろう……」

王様にもあきれたように言われるが、この会話についてはもう何度も繰り返されているので、それほど深刻なものではない。

和やかで落ち着いて——大好きな相手が直ぐ隣にいて。

幸せを絵にかいたような光景の中で、絵里は思う。

——この幸せが、ずっと続きますように。

柔らかく微笑む絵里を、ライムートが愛しいものを見る目で見守っている。この先も、きっとずっと。

そして、そんなことがあった日の夜。

「そういえば、母から聞かれたんだが……」

「んっ……何、を？」

「息子が嫁をもらった母なら、だれでもするような質問だ。つまり……孫の顔はいつごろ見られるだろうか、とな」

ぽぽっと、絵里の頬に血の気が上る。元々紅潮していたところなので、よくよく観察しなければわからない程度だったが、寝台の上に両手と両膝をつく絵里の上に覆いかぶさっているライムートには手に取るようにわかったようだ。

会話をするには甚だ不向きな体勢ではあるのだが――正に今、その『孫を作る』ための作業にいそしんでいるところなので仕方がない。

「こればかりはフォスの御心次第だが……多少は、俺たちも努力すべきだろうな」

「ど、努力って……あっ、やんっ！」

耳の近くで囁かれ、絵里の背筋を甘い戦慄が駆け抜ける。

新婚だというのに、二人で国内の視察に出ている間、ライムートはお預けを食らっていた。問題があるわけではなかったのだが、絵里が非常な抵抗感を示したのだ。

その代わり、今、その分もまとめてぶつけられている。

絵里の弱点の一つである耳を唇と舌で攻めながら、後ろから回した手で胸のふくらみを存分に堪能するライムートの顔には、この先どうやって啼かせてやろうかと企む、人の悪い笑みが浮かんでいた。それに絵里は気が付いていない。

広げた掌で包み込まれやわやわと胸をもまれつつ、時折、尖った先端を指の腹で押しつぶされたり、かと思うと指の間に挟み込み、まるでパン種をこねるように弄られる、その刺激に翻弄されているのだ。そこまで気を回せというほうが無理な話だった。

「もっ……ま、た、胸……ばっか、りっ！」

「リィが気にしてるからな」

どういう意味だと問うと、とんでもない答えが戻ってくる。

「前にも言っただろう？　胸の大きさを気にしているリィはかわいい、と。それに——聞いた話だと、こうやっていれば、そのうち育ってくるものだそうだ」

「な……っ」

こちらの世界にも、そんな俗信があったとは初耳である。

もっとも、ライムートは絵里の反応と柔らかな胸の感触を甚く気に入っているため、大きさにこだわりは持っていない。

「そういえば……少しだが大きくなってきた気もするな」

そう教えられ、絵里の声にわずかな喜色が混じる。

「え？　ほんとっ？　……って、ああんっ！」

それも直ぐに甘いあえぎに紛れた。

「あ、あっ……ん、あんっ」

刺激を受け続け、敏感になり切っているそこをきゅっとつままれて、鋭い快感が絵里の全身を駆け抜ける。シーツについた手を強く握りしめ、あごを引いてそれに耐えるのだが、次から次へと襲い掛かってくる快感の前では無駄な抵抗でしかない。

「気持ちがいいか、リィ？」

「っ……わかってる、くせ、に……っ」

「まぁ、そうなんだが……やはり、口で言ってもらえるほうがうれしいからな」

「な……バカッ、ライの、意地悪……んぅっ！」

優しくて、包容力があって素敵な年上の男性だと思っていたのに。

今でも年上は年上だが、肉体年齢が四十を越えていたころとはやはり違う。おっさん時代には利いていた自制は、若さの戻った後は怪しくなっていて、ライムートは今のような意地の悪いことを仕掛けてくるようになった。

けれど、そんな意地悪なライムートすら絵里は好きなので、所謂破れ鍋に綴じ蓋というやつかもしれない。

「で、どうなんだ、リィ？」

「っ……気持ち、いい……です……っ！」

素直な返事に「いい子だ」と囁き、ライムートがさらに体を密着させる。

軽く広げられた足の間に、張り切って頭をもたげている強直を擦りつけられた絵里は、小さく息を呑んだ。

「欲しいか？」

「……バカッ、意地悪っ！」

もう一度同じ言葉を繰り返すが、無意識に腰を揺らして、自分からソコを押し付けている状態では説得力のかけらもない。ライムートも、下腹に絵里の柔らかな臀部が当たり、それが物欲しげに動くと、我慢などできようはずもなかった。

それでも、いきなり突き入れるのは、互いの体格差もあって絵里に負担がかかりすぎる。

まずは指で……と、胸を弄り続けていた手の片方を下へ伸ばした。平たい腹部からへその窪みを通り過ぎ、淡い下生えの間に頭をのぞかせた秘められた宝珠をかすめる。ライムートしか触れたことのない秘密の場所へ指先がたどり着くと、そこはもう滴るほどに熱く潤っていた。

「……まだ、こっちには触ってなかったはずだが？」

「う……」

そんなことは言われるまでもなく、絵里も承知している。好きな人に触られるだけでも十分なのに、あれほど執拗に弄り倒されればこの状態は当然だ。

「ずっと我慢してたのか？　――俺に内緒で、こんなにしながら？」

耳元で淫猥に囁かれて、全身に小さな震えが走る。

「だ、だって……」

その刺激により、また新たな蜜が内部からあふれてくるのを自覚しながら、絵里は小さな声で抗議する。

こうして抱き合うことにはずいぶんと慣れたが、理性が残っている状態で自分からねだるのはハードルが高い。

入り口に軽くあてがわれたままの指先を、もっと奥まで入れて掻き回してほしい。できれば、指ではなくもっと別のもので――そう思いはしても、それを口に出すにはまだまだ羞恥心が邪魔をする。

無論、ライムートもそのことはわかっているのだろうが、そろそろ次の段階へ進みたいという欲望が頭をもたげてきたらしい。

「だって、じゃわからんな。どうしてほしい？」

「え？　ど、どう……って!?」

一瞬、何を尋ねられたのか理解し損ねた絵里だが、直ぐに彼の意図に気が付く。

後ろから自分を抱きすくめている男をぎょっとして振り返り、もうこれ以上は無理というほどに赤くなった顔で睨みつけた。それもまたライムートを煽る結果になってしまう。

「どうしてほしいか……言ってくれたら、その通りにしてやるが？」

「バ、バカッ、意地悪っ！」

いつになく意地の悪いライムートに、もうその言葉しか出てこない絵里だが、多分にこのムードに流されてきている。

そこにライムートが最後の一押しを加えた。

「あ、きゃっ……ああ、んぅっ！」

耳を唇で挟み込み、尖らせた舌先で耳孔を犯される。ぐじゅりという生々しい音に、絵里は小さな悲鳴を上げた。そのタイミングで、ライムートが片手で胸のふくらみをわしづかみにする。

焦らすように――いや、完全に焦らすために、秘所にあてがった指をゆるゆると動かした。

決して強い刺激は与えられない。真っ赤に熟れた宝珠には決して触れず、入り口のみを何度も往復される。

「あ、やっ！　も、やぁっ……な、なんで……っ」

耳と胸への刺激で、既に十分すぎるほどに絵里の準備は整っていた。あとほんのわずかな刺激があれば、頂点に至れるだろう。

それなのに、その寸前で延々とお預けを食っているのだ。べっとりと濡れそぼった襞を掻き分けるその指を、深くソコに埋め込んでもらえれば――或いは、その直ぐ上にある肉芽をかすめるだけでもいい。たったそれだけで、イけるのに。

「言ってくれ、リィ。どうして、ほしい？」

絵里の痴態を目の当たりにしているライムートも限界が近いはずなのに、どうしてもそれを言わせたいらしい。情欲に濡れた声で、至近距離から促され――ついに、絵里が白旗を上げた。

「っ、バカッ――も、無理だから……っ」

「だから？」

「指、入れて……ちゃんと、イかせてぇ、っ！」

「――指でいいのか？　俺の、でなく？」

「っ!?」

決死の思いで告げたセリフをあっさりといなされて、絵里は信じられないとばかりに目を見開く。

どこまで言わせる気だ、と抗議をこめて睨みつけると、その視線に気付いたのかライムートが少しばかりばつの悪そうな顔になった。

「まだそこまではっきり言うのはリィにはきついな。すまん。だが、そのうち……」

「そのうちっ？」

「いや、なんでもない。とにかく、悪かった」

これ以上失言を重ねないためにか、ライムートはそこで打ち切った。

その胸のうちはこうだ。

そのうち――それこそ、子どもが一人できた後くらいなら、今はまだ羞恥心との戦いに忙しい絵里も、もっと奔放になってくれるだろう。十年も大陸中を当てもなくさまよったのに比べれば、それを楽しみに待つくらいはなんでもない。

「それより、ちゃんと言ってくれたリィに、ご褒美をあげないとな」

「あ、あっ……あああぁんっ！」

その言葉と同時に、ずぶりと根元までライムートの指が埋め込まれ、同時にふくらんだ肉芽を強く押しつぶされて、絵里は望み通りに、一気に絶頂へと駆け上った。

シーツについた足の指先が丸まって白くなるほど力が入り、狭く熱い内壁が呑み込んだ指をきつく締め上げる。

一瞬の硬直の後、奥からどっと熱い蜜があふれ、力を失った絵里の体はくたりとシーツに沈み込みそうになった。それを腕一本で支えたライムートが、ナカに呑み込ませていた指の本数を増やし一層高い嬌声（きょうせい）を上げさせる。

「あ、ま……まだ……い、って……ひぁっ！」

待ち望んだ絶頂ではあったが、そこから下りてくる前に次の刺激が与えられてはたまらない。

へたり込みそうになる体を無理に引き起こされ、ぐじゅぐじゅとナカを掻（か）き回され、絵里は早くも次の頂点を見始めた。

「あ、やっ！　ラ、イッ、また……く、るっ」

「何度でも、イっていいぞ……リィ、愛してる……」

「あ、あっ、あん、ああっ！」

自分だけが知る絵里の悦い部分を指先で探り当て快感を送り込み続けながら、ライムートが赤い宝珠と胸のふくらみを愛撫する。

「や、んっ！　イ……くっ、ま、た……はぅんっ」

絵里はシーツについた四肢に懸命に力を込めて体を支えようと努力したが、次々に襲い掛かってくる強い快感に、とうとうくたりと倒れた。腰だけを高く掲げた体勢になると、内部に収められていた指が抜き去られる。

「……あ」

代わりにもっと太いものがその部分にあてがわれるのを感じて、絵里の体にふるりと震えが走る。

奇妙なほどに滑らかで、それでいて熱く硬い楔が、たらたらと愛液を垂れ流すソコに栓をするように、ぐいっと入り込んできた。

「んぁっ……あ、ああんっ」

張り出した先端に狭い蜜口を押し広げられて、絵里は苦しげな声を上げる。けれどそれは、ライムートのソレがずるりと入り込み奥を目指し始めると、直ぐに甘さを含んだ嬌声へ変化した。

へたり込んだ絵里に、上半身を倒したライムートの胸がぴったりと寄り添う。だが、最も密着しているのは、つながり合った部分だ。根元から先端まで、まるでライムートのために用意された器の如く、絵里の襞が絡みつく。

「く……っ」

収めただけでまだ動き始めてもいないのに、絵里のソコはライムートをやわやわと締め付けた。その感覚に、ライムートが危うく暴発しそうになる。

「っ……う、ごくぞ、リィっ」

男の沽券にかけてもそんな無様は晒せないとでもいうように、ライムートがそう宣言した。

呑み込まされたモノの熱と質量に、絵里は小さく震える。それを確かめた後、彼がゆっくりと腰を動かし始めた。

「ん、くっ……ふ、あっ、あ……んんっ！」

抜け出るぎりぎりまで腰を引かれたかと思うと、最奥の壁をたたくところまで突き入れられる。その動きにより、膣襞が擦り立てられ、絵里の腰の奥にぞわぞわとした悪寒にも似た感覚が湧き上がった。

ライムートの巨大なモノに満たされる圧迫感は息苦しいほどだが、抜き去られて感じるのは安堵ではなく寂しさだ。

「あ、ライッ！　あ、あっ……もっと、ぉっ」

――もっと、奥まで――それが無理なら、もっと強く。いっそこのまま、つながり合ったまま溶け合ってしまえればいい。

そんなことがふと頭の片隅をよぎり、その瞬間、絵里は自分の中が妖しくうねったのを感じた。

無論、それはライムートにも伝わっていて、その動きが一層激しさを増す。

「っ……くっ」

ライムートの唇はきつく引き結ばれていた。その隙間から、こらえきれない吐息とも、うなり声ともつかぬものがこぼれ落ちる。

額にはびっしょりと汗の球が浮き前髪を張り付かせていたが、やがてそれが雫となってこめかみからあごへ伝い落ちた。

胸といわず背中といわず、全身からも汗が噴き出し、常夜灯の淡い光をはじく姿は、その秀でた容姿と相まって、情熱的の一言では言い表せないある種の畏怖すら覚えさせる美しさだ。

「ん、あっ……ひ、ぁっ、ああっ」

背後から貫(つらぬ)かれ、激しく揺さぶられ、絵里は悲鳴じみた嬌声(きょうせい)を上げ続けた。

とっくの昔に体を支える使命を放棄した腕が、すがるものを求めてシーツの上をさまよっている。

あまりにも激しく突き上げられてずりずりと体がせり上がっていくのを、腰に回されたたくましい腕に引き戻され、ガツンと目の奥に火花が散るほど深くえぐられる。

「ひ、んぁっ！　は……げし……ああっ！」

「くっ……リィッ」

熱く滾(たぎ)る肉棒が幾重にも重なった襞の中心を穿(うが)ち、柔らかな粘膜を擦(こす)り上げる。あふれ出る蜜が掻(か)き回されて白濁し、ぐじゅぐじゅと音を立てるほどに激しくなっても、それはなおも止まらない。

「ふっ、あっ、んぁっ、ん、んんっ……あ、ひっ、ああっ」

口の端からこぼれる唾液がシーツに染み込むのに気を回す余裕もなくなった絵里からは、切羽詰(せっぱつ)まった声がひっきりなしに洩(も)れる。

いつしか、ライムートが上半身を起こし、両腕で絵里の腰を支えながら何度も腰を打ち付けた。ぱんぱんという肌と肌のぶつかり合う音が室内に響く。

激しすぎる動きで、汗まみれになったたくましい体から滴(したた)る雫(しずく)が絵里の背中に落ちた。

「ひっ、あ、あっ、やっ……くるっ、なん……か、きちゃ……っ」

我が物顔で胎内を蹂躙し、快感のスポットを無茶苦茶に押しまくるライムートの激しい息遣いに、絵里も息を詰める。

くる――きちゃう。

耳も、胸も……最も敏感な赤い肉芽すら弄られていない。ただナカを突かれているだけなのに、絵里は限界を訴える。

指がシーツを固く握りしめた。

「あ、ああ……やっ、くる、のっ……く……ああ、いっちゃ――っっ！」

引き絞られた弓のように絵里の背中が大きくそり返り、高く頭を掲げるのと同時に、その胎内が呑み込んだ男のモノを容赦なく締め上げた。そしてまったくの無意識のままに、ざわざわと内部の粘膜をうごめかせる。

「っ、ぐぁっ……」

ライムートの喉の奥から、絞り出すようなうめき声が上がり、一瞬、ブワリとその容積が増したかと思うと、最奥部に熱いものがたたきつけられた。

「う、くっ……はっ……」

背筋を震わせるライムートのソレの先端から、二度三度と断続的に放たれるそれは驚くほどに大量で、狭い内部に収まり切れなかった白く濁った子種が、二人の体を伝ってシーツに大きなシミを作る。その上に力を失った二人の体が折り重なるように沈んでいった。

はぁはぁという激しい息遣いは、二人分だ。

寝台の上にぐったりと横たわる絵里の体を背後から抱きしめながら囁くライムートの声には、喜びが透けて見えていた。

「初めて、だな――ナカだけで、イけたのは」

その言葉が、あまりにも深い絶頂に真っ白になっていた絵里の意識にも染み渡る。

「……今、のが……？」

これまでとはどこか違うとは感じていたが、まさかそれだとは思っていなかった。

「ああ。ものすごかった……おかげで、根こそぎ持っていかれた」

ライムートにしても、あれほどの経験はしたことがない。目くるめくといった表現がぴたりと嵌る――それほどに強烈な快感だ。

「思い切り、全部ぶちまけた――リィの、ここに、な」

そう言いながら、彼は常よりも緩慢な動作で絵里の平たく滑らかな腹部へ手を伸ばす。優しくそこを撫でる手つきは、先ほどの荒ぶる情欲を一切感じさせない優しいものだ。

「赤ちゃん……できたかな?」

「かもしれん——が、できていなくとも問題はない」

「いいの?」

子作りを催促されていたのではないか、と問えば、あっけらかんとした返事が戻ってくる。

「できていなければ、できるまで注ぎ込んでやればいいだけだ——それに、もう少々、リィを独占していたい気持ちもあるしな」

ぎゅっと強く腕の中に抱き込まれると、ライムートの汗のにおいが鼻腔をくすぐった。それは、あの最初のときと同じようで、ほんの少し違う——けれど、今では何よりも愛しい香りだ。

「まぁ、俺の希望ばかりを言っても仕方がない。リィは、どうなんだ?」

「私? 私は……」

一人っ子で早くに父を失い、母親も見送った絵里は天涯孤独だ。そのおかげでこちらに飛ばされてライムートと出会うことになったのだから、すべてが悪く転がったわけではない。

それでもやはり、あの寂しさと心細さは忘れられるものではなかった。

「最低でも二人は欲しい、かな……ライみたいに、兄弟がいるのってうらやましいし」

「そうか――ならば、やはり頑張らねばならんな」

「え？　あ……ちょ、ちょっとっ⁉」

その言葉の直ぐ後で、密着した腰のあたりで、何やらむくりと頭をもたげたモノがあった。

「ちょ……さっき、空になったって……っ⁉」

「さっきはさっき、今は今だ――」

そんなことを嘯きながら、ライムートが仰向けの絵里の体にのしかかってくる。

「……そうだな、今のうちに名前も考えておくべきか」

まだできているのかもわからないのに、気が早いにもほどがある――のだが、そんな様子にさえ絵里は愛しさが増した。

「あ、ライっ……あっ、そこ……気持ち、い……っ」

「リィ……愛、してるっ……」

正面から抱きしめ合い、深くつながり合う。

ゆるゆると突かれ、激しく奥の壁をノックされ、下腹の中心に熱いものを注ぎ込まれる。こうしていれば、思い描いた情景はそう遠い未来のことではないのかもしれない。

子どもらに囲まれ、傍らには自分が一目惚れをしたあのライムートがいる――そんな未来を心から信じることができる幸せを噛みしめつつ、絵里は何度目かの絶頂に駆け上っていったのだった。

書き下ろし番外編

髭(ひげ)騒動

大いなるフォスがみそなわすフォーセラ。そこにある大陸のほぼ中央に位置するシルヴァージュ王国は、マナの枯渇による災害や先年の偽聖女騒動も一段落して、現在は平和を謳歌していた。

長年、病のために療養生活を送っていた王太子も表舞台に復帰し、精力的に父である国王を補佐している。

それらは皆、『本物の聖女』で『奇跡の乙女』である王太子の妻のおかげであり、昨今の国民の一番の話題といえば、そのお二人にいつ跡取りが生まれるのか、ということだ。これは国民だけではなく、王太子の両親――つまりは国王夫妻も同様で、過度な期待がプレッシャーにならないように気を付けながらも、その報告を今か今かと待ちわびている状態だった。

「あ、んっ……ちょ、ライ……っ」

「ああ、リィ。いつもながら、かわいいな」

王城にある王太子夫妻の寝室には、甘い声が響いていた。

国民と両親の期待に応えるべく（？）、王太子であるライムートが妻の絵里と共に励んでいるからだ。

結婚して一年も経っていない新婚ほやほやの二人なので、別にそんな理由がなくても大いに励むのだが、大義名分はあるほうがいい。

「あ、や……んっ！」

ちゅっと音を立てて、ライムートが絵里の小ぶりだが形のよい胸に吸い付く。

世界と人種の違いもあって、絵里はこちらの平均よりかなり小柄な部類に属する。既（すで）に成人式を済ませているというのに、王妃――ライムートの母のことだ――が十三歳で着たデビュタントのドレスがぴったり（ただし胸は余っていた）だったといえば、どれほどかわかるだろう。

だが、子どもにしか見えなかったとしても、絵里は歴（れっき）とした成人女性だ。くびれるべきところはくびれているし、出るべきところは一応出ている。特に胸のふくらみは、ボリューム的にいささか物足りないながらも、その手触りや弾力性でライムートが大いに気に入っている部分の一つだ。

そして今宵も、いつものようにライムートは絵里のそこを存分にかわいがっていた——のだが。

「あ、ラ、イ……やっ」

ぞり。

「ちょ、そこ……いた……」

じょり。

「痛……って、言って……」

ぞりぞり、じょりじょり。

「っ！ 痛いって……言ってるでしょ！」

どげしっ！

「ぐふっ⁉」

甘い閨（ねや）の秘め事にはいささか不似合いな音の後、ライムートはいきなり腹部に衝撃を感じ、うめき声を洩（も）らす。ぎょっとして体を起こしてみると、絵里の膝（ひざ）の片方が持ち上げられており、先ほどの衝撃の原因を悟（さと）る。膝（ひざ）蹴りを食らったのだ。

「リ、リィ？ ど、どうした？」

「痛いって！　言ってるでしょっ。その髭っ！　いつになったら剃ってくれるのよっ!?」

語尾にスタッカートが付いていそうな勢いで告げられた言葉に、ライムートが目を丸くする。

「……髭？」

髭、と言われて、反射的に自分の顔に手をやる。確かにそこには、以前はなかった髭が蓄えられていた。

「そうよっ、その全然っ似合ってない髭よ——何回も言ってるよね？　似合わないし、こういうときに痛いから、剃ってほしいって。でも全然聞いてくれないでしょっ!?」

面と向かって『似合わない』と言い切られ——実はこれが初めてではないのだが、前はもう少しソフトな物言いだった——思わず落ち込む。しかし、キレてしまっている絵里は、そんなライムートの様子には気付かず、さらに言葉を続ける。

「痛いの！　でもって、似合わなすぎて違和感がバリバリすぎるの！　これだけ言ってもわかってくれないのね？　……いいわ、だったらこっちにも考えがあります。その髭、きれいさっぱり剃るまではこういうことはお預けですっ！」

「は？　お、おい、リィ……？」

「つるっつるになるまでは、顔も見たくありません！　もし、またその髭面で私の前に出てきたら、その辺のもの、手上がり次第に投げるからねっ！」

よほど鬱憤がたまっていたのだろう。王太子――というよりも、夫に向かいそれはどうかというセリフを投げつけた後、近くに落ちていた寝巻を拾うと、ろくに袖も通さずに羽織り、憤懣やるかたないといった様子で隣の部屋へと姿を消してしまう。

ライムートは、その様子をあっけにとられて見送り……バタンと手荒にドアが閉まる音が響いた後、がっくりと肩を落とした。

「まぁ、絵里様っ、どうなさったのですか？」

夫婦の寝室の隣は、絵里のプライベートな空間となっている。夜の間はほぼ使われることはないのだが、念のために侍女が待機しており、その彼女が目を丸くして絵里を出迎えた。

「聞いてよ、エルム。ライったら、ひどいのっ……」

エルムと呼ばれたのは、絵里がこちらに来て初めて付けてもらった侍女のうちの一人で、本名はエルムニアという。もう一人のディリアーナと共に、今では主従というよりも友人に近い関係を築き上げていた。

「何回言っても、あの髭、剃ってくれないのよ……おかげで、みてよ、これ……」

――全裸の状態を何度も見られているので、今さら、彼女らに対して羞恥はない――羽織っていた寝巻の隙間から、先ほどまでライムートから愛撫を受けていた胸を示せば、そこには痛々しくも赤い擦過痕が残っていた。

「まぁ……もしや、これは、その……殿下のお髭で？」

「そうよ！　ずっと我慢してたけどもう限界……っ」

胸のふくらみといえば、女性の体の中でも敏感な部分だ。そこを生やし始めたばかりの髭でジョリジョリとやられれば、痛いに決まっている。それでも、ライムートがそうしたいならばとしばらく我慢をしていた絵里だが、今夜、とうとうその堪忍袋の緒が切れてしまったらしい。

「……とにかく、直ぐにお薬をお塗りします」

「お願いね。あと、ライがなんか言ってきても、あの髭があるうちは私は絶対に会わないからっ」

エルムニアはその剣幕に首をすくめながらも、てきぱきと手当てをしてくれる。ヒリヒリとした痛みがようやく引いてほっと一息ついたころ、もう一人の腹心の侍女であるディリアーナも駆け付けてきた。

「絵里様っ」

「ディアも来てくれたのね――夜遅くにごめんなさい。どうしても我慢できなくなっちゃって……」

二人の顔を見て、やっと絵里も気持ちが落ち着いてきたのだろう。

「ちょっとだけでいいから、愚痴を聞いてもらえるかな？」

そんな絵里の言葉に、侍女二人がそろって頷く。

「ありがとう。実は、ね……」

しばらくの間、たまりにたまっていた不満をぶちまけ、その後でようやく絵里はめったに使わない一人用の寝台に横たわったのだった。

一方、夫婦の寝室に取り残されたライムートであるが――

「妃殿下のお部屋が何やら騒がしいと報告がありました。それで様子を見に来たのですが……何をやっていらっしゃるのですか？」

乳兄弟であり、今は側近となっているジークリンドから問われ、しょんぼりと答えを返す。

「リィから膝蹴りを食らった……おまけに、髭を剃るまでは、顔も見たくないと言われた」

「でしょうね」

「おいっ!?」

身も蓋もない返事にライムートは思わず声を上げるが、彼とジークリンドはお互い襁褓をしていたころからの付き合いである。他のだれよりもずっと近しくライムートと接してきた彼だからこそ、言うべきことは言わねばならない。

「妃殿下のおっしゃりようはもっともだと存じます。正直申し上げて、私も、なぜ貴方が髭を生やそうなどとお考えになられたのか、全く以て理解に苦しみます」

そこまで言うかとライムートは思うが、ジークリンドとしては嘘偽りのない心情だ。

「殿下？」

重ねて問いかけられて、ライムートはしぶしぶ口を開く。

「……リィが、父上に見とれるからだ」

「……は？」

戻ってきた答えは、ジークリンドの理解を大幅に超えていた。

「……どういうことですか？」

「だから、父上に会うたびに、リィがうっとりとした顔をして見とれてるんだ。だから……」

ぽつりぽつりと語られるライムートの言葉で、大筋は理解したものの――ジークリンドとしては、今度はその内容に頭を抱えることになる。

「つまり……年上の男性がお好みでいらっしゃる妃殿下が、陛下とお会いするたびにうっとり見とれられている様子に嫉妬し、対抗するために髭を生やそうと考えつかれた、と？」

ライムートと父である国王は、瞳の色以外は非常によく似た顔立ちをしている。現に、とある事情で二十年ほど時を重ねた姿になっていたころの彼は、今の国王と瓜二つの容姿だった。

そして、絵里はといえば――これは王太子夫妻と身近で接する者たちには既に周知の事実なのだが――その当時のライムートに一目惚れするほどの『おじ専』或いは『枯れ専』という、かなり変わった嗜好の持ち主だった。

「さすがにいきなり二十年の差は越えられんだろう？　リィはそれまで待つといってくれたが、やはり目の前で父上に見とれている様子を見せつけられると、どうしてもな……」

「だからといって、どうしてそこで髭を生やそうなどと思いつくんですか？」

「髭があるほうが、なんというか……老けたというか、落ち着いた印象を受けるだろう？」

確かにライムートの言うことも一理ある。ただ、そこに『個人差』というものがあることを、彼はすっかり失念しているようだ。

「お考えはわかりました。ですが……正直に申し上げさせていただきますが、それは何の役にも立っておりません」

二十年経てば絵里の好みど真ん中の、渋い中年になるのが約束されているライムートだが、今はまだ二十代の青年だ。さらに言えば、非常な美男子でもある。ジークリンドも顔立ちはかなり整っているほうだが、ライムートのそれは一段上をいっている。もし若い娘を百人集めたとして、九十九人は確実にうっとりとすることだろう。ただ、残る一人に該当するのが他でもない彼の妻である絵里だということだ。

絵里にとっては、顔立ちよりも年齢のほうが重要であり、だからこそあのころのライムートに一目惚れなどということをしてくれたわけなのだが、今になってそれが障害になるとは思いもよらなかった。

「いくら髭を生やそうと、殿下の若さはどうにもなりません。というよりも、今の顔立ちに髭を生やされると、幼いころからお仕えしていた自分でも違和感が拭えません――もっとはっきりと申し上げますと、まったく似合っておられません」

さすがに『髭を生やし始めたばかりのころは、顔にカビでも生えたのかと思った』とは口に出さないが、多少伸びてきた今でもその印象はあまり変わっていない。若くても髭（ひげ）が似合う者はいるだろうが、ライムートの光り輝くような美貌と髭（ひげ）では、視覚的な暴力といえるほどのミスマッチとなってしまうのだ。

「そこまで言うか……」

「不快に思われたのであれば、謝罪いたします。ですが、妃殿下のお気持ちは私にもよくわかります」

絵里の場合、物理的な被害も加わっているのだが、ジークリンドもそこまでは知る由（よし）もない。

「衷心（ちゅうしん）より申し上げます。これ以上、妃殿下との間の溝が深まる前に！　どうか、その髭（ひげ）、さっさとお剃（そ）りください」

腹心中の腹心にここまで言われ、流石のライムートもあきらめざるを得なかった。

「……別に、髭（ひげ）自体が悪いって言ってるんじゃないのよ。だけど……」

エルムニアとディリアーナも下がらせ、本当に久しぶりに一人寝となった絵里が、ぽつりとつぶやく。

かつての自分の理想だったライムートではなくなっても、（紆余曲折はあったものの）絵里は今の彼を愛している。

ライムートの意思を尊重したいという気持ちもないわけではないが、長さとか、毛の硬さとか、そういうもので被害が出ているのだ。何よりも、今のライムートの顔に髭というのは違和感がありすぎて、到底許容できることではなかった。

「お義父様を見たらわかるでしょ、あの年だから似合うのよ――なんでそこんところがわからないのかな⁉」

やがてライムートも、あんなふうに素敵に髭を蓄える年になる、と。それを楽しみに義父を見ていた自分の行動が、まさかこの騒動のもとになっているとは露知らず。

それからもひとしきり愚痴をこぼした後、絵里は眠りにつくのだった。

そしてその翌朝。

「やっぱりライはそのほうがいいよ。うん、絶対そのほうが素敵」

「そ、そうか？」

おずおずと顔を出したライムートの髭がきれいさっぱりと剃られていたことに大喜びをする絵里と、『素敵』といわれて素直に喜ぶライムートの様子を見て。

側近たちもほっと胸を撫でおろし、この一連の髭騒動に決着がついたのだった。

本書は、2018年8月当社より単行本として刊行されたものに書き下ろしを加えて文庫化したものです。


この作品に対する皆様のご意見・ご感想をお待ちしております。

おハガキ・お手紙は以下の宛先にお送りください。

【宛先】

〒150-6008 東京都渋谷区恵比寿4-20-3 恵比寿ｶﾞｰﾃﾞﾝﾌﾟﾚｲｽﾀﾜｰ 8F
（株）アルファポリス　書籍感想係

メールフォームでのご意見・ご感想は右のＱＲコードから、
あるいは以下のワードで検索をかけてください。

ご感想はこちらから

アルファポリス　書籍の感想

ノーチェ文庫

蹴落とされ聖女は極上王子に拾われる 1

砂城

2020年6月30日初版発行

文庫編集－斧木悠子・宮田可南子
編集長－太田鉄平
発行者－梶本雄介
発行所－株式会社アルファポリス
〒150-6008 東京都渋谷区恵比寿4-20-3 恵比寿ｶﾞｰﾃﾞﾝﾌﾟﾚｲｽﾀﾜｰ8F
TEL 03-6277-1601（営業）　03-6277-1602（編集）
URL https://www.alphapolis.co.jp/
発売元－株式会社星雲社（共同出版社・流通責任出版社）
〒112-0005 東京都文京区水道1-3-30
TEL 03-3868-3275
装丁・本文イラスト－めろ見沢
装丁デザイン－AFTERGLOW
（レーベルフォーマットデザイン－ansyyqdesign）
印刷－株式会社暁印刷

価格はカバーに表示されてあります。

落丁乱丁の場合はアルファポリスまでご連絡ください。

送料は小社負担でお取り替えします。


ISBN978-4-434-27549-4 C0193